LA HORA DE LOS LOBOS

Mario Mendoza

Planeta

Obra editada en colaboración con Editorial Planeta – Colombia

Diseño a cargo: Juanfelipe Sanmiguel
Departamento de Arte y diseño Planeta

Bajo el sello editorial PLANETA M.R.
Avenida Presidente Masaryk núm. 111,
Piso 2, Polanco V Sección, Miguel Hidalgo
C.P. 11560, Ciudad de México
www.planetadelibros.com.mx

Primera edición impresa en Colombia: marzo de 2026
ISBN: 978-628-7860-42-1

Primera edición impresa en México: mayo de 2026
ISBN: 978-607-39-4308-6

Impreso en los talleres de Litográfica Ingramex, S.A. de C.V.
Centeno núm. 162-1, colonia Granjas Esmeralda, Ciudad de México
Impreso en México – *Printed in Mexico*

Vacía tu mente, libérate de las formas, sé moldeable, como el agua.
Si pones agua en una taza se convierte en la taza.
Si pones agua en una botella se convierte en la botella.
Si la pones en una tetera se convierte en la tetera.
El agua puede fluir o puede golpear. Sé como el agua, amigo mío.

BRUCE LEE

PRIMERA PARTE

Infierno

La invencibilidad radica en uno mismo.

SUN TZU

CAPÍTULO I

Salomé

1

Hay personas que llegan a la vida por la puerta grande. Bien por ellos. Los felicito. Otros entran por las puertas laterales. Genial, tienen también un futuro asegurado. Un tercer bando hace presencia desde las puertas de atrás, las del servicio. *Okey*, buena suerte con esa lucha obrera, muchachos. Y está el último bando: los que venimos del sótano, los que nos arrastramos por las cañerías. En esa fauna subterránea hay un poco de todo: alimañas, cucarachas y ratas hambrientas. Yo no pertenecía a los insectos porque asistía al colegio e intentaba aprender. Era un roedor que se movía silenciosamente en la oscuridad esperando su oportunidad.

Nosotros vivíamos en una calle de casas tristes del barrio Marruecos. Nos decían los morrocos y desde niño me sentí atraído por ese nombre. Del otro lado del mundo, en pleno desierto, estaba ese país y esos ciudadanos con turbantes que todavía montaban en camello. De este lado, enclavados en las montañas de Los Andes, estábamos nosotros, los otros marroquíes, con nuestras calles sin pavimentar y nuestros perros muertos de hambre echados en los andenes.

Mi padre se llamaba Maximiliano, Maximiliano Guerrero, pero todos le decíamos Max. Trabajaba en una fábrica de cerveza y en el año 1999, cuando yo apenas contaba con nueve años de edad, él y sus compañeros entraron en huelga. El sindicato decidió que no había otra opción sino parar la fábrica y presionar a las directivas para mejorar los sueldos, las primas, las bonificaciones, las horas extra y las nocturnas. El viejo y sus compañeros se la pasaban hablando de la huelga desde la mañana hasta la noche. No tenían otro tema. Yo llegaba del colegio y ellos siempre estaban machacando la misma cantaleta: que si cederían o no, que ya estaban a punto de firmar el pliego de peticiones, que había un rumor que decía que el sindicato estaba infiltrado. ¿Quién sería el sapo? Tenían que tener cuidado con cualquier cosa que hablaran porque el espía podía ser uno de ellos.

Mi madre permanecía en una silla de ruedas porque había quedado paralítica por un accidente en el trabajo cuando yo acababa de cumplir los cinco años. Estaba en un almacén trepada sobre una escalera y de repente se vino abajo y quedó estampillada contra el suelo. Nadie se dio cuenta. Ella nunca supo cuántos minutos estuvo ahí tendida, inconsciente. Cuando una compañera suya la encontró pidió ayuda y la llevaron en una ambulancia para la clínica. No había nada que hacer, se había roto tres vértebras cervicales y la médula estaba comprometida. Los médicos le dijeron que agradeciera que iba a poder mover los brazos y las manos. Para una persona rica eso hubiera sido una tragedia. Para una persona como nosotros significaba más de lo mismo. Mi vieja logró conseguir una silla de ruedas y entabló la demanda correspondiente para que el almacén le pagara una indemnización. Sobra decir que los dueños de ese lugar enredaron el proceso y la plata nunca llegó. La resignación era nuestra única opción.

A veces las compañeras de ella la llamaban y le daban esperanza diciéndole que tenían noticias de la demanda y que ya casi iba a salir el dinero. Le decían que la jueza era una mujer como ellas, una mujer trabajadora, y que fallaría a favor de mi mamá, que se llamaba Yordana Sastoque Rubio. Mentira: nunca llamaron del juzgado y el dinero se esfumó en el aire.

Así era mi casa: se vivía de humo, de falsas esperanzas, de ilusiones que eran nuestro único sostén.

Yo asistía a un instituto de sacerdotes salesianos que permitían que estudiara en sus aulas a cambio de que mi mamá cosiera y arreglara toda la ropa de cama del colegio. No solo vivían en esa gigantesca edificación los curas, sino también varios muchachos que estaban internos y que venían de todos los rincones del país. Mi vieja se la pasaba en una máquina de coser arreglando manteles, sábanas y fundas que luego las directivas mandaban recoger en una camioneta destartalada. Unos vecinos le ayudaron a adaptar la máquina para que ella no tuviera que usar los pedales.

Recuerdo que un día Rómulo, el mejor amigo de mi padre, llegó sudando a la casa y le dijo apenas entró:

—No van a firmar, Max, nos van a joder.

—No puede ser —dijo mi viejo con el ceño fruncido—. Están contra las cuerdas.

—Los que estamos contra las cuerdas somos nosotros. Solo vine a decirle que tenga cuidado, hermano.

Y salió de afán, como si lo estuvieran persiguiendo.

La noche que cambió mi vida para siempre fue el 2 de diciembre del año 1999. Estábamos a pocos días del cruce de milenio. Mi padre venía caminando solo por una subida empinada que desembocaba justo en la calle donde quedaba nuestra casa, cuando de pronto se dio cuenta de que lo estaban siguiendo dos siluetas que intentaban camuflarse entre las sombras. Apretó el paso, pero los hombres hicieron lo mismo y no le dieron tiempo de alcanzar a timbrar en la casa de unos vecinos. Supongo que iba a pedir ayuda, que les iba a decir que lo dejaran refugiarse allí mientras pasaba el peligro. Los dos sicarios dispararon sus armas y dejaron a mi viejo tendido en el suelo. Fueron cinco balazos certeros, uno de ellos justo en el corazón. Luego huyeron despavoridos ladera abajo.

Max se murió de inmediato. No sé qué se le habrá cruzado por su cabeza en ese momento. No sé si se acordaría de mí, Bruno, su único hijo. No puedo decir que fuéramos unidos y que tuviéramos una relación estrecha. Pero tampoco puedo mentir afirmando que era un bribón, un borracho y un mujeriego. No, era un obrero rutinario y decente. Nunca nos golpeó ni a mi mamá ni a mí. Si acaso se bebía dos o tres cervezas en las tiendas del barrio y enseguida se iba para la casa a echarse en el sofá durante horas a escuchar en un tocadiscos de los años ochenta las viejas canciones de la Fania All-Stars. También era adicto a los noticieros tanto de radio como de televisión. No sé si la huelga de la fábrica le generaba ansiedad y por eso se la pasaba horas enteras viendo y escuchando las noticias con la esperanza de que anunciaran, de una vez por todas, el fin del paro y la firma del pliego de peticiones de los trabajadores.

Tuve que pedir cuadra por cuadra una contribución para poder enterrar a mi papá. No me daba vergüenza timbrar en la casa de mis vecinos y explicar que no teníamos plata para comprar el ataúd ni para las honras fúnebres. Lo que me molestaba era que me dejaran ahí parado como un idiota y que ni siquiera se dignaran a abrirme la puerta.

Los sacerdotes salesianos, finalmente, se ofrecieron a construir un ataúd en la carpintería del colegio y dijeron que ellos podían decir unas palabras en su nombre en la misa de las seis de la mañana. Así se hizo y los compañeros de mi viejo no se presentaron porque decían que los dueños de la fábrica tomarían fotos para luego eliminarlos a ellos uno por uno. Fuimos solo mi madre, dos curas del colegio y yo.

El problema era que no teníamos cómo cremarlo ni enterrarlo. No teníamos plata para eso. Un conocido de mi mamá que trabajaba para la Secretaría de Salud nos colaboró y se lo llevaron para enterrarlo en una fosa común como si fuera un indigente, un indocumentado, un NN.

—No importa, él ya no está en ese cuerpo —decía mi madre con seguridad—. Eso es solo el envoltorio.

El sindicato no nos ayudó en nada y los amigos de mi viejo no volvieron a visitarnos tampoco. Ni siquiera nos dieron el pésame. Por eso no me dolió en absoluto lo que vino a continuación.

Una semana después del crimen de mi padre entraron a la casa de Rómulo, su mejor amigo, y lo decapitaron dejando en su habitación un baño de sangre. Su esposa y sus hijos acababan de salir para la plaza de mercado. Se notaba que lo tenían fichado y que conocían sus horarios a la perfección. El espectáculo fue terrible porque Rómulo vivía en la parte baja del barrio, como a unas diez calles de nosotros, y todo el mundo se metió en su casa a mirar el cadáver.

Por eso a nadie se le hizo raro que al día siguiente un periódico amarillista de la ciudad titulara en su primera página: *Descabezado en su propia cama*. Y ahí, en una fotografía a todo color, estaba el tronco de Rómulo bañado en sangre y la cabeza apoyada sobre el estómago. ¿Quién había sacado esa foto y la había vendido? Nunca lo supimos. Pudo haber sido cualquiera de los chismosos que habían entrado a ver el espectáculo. La esposa de Rómulo, que era empleada del servicio doméstico al norte de la ciudad, tuvo que multiplicar sus esfuerzos para poder sostener a la familia ella sola.

Los trabajadores de la fábrica se rindieron, firmaron un documento redactado por las directivas en el cual se comprometían a no volver a entrar en huelga si recibían su sueldo en regla, se olvidaron del pliego de peticiones, agacharon la cabeza y regresaron a sus puestos de trabajo.

En la casa solo quedamos mi madre y yo. Se sentía el silencio, el vacío que había dejado Max. Ya no se oían las canciones de Celia Cruz ni de Héctor Lavoe. Lo más difícil de procesar para mí fue el hecho de que me quedó una sensación que me acompaña hasta el día de hoy: la muerte se me pegó al cuerpo, la empecé a sentir cercana, algo que en cualquier momento me iba a suceder a mí. No sé cómo explicarlo correctamente: para vivir, sobre todo de niño y de joven, hay que olvidarse de la enfermedad y la muerte. Esos son temas de ancianos porque la tienen cerca, porque es inminente. Pero un joven que tiene toda la vida por delante no es justo que sienta que se va a morir y que es posible que lo haga pronto: mañana, esta noche, ya mismo.

Pues bien, a mí me sucedía que me imaginaba todos los días que me iba a morir. Podía ser en un accidente de tránsito, cruzando una calle, por una enfermedad mortal que me aparecería de un día para otro, o incluso creía que los sicarios de mi papá vendrían también por mí y me dispararían en cualquier lugar cuando yo menos lo esperara: en el parque, en la calle, en la tienda cuando estuviera comprando los víveres para mi casa. Uf, era duro, para qué. Me quedé calladito y no le conté a nadie lo que me ocurría, pero desde ese momento en adelante la muerte fue una compañera de ruta, una presencia cercana.

Por esos días una pregunta quedó flotando en el barrio: ¿quién diablos decapitó a Rómulo? Se sabía que los duros de la fábrica habían decidido enviarles a los trabajadores del sindicato un mensaje contundente: o dejan de joder con sus exigencias o los eliminamos uno a uno. Clarísimo. Y el mensaje fue captado enseguida y todos, sin excepción, firmaron y se reintegraron sin rechistar. Pero la pregunta continuaba: ¿a quién se le había ocurrido decapitar? ¿A los jefes? ¿A los sicarios? ¿Y cómo lo hicieron? ¿Con un serrucho, un machete o una motosierra? Era una pregunta tesa. Los jóvenes del barrio nos la pasábamos discutiendo distintas hipótesis e imaginando la escena de mil maneras. Hasta que Alexis, uno de los futbolistas del barrio que jugaba ya en las ligas menores del Distrito, dijo una noche con una seguridad pasmosa:

—Fueron Los Ninjas. Esos *manes* usan espadas.

2

Una tarde venía del colegio caminando solo con mi maleta al hombro cuando de pronto Benjamín Barrientos, alias Bebé (BB) por sus iniciales, frenó su moto en seco junto a mí y me entregó una bolsa de más o menos un kilo mientras me decía:

—Esconda esto en su maleta, pelao. Luego paso por ella. Pilas, Bruno, yo veré.

—Sisas —dije sin pensarlo.

Abrí la maleta de afán y escondí el encargo. Bebé parqueó su moto en el parque y a los pocos segundos llegó una patrulla de la Policía, lo pusieron contra un muro y lo raquetearon de arriba abajo. No le encontraron nada. Yo miraba desde lejos con otros vecinos y silbábamos a los tombos para fastidiarlos. Luego revisaron los alrededores pensando que él había arrojado el paquete cerca o que lo había escondido en alguno de los arbustos, pero nada, él estaba limpio y tuvieron que dejarlo ir. Yo seguí caminando como si nada, tranquilo, y luego en la casa escondí la bolsa debajo de mi colchón.

Al día siguiente, en las horas de la tarde, a la salida del colegio, Bebé me estaba esperando en su moto y me dijo:

—¿Lo guardó?

Asentí un poco asustado. Él suspiró aliviado y me dijo sonriendo:

—¿En su casa?

Volví a asentir. Bebé me ordenó:

—Venga, suba. Yo lo llevo.

Me subí en su moto y llegamos a mi casa en cinco minutos. Saqué la bolsa y se la entregué. Estaba dentro de otra bolsa de Supermercados La Rebaja. Él me preguntó:

—¿Qué es esto?

—La metí dentro de otra bolsa para que nadie sospeche nada —dije yo en voz baja.

Bebé se sonrió y afirmó tocándome el pelo amigablemente:

—Es muy pilo, sardino. Necesito gente como usted. Luego le paso la comisión por la vuelta.

Y arrancó la moto y se fue. Mi mamá no se había dado cuenta de nada porque se la pasaba al fondo de la casa sentada todo el día en su máquina de coser Singer. Escuchaba una y otra vez el mismo casete en una grabadora vieja: los *Grandes Éxitos* de Mercedes Sosa. Yo me quedé callado porque sabía perfectamente que ella me prohibiría meterme con Bebé, que ya tenía fama de andar en negocios sucios con otros malandros de los barrios vecinos.

Al día siguiente, en las horas de la noche, estaba jugando microfútbol en el parque cuando llegó él y me hizo señas para que me acercara. Obedecí y entonces sacó unos cuantos billetes y me dijo:

—Gracias, *bro*. Lo hizo muy bien. Me gustaría que siguiéramos haciendo *business* juntos.

Asentí y nos dimos la mano. Metí la plata en el bolsillo del bluyín y volví a la cancha a jugar micro. Uno de mis compañeros de equipo me preguntó:

—¿Ese era Bebé?

—Sí.

—¿Y qué hacías con ese *man*?

—Somos llaverías.

A partir de ese momento me empezaron a mirar distinto tanto en el barrio como en el colegio. Me trataban con más respeto, no se metían conmigo ni me hacían bromas pesadas. Era como si midieran cada palabra. A mí esa sensación me gustó. Los que ya tenían quince o dieciséis años pasaban de largo sin empujarme, sin decirme frases idiotas ni levantarme la voz. Supe enseguida que se trataba de miedo, miedo a ese joven de diecinueve o veinte años que andaba en su moto con un fierro escondido entre el pantalón.

Con la plata de mi primer negocio compré en La Rebaja vegetales, arroz, lentejas, panela, papa y unas cuantas latas de atún. Mi mamá me preguntó apenas me vio entrar con las dos bolsas de mercado:

—¿Qué traes ahí?

—Cosas para la casa.

—¿Y de dónde sacaste la plata?

—A veces ayudo en el supermercado a empacar y me dejan propinas.

A mi mamá se le aguaron los ojos. Yo rematé diciendo:

—No es mucho, pero alcanza para completar el mercado.

—Dios me bendijo con un hijo maravilloso —aseguró ella mirando hacia el cielo. Y puso en la grabadora *Gracias a la vida*, el himno de Mercedes Sosa, y lo tarareó dichosa y sonriente: *Gracias a la vida, que me ha dado tanto…*

Una semana después, Bebé volvió a contactarme y me propuso:

—Necesito que recoja algo, sardino. Estoy muy boleteado y la tomba se enamoró de mí. Me siguen a todas partes y no me dejan respirar.

—*Listones* —dije yo sin amedrentarme.

—Solo es recoger la merca y ya. Va con su maleta del colegio, normal, como si nada, timbra, le entregan un paquete igual al anterior, lo guarda entre sus libros y se va para su casa. Yo lo busco allá.

Asentí. Él me dijo:

—Venga, suba, le voy a mostrar la casa.

Nos fuimos a toda velocidad hasta un taller de mecánica desde el cual podíamos mirar hacia abajo, hacia unas calles que estaban del otro lado del barrio. Bebé me indicó una casa y me dijo:

—¿Ve la casa pintada de amarillo? Esa. Solo dice que va de parte mía y listo. Mete el paquete en su morral y se lo lleva para su casa. Esta noche yo lo contacto allá.

—¿A qué hora? Mi mamá se acuesta temprano.

—Fresco, yo le caigo tipo ocho. Seguro ella estará viendo la novela.

Se refería a *Yo soy Betty, la fea*, una telenovela que tenía los índices de audiencia más altos. La gente veía el noticiero a las siete en punto y a las ocho estaba muy pendiente del nuevo capítulo de *Betty*.

Pocos minutos más tarde yo estaba timbrando en la casa pintada de amarillo. Un tipo sin dientes y con la cara llena de acné me preguntó:

—¿Qué onda?

—Vengo de parte de Bebé.

—¿Cómo se llama?

—Bruno.

—Espere ahí.

A los pocos segundos el hombre me entregó un paquete rectangular. Yo lo metí en mi morral y me fui caminando tranquilo, sin afanarme. No sentía miedo de ninguna clase. Pensaba que, en caso de que me mataran por llevar mercancía prohibida, se acabaría todo de una vez y me iría a ese lugar desconocido donde estaba Max esperándome. No era un mal plan. Por eso me daba lo mismo y no me afanaba ni me ponía nervioso.

Cuando llegué a mi casa lo metí debajo del colchón, como la vez anterior. A las ocho en punto, cuando mi mamá estaba muy pendiente de *Betty*, yo salí a la calle y me senté en el andén frente a mi casa. Bebé llegó a las ocho y cinco minutos. Entré, traje el paquete y se lo entregué.

—¿Todo bien?

—*Simón.*

—¿No le preguntaron nada?

Negué con la cabeza. Él volvió a sonreírse y me dijo:

—Ahora somos parceros. En estos días le paso sus *lukas*.

Y se fue. Yo me entré a ver la novela con mi mamá. A mí también me gustaba *Betty*. Ella pertenecía al bando de los feos, como nosotros.

Debo aclarar que la ausencia de Max no me afectó mayor cosa. Extrañaba verlo en el sofá escuchando o viendo las noticias en la tele, pero recuerdo que no lloré en ningún momento, no me entristecí ni mis estudios se vieron afectados. Lo único fue esa extraña sensación de tener la certeza de que me iba a morir.

Mi mamá estaba todo el día en la casa cosiendo y arreglando prendas de los curas, pero de vez en cuando tenía que acompañarla a exámenes médicos. El problema en esos casos era cargar la silla de ruedas, ayudarla a subir al carro, estar pendiente de que ella no se fuera a caer al piso. Como yo no podía bajar por las calles sosteniendo la silla, teníamos que pedirle el favor a un vecino que era taxista y pagarle las carreras de ida y vuelta hasta el hospital.

Por eso sentí mucho alivio cuando Bebé apareció de nuevo a la salida del colegio y me dijo en una calle cercana, en un rincón donde nadie nos estuviera observando:

—Tome, esta vez es más billete porque se arriesgó más —y me entregó un fajo de billetes.

Escondí la plata entre los cuadernos y él se sonrió y me dijo:

—Luego lo busco para otro cruce.

Bebé arrancó la moto y se fue.

Me quedé muy contento porque ahora tenía con qué pagar el taxi de ida y vuelta hasta el hospital, más algún medicamento extra que el seguro médico no cubriera. Podía hacerme cargo de mi mamá.

Por esos días fui a estudiar a la casa de Silvio, un compañero del colegio. Teníamos que hacer un trabajo en grupo y decidimos asociarnos. Ninguno de los dos era bueno para exponer en público, pero nos llevábamos bien y tampoco pertenecíamos al grupo de los vagos del salón. Éramos estudiantes promedio, ni brutos ni sobresalientes.

Recuerdo bien esa tarde porque él me preguntó mientras nos preparábamos una limonada en la cocina:

—¿Es verdad que eres amigo de Bebé?

—Nos saludamos.

—En el colegio dicen que haces trabajos para él.

—Es buena onda conmigo.

—Ten cuidado, lo tienen en la mira.

—¿Cómo sabes?

—Lo sé.

Cuando ya estábamos estudiando para la exposición, en un momento dado sentí ganas de orinar y le pregunté a mi amigo dónde quedaba el baño.

—Por el corredor a la izquierda —dijo él señalando hacia el fondo.

Me dirigí hacia donde él me había indicado, pero me equivoqué de puerta y abrí otra que conducía a una habitación muy rara que tenía afiches de combatientes con rasgos orientales, escenas de películas de samuráis y campeones famosos de artes marciales chinos o japoneses, no estaba seguro. Toda la habitación estaba cubierta de esos carteles y de varios muñecos similares que estaban recostados en el escritorio y en las mesas de noche. Reconocí a algunos de los personajes de *Dragon Ball* y de los *Power Rangers*. Pero lo que más me llamó la atención fue una espada que estaba colgada en la pared. Brillaba en medio de la penumbra.

Sentí unos pasos detrás de mí. Era mi amigo.

—Lo siento, me equivoqué de puerta —dije disculpándome.

—Fresco, no importa.

Un silencio incómodo se instaló entre nosotros. Entonces él dijo con una voz triste:

—Es el cuarto de mi hermano mayor.

—¿Y qué es todo eso? —pregunté yo sorprendido.

—Él es un *sayayín*, un guerrero urbano.

3

El 11 de septiembre de 2001, en las horas de la mañana, dos aviones se estrellaron contra las Torres Gemelas de Nueva York y en la noche todos vimos en la televisión esas imágenes que parecían sacadas de una película de acción. Y celebramos, por supuesto. Nos parecía bien que esos héroes que venían de países olvidados como el nuestro hubieran sido capaces de golpear a los gringos en el corazón de su ciudad principal. Bien hecho. Un *jab* al mentón. Los edificios cayéndose, la gente huyendo despavorida y la nube de humo y de polvo elevándose en el aire nos produjeron una sensación de admiración irrestricta. Incluso mi mamá comentó esa noche:

—Los atacaron en su propio territorio. Qué bien. A ver si por fin les duele.

Una madrugada el barrio se vio conmocionado por una serie de patrullas y camiones de la Policía que se estacionaron en el parque. Varios pelotones de agentes descendieron y empezaron a allanar las viviendas del sector donde pensaban detener a varios pandilleros. Así dijeron con un megáfono que bajaron de una de las patrullas:

—Venimos a detener a algunos pandilleros que están ya investigados. Por favor colaboren.

El problema es que alguien había dado la voz de alarma desde la noche anterior y en las casas a las que entraron no encontraron a ninguno. No hubo una sola detención. Los tombos se retiraron furiosos y maldiciendo.

Bebé se desapareció por completo. No volví a verlo y me concentré en el colegio. Acababa de cumplir once años. Los días iban pasando en medio de un tedio que me exasperaba. Sentía que vivía suspendido en un tiempo muerto, como si de repente alguien hubiera detenido todos los relojes. No le encontraba sentido a nada.

Empecé de nuevo a pensar en la muerte de una manera insistente y en clase me preguntaba cómo se iban a morir mis compañeros de curso: ¿en un accidente?, ¿baleados, como mi papá?, ¿de viejos llenos de enfermedades?

Y justo cuando el año se estaba terminando, una tarde alguien me gritó desde un carro con vidrios polarizados:

—¡Hey, Bruno!

Me acerqué a ver quién diablos me llamaba y cuál sería mi sorpresa cuando vi a Bebé al volante con gafas oscuras. Me dio una alegría inmensa y le dije sonriendo:

—¿Es suyo?

—Claro, socio, súbase.

No podía creerlo. Era la primera vez que me subía en plan de copiloto. Bebé iba escuchando un grupo de rap que no reconocí. Me dijo mientras me pasaba la mano por el pelo:

—¿Me extrañó, *bro*?

—Mucho. Se me acabaron los ahorros.

—Fresco, ahora vamos a hacer negocios en grande.

Bebé parqueó su nuevo carro en un lote desocupado que a veces utilizábamos para jugar fútbol. Abajo, a lo lejos, se veía la penitenciaría La Picota, con sus distintas edificaciones en ángulos que parecían un diseño de juguete. Bebé apagó el carro y afirmó:

—Me vine a buscarlo porque el negocio va creciendo, *bro*.

—Necesito trabajo —dije yo casi suplicando.

—Y yo lo necesito a usted. ¿Tiene bici?

—La tengo pinchada, pero sí, está en la casa.

—¿Y tiene algún compañero de clase en el que confíe plenamente? Alguien que no nos vaya a salir tránsfuga.

Pensé con rapidez, sopesé nombres y nada, no se me ocurría nadie. Pero no quería desilusionar a Bebé. Entonces le dije:

—Déjeme pensarlo. Mañana le tengo el dato.

—Listo, parcerito. La jugada es simple: yo le entrego la *merca*, usted la transporta en su bici y la lleva hasta la entrada principal de la prisión.

—¿Ahí abajo? ¿Hasta La Picota?

—*Sisas, bro*. Estamos conectados allá con los duros, a lo grande.

—Cuente conmigo.

—Pille cómo es la jugada: tenemos que hacer tres entregas semanales. Yo tengo ya fichado al hermanito de un amigo. Lo necesito a usted y a otro sardino. No es bueno que alguno de ustedes lleve más de un kilo. Por seguridad. ¿Sí me entiende?

—Claro, por si nos detienen los tombos.

—Exacto. Tres kilos por entrega, tres entregas a la semana. Son nueve kilos semanales. Mucho billete. Va a hacer plata a la lata.

—¿Y quién nos recibe?

—La guardia. Esos güevones ya están palabreados. Todo está engrasado. Tiene que funcionar como un reloj.

—De una. ¿Cuándo arrancamos?

—Este lunes. Las entregas tienen que ser a la madrugada, ese es el único problema. Y hay que pararse en un punto ciego, un rincón donde las cámaras no alcanzan a cubrir la imagen.

—¿A qué hora?

—A las cinco en punto. A esa hora entran los guardias que son nuestros.

—Todo bien. No le voy a fallar.

—Yo sabía. Tiene sangre fría. Es de los nuestros.

—Mañana le digo quién es el otro que estará conmigo.

—Tenga, es para que despinche la bici —dijo él sacando unos billetes y entregándomelos con la mano derecha—. Hágalo ahora mismo.

—*Simón*.

—Lo busco mañana a la salida del colegio, a la misma hora de siempre. Lo dejo aquí porque tengo afán.

Me bajé del carro y Bebé arrancó haciendo patinar las ruedas para impresionarme. Yo estaba feliz. Mi mamá no hacía sino quejarse de las deudas y de cómo los curas le pagaban retrasados todos los meses. La solución acababa de llegar.

Arreglé la bici esa misma tarde y la dejé rodando sin problemas. La plata que Bebé me había dado me alcanzó de sobra para ajustar los frenos, centrar los rines y enderezar el manubrio. No quería que me fuera a fallar por nada del mundo. También hice un pequeño mercado de granos, compré arroz, café, un pan gigante y una docena de huevos. Mi mamá me agradeció y me colmó de besos esa tarde.

Pensé en varios nombres para que me acompañaran a hacer las entregas y ninguno terminaba de convencerme. Esa noche di vueltas en la cama echando cabeza y nada, no veía a mis vecinos ni a mis compañeros de clase metidos conmigo en el nuevo negocio.

En la mañana, cuando estaba entrando al colegio, me tropecé con el hijo del portero, Ángel, que sufría un ligero retardo mental. Tenía trece años, pero parecía un niño de siete u ocho. Era gordito, cachetón y muy buena onda. El nombre le combinaba perfectamente con su personalidad: era amable, servicial y de buen corazón. A veces los otros estudiantes lo molestaban, le hacían bromas y lo trataban como si fuera un imbécil, pero no, yo me había dado cuenta de que era sagaz y atento a lo que sucedía a su alrededor. Me acerqué a él y le pregunté:

—Ángel, tú tienes bici, ¿verdad?

—Hola, Bruno —me dijo él con esa voz melodiosa que tenía—. Sí, cuando quieras vamos a montar.

—Eso te quería proponer: necesito llevar unos paquetes en estos días y de pronto me puedes echar una mano. El único problema es que toca levantarse muy temprano.

—Yo puedo, sí. Mi papá se levanta a las cuatro para ir a abrir el parqueadero.

—¿Y no te prohíben salir solo?

—No, yo hago mandados y a veces me voy al parque a jugar solo.

—Listo. Pero no le puedes decir a nadie. Es un secreto entre los dos. Júralo.

—Bueno, lo juro.

—Nos vemos a la salida.

—Dale.

Me pareció una excelente idea: si los tombos nos llegaban a parar jamás se les ocurriría pensar que Ángel pudiera estar metido en algo sucio o ilegal. Seríamos solo dos sardinos montando en bicicleta.

En las horas de la tarde recogí a Ángel en la portería y me fui con él caminando hasta que divisé el carro de Bebé en una calle lateral. Me dirigí en esa dirección y, cuando ya habíamos caminado varios metros, de pronto la voz de uno de los curas se escuchó con claridad:

—¡Ángel, necesito que me ayude en la cocina, por favor!

Nos volteamos y era el padre Figueroa gritando desde la entrada del colegio. Ángel me dijo con tristeza:

—Tengo que irme, si no el padre después me regaña.

—Tranquilo, ve, luego hablamos. Acuérdate de no decir nada de lo nuestro.

Ángel asintió y salió corriendo de regreso hacia el colegio. Yo seguí caminando hasta el carro de Bebé. Él abrió el vidrio polarizado de su ventana y me dijo:

—¿Ese es nuestro nuevo colega?

Yo asentí con cierto nerviosismo. Tenía miedo de que Bebé me regañara por haber elegido a un estudiante apocado y tranquilo. Él se quedó mirándolo desde la distancia y me preguntó:

—¿No es Ángel, el hijo del portero? Hacía tiempos que no lo veía.

—Los demás creen que no es normal, pero no es cierto.

Bebé se sonrió y me señaló con el dedo:

—Sé lo que está pensando: nadie va a dudar de él.

Me sonreí también. Me alegraba saber que Bebé y yo estuviéramos sincronizados en la misma frecuencia. Dije de inmediato:

—De hecho, no le voy a decir qué estamos transportando.

Bebé estalló en una carcajada y dijo medio ahogado:

—¡Qué cabrón! ¡Es una jugada maestra! ¡Muy bien!

En efecto, desde el primer día, Ángel creyó que le estábamos llevando medicamentos a la guardia para la enfermería de la cárcel. Así era mejor. Bebé nos entregaba los tres paquetes en su carro a las cuatro y media en punto de la mañana, nosotros descendíamos en las bicis hasta la avenida principal y pedaleábamos a toda velocidad hasta la entrada de La Picota. Ahí esperábamos el cambio de guardia y a las cinco de la mañana, con el cielo todavía oscuro, entregábamos nuestras tres bolsas con logos de Supermercado Acacías. Los guardias siempre nos recibían los paquetes en un costado de la caseta donde las cámaras no alcanzaban a grabar nada. Era fácil y rápido. Dos días después, Bebé nos pagaba nuestra plata peso sobre peso.

El tercer chico se llamaba Brayan, tenía el cabello largo, era pecoso y muy callado. Andaba en una cicla de bicicrós y siempre llegaba del costado sur, de algún barrio que quedaba colindando también con la prisión, tal vez el Diana Turbay o Molinos II. Nos saludábamos, pero nunca intimamos ni nos preguntamos nada entre nosotros.

Ángel estaba muy contento con el nuevo dinero. Se compró unos tenis nuevos, jugaba *Mortal Kombat* en un local del barrio y le alcanzó para cambiar la bici y comprarse una mucho mejor.

Yo, por mi parte, pude ayudar a mi mamá con los gastos de la casa y ahora no solo hacía mercado, sino que pagaba también algunas facturas de los servicios públicos. Mi mamá solía decir con orgullo:

—Dios me bendijo con este muchacho.

Nadie se podía imaginar lo que estaba a punto de suceder.

4

Trabajamos varios meses para Bebé sin contratiempos de ninguna clase. Mi mamá creía que yo me levantaba temprano a entrenar. Le dije que quería competir a nivel profesional y que me estaba preparando para los torneos de bicicrós del Distrito. Llegaba de las entregas, me bañaba, desayunaba y me iba para el colegio. Normal. Nadie sabía que, en un rincón de mi clóset, corriendo una tabla de madera, yo tenía una caleta con el dinero que iba ahorrando, que no era poco para mi edad. Me ganaba cincuenta mil pesos por entrega, es decir, ciento cincuenta mil pesos a la semana. Eso al mes significaba seiscientos mil pesos. Nada mal para un sardino de once años de edad.

El problema fue que una mañana Bebé no apareció en el descampado donde siempre nos encontrábamos. Su carro no estaba por ninguna parte. Esperamos media hora. A las cinco de la mañana nos íbamos a ir del lugar, cuando de pronto aparecieron una cantidad de motocicletas que nos rodearon sin darnos espacio para una fuga. Nos cercaron por completo. Dos tipos fornidos y mucho más grandes que nosotros se bajaron de sus motos y nos arrojaron al piso de un golpe. Luego nos cogieron a patadas hasta que nos dejaron heridos, sangrando y llenos de moretones. Solo recuerdo una voz que nos dijo:

—Se acabó el negocio, pirobos. La cárcel es nuestro territorio. Par de tarados mentales.

Enseguida cargaron nuestras bicicletas en dos motocicletas distintas, encendieron de nuevo las máquinas y se largaron en medio de una nube de polvo. Creí ver que uno de ellos llevaba una espada cruzada en la espalda.

Nosotros escasamente podíamos respirar. Debo reconocer que Ángel se comportó a la altura: no lloró, no suplicó, no pidió clemencia. Se quedó callado y aguantó la paliza. A mí lo que más me ofendió no fueron los golpes y las patadas, sino la expresión "tarados mentales", que hacía alusión, por supuesto, a la condición psicológica de Ángel.

En medio del dolor que estaba sintiendo, alcancé a preguntarle:

—¿Estás bien, *brother*?

Se demoró en responderme unos cuantos segundos. Luego me dijo:

—Creo que me rompieron una costilla. No puedo respirar.

—Yo estoy igual —dije sintiendo unas fuertes punzadas en el costado izquierdo.

Los vecinos del barrio que nos vieron heridos, y caminando apoyándonos el uno en el otro como si fuéramos dos soldados en un campo de batalla, nos llevaron hasta el centro de salud. La versión oficial fue que ladrones provenientes de otro barrio nos habían robado las bicicletas. Nosotros sostuvimos la mentira de que estábamos entrenando cuando nos atacaron súbitamente.

Al llegar a la casa, le dije a mi mamá apenas entré:

—Nos atracaron a Ángel y a mí. Nos robaron las bicicletas.

Mi mamá no se escandalizó, ni me abrazó, ni me consintió, ni se puso a llorar. Me revisó los moretones, me palpó el cuerpo entero y me dijo:

—No hay que coser nada. Menos mal.

Eso fue todo. En el fondo, sentí cierto alivio de que no empezara a hacerme preguntas. Prefería mil veces ese desdén y esa dureza a los largos interrogatorios y los llantos de la madre abnegada. Pensé que quizás ese temple le venía de su propio accidente, del hecho de haber quedado enterrada en esa silla de ruedas siendo una mujer joven todavía.

Al día siguiente supimos que habían asesinado a Bebé. Apareció en un lote vacío acuchillado y decapitado. Tanto las autoridades como la gente del barrio repetían la versión de que lo habían atacado a machete, seguramente por una venganza entre pandillas. Yo intuía ya que no se trataba de machetes, sino de espadas bien afiladas.

Nunca supe qué le sucedió a Brayan, el tercer chico que trabajaba con nosotros. No tenía dónde llamar ni preguntar por él. Jamás lo volví a ver.

Los ahorros que tenía me permitían aguantar varios meses sin desesperarme. Mi mamá se había recuperado económicamente, así que podíamos estar tranquilos, al menos por un breve lapso de tiempo.

Por esos días en que caminaba despacio y cualquier movimiento me costaba porque me dolía desde la cabeza hasta los pies, uno de mis compañeros del colegio, un año mayor que yo, Alberto Múnera, decidió que él no era de sexo masculino, sino femenino. Todos sabíamos que era bastante amanerado, con una voz aguda y delicada, pero apenas anunció que se iba a cambiar de sexo, los curas del colegio lo echaron de inmediato. Él no se amilanó y se fue sin explicar nada más. Se pasó a un instituto donde le dijeron que cambiar de sexo estaba entre sus derechos y empezó entonces lo que él llamó su transición. Se dejó el cabello largo, se cambió el nombre a Salomé y exigió que desde entonces la trataran como a una chica. Bien por ella.

Yo la olvidé rápidamente hasta que una noche, varios meses

después, me la encontré en el parque del barrio. Llevaba el cabello pintado de rubio y un mechón azul le colgaba a un lado. Tenía aretes, pulseras y usaba una camiseta diminuta a la altura del ombligo. Me sorprendió. Se me hizo al lado y me dijo con cierta coquetería:

—Hola, Bruno.

Levanté la cabeza en señal de saludo. Ella continuó:

—Soy Salomé. ¿Sí te acuerdas de mí?

—Claro que sí. Estás muy cambiada.

—Nunca hablamos en el colegio.

—Estábamos en cursos distintos.

—Es verdad. Hace rato que quería hablar contigo.

—¿Y eso?

—Pasa por mi casa. Sabes dónde vivo. Mañana, cuando salgas del cole.

—Listo.

—Que no se te olvide. Te espero.

Y se fue moviendo el pelo hacia un lado y contorneando las caderas. No parecía una jovencita de trece años, sino una adolescente de dieciséis o diecisiete.

Esa noche me dormí pensando en qué sería lo que Salomé iba a decirme al día siguiente. Me parecía extraño que me eligiera a mí cuando nunca habíamos hablado en el colegio. A diferencia de otros compañeros, yo nunca le hice *bullying* ni la amenacé. No podía tener nada contra mí.

Cuando llegué a su casa al día siguiente ella me estaba esperando con unas onces deliciosas: había hecho sándwiches de mortadela y queso, y decoró la mesa con flores y con unas galletas deliciosas. Yo no sabía cómo comportarme.

—¿Te pongo nervioso? —me preguntó ella sonriendo.

—Un poco, sí. No sé de qué quieres hablarme.

—¿Crees que me gustas y que te estoy seduciendo?

No supe qué decir y me quedé callado. Entonces ella se rio con una sonrisa perfecta que dejaba al descubierto unos dientes blancos y bien alineados.

—No seas bobo —dijo sin dejar de reírse—. Eres guapo, pero estás muy chiquito para mí.

Yo suspiré más tranquilo. Ella me sirvió las onces y me dijo:

—Ten, come. Los preparé especialmente para ti.

Yo empecé a comer con gusto. Ella se preparó aparte un agua aromática de yerbabuena. Entonces me dijo ya con una actitud seria y en un tono confidencial:

—Quería hablar contigo porque Bebé y yo éramos amigos. Me contó que trabajaban juntos y que tenías mucha sangre fría. Decía que más adelante vas a ser un duro.

—¿Cómo? —dije yo abriendo los ojos de par en par.

—Fui la novia de su mejor amigo, aunque en esa época no había empezado aún mi transición. Pero ellos dos sabían que yo era una niña y no un niño.

—Él nunca me dijo nada.

—A mi novio también lo mataron. Ese fue el golpe que me hizo tomar la decisión de convertirme en mujer. Menos mal que mi mamá me apoya. Somos solo las dos.

—No sabía que habían matado a más gente.

—A mi ex también lo decapitaron. Yo sé quiénes fueron.

—¿Y por qué no les dices a los tombos?

—Qué va, esos son otros asesinos por el estilo y están untados también. Reciben mucha plata.

—¿De quién?

—De Los Ninjas. Ellos son los que mandan. Ellos mataron a Bebé y a mi ex. Se creen los dueños de todo.

—¿Los Ninjas?

—Un combo de matones con ínfulas de guerreros orientales. Usan kimonos y practican artes marciales.

—¿Y usan espadas?

Salomé me miró con curiosidad:

—¿Cómo lo sabes?

—El día que nos dieron esa paliza a Ángel y a mí creí ver a uno de ellos con una espada en la espalda.

No quise hablar de la escena del hermano mayor de Silvio con esa extraña espada colgada en la pared. Para qué. No tenía pruebas de nada. Salomé me respondió enseguida:

—Así los decapitan, sí.

Nos quedamos callados unos segundos y el silencio pesaba entre nosotros, casi que uno podía tocarlo con las manos. Yo recordé las palabras de Silvio esa tarde en su casa: *Ten cuidado. Lo tienen en la mira.*

Terminamos de comer y miré a Salomé fijamente a los ojos:

—¿Cómo se llama el que decapitó a Bebé?

—No lo sé. Pero fue uno de ellos, te lo aseguro. Esa es su firma. Matan a cuchillo y con las espadas, como los guerreros japoneses.

—*Okey*, gracias por hablar conmigo. Tengo que irme. Mi vieja se pone nerviosa si me demoro.

Me levanté y me dirigí a la puerta. Salomé me dijo en voz baja:

—No vayas a hablar con nadie de esto. Los siguientes podemos ser nosotros.

Asentí y salí a la calle. El aire me refrescó y sentí como si acabara de salir de una cueva muy profunda.

Justo por esos días cambiaron al profesor de Educación Física del colegio. El nuevo profe era un joven de veinticinco años, César Botero. Era alto, delgado, muy atlético, y nos dijo de entrada el primer día de clase:

—Siempre se practican los mismos deportes: fútbol, baloncesto o voleibol. Vamos a hacer un cambio este año: voy a enseñarles artes marciales.

Todos gritamos de la emoción. Yo sentí un estremecimiento en la espina dorsal. De alguna manera misteriosa e inexplicable, sentí que esas palabras estaban dirigidas, principalmente, a mí.

5

El tiempo pasaba velozmente. Cumplí trece años de edad y una noche sentí que me había orinado en la cama. Me dio mucha vergüenza y me levanté con cautela a lavar la sábana para que mi mamá no fuera a sospechar nada. No me sucedía algo así desde que tenía cinco años. Cuando fui a mirar no era orina, sino un líquido blancuzco y baboso: semen. No podía creerlo. Acababa de hacerme hombre de la noche a la mañana, literalmente. Si para las mujeres el día de su primera menstruación es inolvidable, a nosotros nos sucede lo mismo con la primera eyaculación. Es un antes y un después, una marca indeleble que uno recordará toda la vida.

A partir de ese día empecé a sentir una atracción desmesurada por las jóvenes del barrio, por las vecinas, por las modelos de los almanaques, por las actrices de la televisión. Soñaba y fantaseaba con todas ellas. Sin embargo, me sucedió algo muy extraño que al día de hoy no sé cómo explicar.

Una tarde una de mis vecinas, que era un año menor que yo, me pidió el favor de que la ayudara con una tarea. Ambos estábamos en el mismo curso, aunque en colegios diferentes. Yo no era un estudiante brillante, ya lo he dicho, pero tampoco era un incompetente. Me iba bien. Le dije que pasaba después de clases, a eso de las cinco de la tarde.

Cuando llegué, ella, que se llamaba Rosario, estaba vestida con una minifalda y una camiseta apretada. Estaba sin sostén y se le notaban unos senos incipientes. Nos coqueteamos hasta que finalmente empezamos a besarnos. Era la primera vez que yo estaba en esa situación, entre los brazos de una chica, besándome con ella, sintiéndola tan cerca. Y aquí viene lo raro: no me excité, no me sentí cómodo, no me gustó. Soñaba con las modelos paisas que todos teníamos en nuestros cuadernos, me fascinaban las actrices de las telenovelas, pero esa tarde, con Rosario entre mis brazos, no sé qué pasó y me sentí fuera de lugar.

Mentí diciendo que mi madre me necesitaba con urgencia para darle un medicamento. La verdad era que quería salir de allí corriendo, no sé por qué. Rosario se dio cuenta y me dijo con cierto desdén:

—Pues vete entonces.

Yo abrí la puerta de la calle y salí de afán sin entender qué diablos me había sucedido. En la noche me masturbé pensando en Rosario y eyaculé abundantemente en una camiseta vieja que tenía dispuesta para esos bajos propósitos. Luego la lavaba para que mi mamá no fuera a darse cuenta y le diera asco ese hijo sucio que había parido. La pregunta era: ¿por qué me excitaba con la imagen de Rosario y no con la Rosario real? No lo sé, no tengo ni idea.

Y aquí se abre un segundo misterio: cuando me encontraba con Salomé en la tienda o en el parque, la veía cada vez más linda, más *sexy*, más mujer. Se estaba inyectando hormonas y tenía unos senos pequeños y unas caderas redondas que recordaban a las modelos de mis cuadernos. Ella me abrazaba y me daba unos besos cerca de la boca que me hacían poner rojo.

—Estás muy lindo —me decía siempre con esa sonrisa de actriz de cine—. Estás haciendo ejercicio, ¿verdad?

Yo asentía poniéndome nervioso. Y una tarde me arriesgué y le dije:

—A ver cuándo me vuelves a invitar a sándwiches de mortadela y queso. No los he podido olvidar.

Ella se puso feliz y me respondió enseguida:

—Cuando quieras. ¿Mañana? ¿A las cuatro?

Asentí sin saber si acababa de cometer un error. Salomé en el barrio era como un tema prohibido, como una especie de extraterrestre que vivía entre nosotros, pero a la cual había que guardarle cierta distancia prudente.

Al día siguiente llegué a su casa muy puntual. Ella estaba preciosa, se había maquillado y tenía unos *jeans* ajustados que le marcaban las caderas y el culo. Puso en un viejo equipo de sonido *Querida*, una canción de Juan Gabriel, y me dijo sonriendo:

—Mi mamá me contó que mi papá era sastre en un almacén muy cerca del Hotel Tequendama, en el centro, y que una vez entró Juan Gabriel a medirse un traje elegante. Entonces mi papá vio que tenía los calzoncillos desgastados.

Nos reímos con la anécdota. Esta vez sí comió sándwiches conmigo y me hizo una cantidad de preguntas sobre viejos compañeros del colegio. Por fin llegamos al tema que nos dolía a ambos y ella dijo con tristeza:

—El duelo de mi ex me dio durísimo. Casi me muero.

—Yo extraño a Bebé. Ahora mi mamá tiene que trabajar más para poder cubrir los gastos de la casa.

—Los Ninjas se creen ahora los dueños del barrio. No los soporto.

—¿Y los socios de Bebé van a permitir que los saquen tan fácil?

—El otro día hablé con ellos.

—¿Y?

—No puedo hablar de eso. Es por seguridad, tú sabes.

—Pero yo no voy a decir nada.

—Yo sé, fresco. El problema es si te llegan a coger y te interrogan. Son unos putos salvajes.

—Entiendo.

—Pero ya te enterarás. Eso no se va a quedar así.

Nos quedamos callados mientras comíamos. Entonces ella me dijo:

—Cambiemos de tema. Me dijeron que eres uno de los mejores en taekwondo en el colegio.

—El profe practica en la liga del Distrito. Es un duro.

—¿Te gusta?

—Sí, me parece mejor que darle la vuelta a la cancha de fútbol trotando o hacer flexiones de pecho.

—Por eso estás cogiendo ese cuerpazo —dijo ella coqueta y su mano se posó en mi brazo, justo a la altura del bíceps.

Yo no dije nada, pero me di cuenta de que me acababa de poner rojo. Ella no me soltaba y continuó:

—¿Te gusto?

—Estás muy linda, sí.

—No te pregunto si te parezco bonita, sino si crees que estoy mamacita.

Me puse muy nervioso y la miraba de reojo, sin saber qué decir ni qué hacer. Solo alcancé a balbucear:

—Sí.

Entonces ella se acercó y me dio un beso en la boca. Nos pusimos de pie y seguimos besándonos apasionadamente. Ahora Juan Gabriel cantaba otra canción con su voz melodiosa y dulce: *Siempre en mi mente.*

Tú estás siempre en mi mente.
Pienso en ti, amor, a cada instante…

Estaba muy excitado. Ella se dio cuenta y me dijo:

—Huy, qué rico, estás a mil.

Y empezó a frotarse contra mí mientras seguíamos besándonos sin parar. En un momento dado ella se agachó, se puso de rodillas y me desabrochó el pantalón. Yo escasamente podía respirar. Ella agarró el miembro con una mano, con la otra se echó el cabello hacia atrás, y empezó a chupármelo sacando la lengua, como si estuviera lamiendo una paleta o una colombina. Yo me recosté contra la pared jadeando. Ella me dijo en un susurro:

—Mírame cómo te lo mamo bien rico.

Bajé la mirada y entonces ella se lo metió hasta el fondo de la garganta. No pude más y eyaculé mientras varios espasmos me hacían temblar el cuerpo entero. Ella, en lugar de retirarse o escupir hacia un lado, lo que hizo fue tragarse el semen sin asco alguno. Luego se puso de pie y volvió a besarme con esa saliva salada que era una mezcla de fluidos nuestros.

—¿Sientes? Es tu lechecita todavía en mi boca —me dijo medio ahogada.

Luego paramos y yo me subí el pantalón. Ella se sonrió y me dijo al oído:

—¿Te gustó?

—No aguanté nada, qué pena —alcancé a murmurar.

—No te vayas a ir. Ven, hagámonos en la sala. Mi mamá todavía se demora.

Nos sentamos en un sofá barato que tenía una manta encima para protegerlo. Salomé me parecía preciosa, dulce, como si fuera una ensoñación. Le dije sin querer ofenderla:

—No sé cómo tratarte.

—¿Cómo así? —me preguntó ella mirándome a los ojos.

—¿Estás operada?

—Ah, es eso. No, todavía no porque no soy mayor de edad.

Ya hablé de eso con mi mamá. Apenas cumpla dieciocho me opero. Pero no todas las chicas trans queremos operarnos. Yo voy a charlas todas las semanas en una fundación que nos orienta.

—¿Y en ese caso serías una chica con pene?

—Eso soy ahora, sí. Pero mejor hablemos de ti. Cuéntame, ¿ya te acostaste con alguna amiguita?

Negué con la cabeza. Ella se sonrió con malicia:

—¿Eres virgen?

—Sí.

—Si lo hacemos juntos yo sería tu primera mujer.

—Pero tú no eres virgen.

—No quiero mentirte. A ti no. Eres mi amiguito del cole. Yo ahora me acuesto con uno de los socios de mi ex. Él me da plata y prácticamente sostiene esta casa. Es muy lindo conmigo. Pero no estoy enamorada.

—Yo necesito trabajar de nuevo. Estoy desesperado. Mi vieja está paralítica y no da abasto.

—Tranquilo, las cosas se van a componer...

En ese momento escuchamos un ruido en la puerta y entró la mamá de Salomé cargada con dos bolsas. Me acerqué a ayudarla mientras le decía:

—Buenas tardes, doña Martha. Déjeme ayudarla.

—Y tú eres...

Salomé contestó por mí:

—Es Bruno, mamá, el hijo de doña Yordana.

La mujer se quedó mirándome de arriba abajo y me dijo abriendo los ojos de par en par:

—¡Bruno! No puede ser. Pero si eras un niño chiquito. ¿Cómo está tu mamá?

Dejé las bolsas en la mesa del comedor y contesté:

—Bien, doña Martha, ahí trabajando.

—Así estamos todos en este barrio: jalando como podemos.

—Bueno, yo las dejo. Gracias por las onces, Salomé. Hasta luego, doña Martha.

Las dos se despidieron de mí y salí a la calle. El cielo estaba negro y empezaron a caer las primeras gotas de un fuerte aguacero. Esa tarde caminé hasta mi casa en medio de un diluvio que me dejó empapado. No paraba de pensar en Salomé y de escuchar la voz de Juan Gabriel como telón de fondo. ¿Por qué me había excitado con ella y no con Rosario? ¿Era Rosario una chica de verdad y Salomé una chica de mentiras? Y si a mí me gustaba más Salomé que Rosario, ¿qué era yo?

6

Cumplí los quince años de edad y fui por primera vez al norte de la ciudad. Cuando acompañaba a mi mamá al médico llegábamos hasta el centro y nos devolvíamos. Y alguna vez tuvimos que ir hasta Chapinero porque allá quedaba el laboratorio médico donde debían sacarle a mi vieja una resonancia magnética de la columna vertebral. Pero el norte era otra ciudad completamente distinta: los parques, el aire limpio, las avenidas bien pavimentadas, los almacenes de ropa elegantes y los restaurantes sofisticados con gente bien vestida comiendo comida asiática o italiana. Me sentí metido en una película. Parecía otro país. No podía creerlo.

Fuimos a una competencia de taekwondo en un colegio privado. Los curas del colegio contrataron un bus y nos dieron el permiso para ir con César, el profe de Educación Física. Todos estábamos impresionados con la riqueza que estábamos viendo por todos lados. Recuerdo que para mí fue como un *shock*, como un golpe que me hubieran dado en el centro de mi ser. No podía ser que nosotros viviéramos de ese modo, entre la sangre y el polvo, y que esta gente mientras tanto estuviera comprando ropa sofisticada y comiendo platos que ni siquiera podíamos pronunciar porque estaban en otros idiomas. Fue la primera vez que tomé conciencia de mi pobreza, de mi exclusión, de la miseria en que vivíamos mi madre y yo.

El colegio que nos invitó tenía unos salones con pupitres nuevos, los tableros eran sintéticos y tenían ya una sala de computación con varios aparatos distribuidos en distintas mesas. Nosotros todavía usábamos tableros de tiza y en el colegio solo había un computador en la secretaría del padre rector. Nada más. Eso era todo. En primaria, las clases de mecanografía las habíamos recibido en máquinas de escribir manuales, ni siquiera eléctricas. Además, en ese colegio privado tenían televisores enormes en varios salones, un laboratorio moderno y un gimnasio en el que entramos con la boca abierta: había colchonetas para prácticas de piso, pesas, bolsas de boxeo, lazos de estiramiento, espejos gigantes y todo tipo de máquinas para abdominales y ejercicios de brazo. No sabíamos ni qué decir.

Pero lo peor fue cuando empezaron a llegar los estudiantes de los otros colegios con los cuales íbamos a enfrentarnos: no solo iban bien vestidos, con sudaderas importadas y tenis de marca, sino que eran mucho más grandes que nosotros. Eran todos blancos como la nieve, de rasgos finos, altos y elegantes. Ninguno tenía rasgos indígenas ni negros. Los morenos y aindiados éramos nosotros. Incluso, ellos a veces hablaban en inglés, cantaban canciones de grupos de *rock* que desconocíamos por completo y no entendíamos nada de lo que estaban diciendo. Y en lugar de crecernos y envalentonarnos, nos amilanamos hasta el punto de que no sabíamos cómo comportarnos. Dábamos pena.

La competencia fue una humillación total. Perdimos en todas las categorías y ninguno pasó de su primer combate. Nos hicieron pedazos. Al final regresamos al bus del colegio en silencio y con el ánimo por el suelo. Los ganadores ni siquiera nos dirigieron la palabra. No preguntaron por nuestros nombres ni de dónde veníamos, nada. Éramos unos monigotes, bolsas de cuero que les habíamos servido para patear y entrenar un rato. Quedamos con la moral destruida. Ninguno dijo una sola palabra en el trayecto de regreso al agujero en el que vivíamos.

Más que darnos cuenta de nuestra miseria e ignorancia, lo que nos sucedió fue que tomamos conciencia de que pertenecíamos a otra especie. Un compañero de once dijo algo en los días siguientes que me impactó mucho:

—Esos *manes* son mucho más grandes y fuertes que nosotros porque comen proteína desde chiquitos. Nosotros solo comemos harinas, pura basura.

El comentario indicaba que no comíamos lo mismo, no nos vestíamos igual, no respirábamos el mismo aire, no estudiábamos los mismos temas ni hablábamos la misma lengua. Ellos estaban diseñados desde pequeños para llegar a los cargos de poder y nosotros para servirlos y acatar sus órdenes. Nosotros crecíamos entre muertos, necesidad y hambre, y ellos entre la abundancia, la plenitud y el conocimiento. Era un desbalance que nos dejaba en una posición muy humillante.

A partir de entonces me preparé de otro modo para el futuro que me esperaba. Hablé con César, el profe de Educación Física, y le dije una tarde al final de las clases:

—Hicimos un papelón el otro día.

—No estuvo tan mal. Era la primera vez que ustedes competían.

—No ganamos una sola pelea.

—Pero compitieron, dieron la batalla, se defendieron. Tú, por ejemplo, pusiste en aprietos a tu contrincante en más de una oportunidad.

—Fue vergonzoso. Y yo quiero saber cómo hace uno para entrenar a otro nivel.

—No entiendo la pregunta.

—¿Qué tengo que hacer para alcanzar un nivel muy superior al que tengo?

—La única forma es conseguir un maestro profesional.

—¿Y eso es muy costoso?

—El Distrito tiene opciones y becas. Déjame averiguo y te cuento.

—Gracias, profe.

Una semana después, César me comunicó que había conseguido una cita en la sede de El Salitre para aplicar a una beca del Instituto de Recreación y Deporte. Me presenté, respondí las preguntas que me hizo un comité compuesto por una mujer y dos hombres, y entré al programa de artes marciales con un pequeño subsidio de transporte que me otorgaban cada mes. Fue lo mejor que me pudo haber ocurrido. Empecé a salir del barrio y a contemplar la posibilidad de una vida más allá de las barreras de la miseria que hasta entonces me habían atenazado.

La persona que me recibió el primer día fue el maestro Wang, un chino que llevaba treinta años viviendo en Colombia. Hablaba español con acento. Era un tipo alto, delgado, de una edad indescifrable. En el grupo éramos apenas diez alumnos. Los primeros días nos enseñó solamente a caminar. Nos repetía una y otra vez con ese acento tan particular que tenía:

—Hagan de cuenta que están caminando sobre hielo. Si pisan muy fuerte, el hielo se rompe y ustedes se ahogan.

Nosotros teníamos que caminar muy despacio, poniendo los pies en el piso con una delicadeza que no quebrara el hielo que nos estaba sosteniendo. Si alguien pisaba con torpeza, el maestro Wang lo señalaba y le decía enseguida:

—Rompiste el hielo. Te acabas de caer y vas a morir congelado.

Aprendí a caminar con cautela, suavemente, como si no pesara nada y mis piernas fueran dos plumas cayendo en el aire hasta llegar al piso.

Una tarde me quedé practicando solo y el maestro Wang me vio y se acercó pausadamente. Cuando lo vi ahí parado me incliné para saludarlo. Él me dijo con su tranquilidad de siempre:

—La clave no está en los pies, sino en el cuerpo entero. Pesamos mucho. Hay que aprender a ser más aéreo, más sutil, menos denso.

Yo asentí con respeto. Entonces el maestro se hizo junto a mí y empezó a moverse con una lentitud que me sorprendió. Y mientras se desplazaba como si estuviera caminando en el aire, me dijo en voz baja:

—Es invierno. Estamos rodeados de lobos, están a la izquierda y a la derecha. Están dormidos. Si los despertamos, se lanzarán sobre nosotros y nos devorarán. Shhhh, silencio, con cuidado...

El espectáculo fue uno de los momentos más extraordinarios de mi vida: el maestro Wang levantaba los brazos y se movía como si la gravedad hubiera desaparecido, como si fuera un astronauta caminando sobre la superficie de la luna. Luego se detuvo y me dijo:

—Esa es la clave. No despertar a las bestias.

Nunca olvidaré esa tarde porque desde entonces me convertí en discípulo del maestro Wang: me quedaba después de la clase oficial y empecé a practicar Tai Chi. Mi mente empezó a acostumbrarse a la posición de Wu Ji, el estado de lo no manifiesto. Luego empezaban las distintas formas, esa danza a través del aire que comunicaba cada punto del cuerpo con todos los demás. El maestro Wang me decía mientras me guiaba:

—El cuerpo está diseñado como el cosmos, circula, gira, está en reposo y en permanente movimiento al mismo tiempo.

Yo me quedaba inmóvil en la posición de Siete Estrellas y él me decía en voz baja:

—Quieto, los lobos siguen dormidos. No pueden escuchar ni siquiera tu respiración.

También me enseñaba a apaciguar mi mente:

—La mente hace mucho ruido y por eso el cuerpo es tan torpe. Deja la mente tranquila, es como si fuera una laguna en la que no hay viento. Los pensamientos son las grullas que pasan por el cielo y que se reflejan en el agua. Ahí están, pasan volando, pero el agua permanece inalterable.

De ese modo, en pocos meses, me convertí en un adolescente pobre que practicaba taekwondo y Tai Chi. Solo pensaba en eso desde que me levantaba hasta que me acostaba. Cambié mi dieta y comía mucha proteína, frutas, verduras, y solo en contadas ocasiones consumía harinas y carbohidratos para complementar la dieta. Me pagaba el pollo y el pescado extra que compraba en la tienda con clases de taekwondo que les daba a los del colegio los fines de semana.

No me conformé tampoco con lo que aprendía en el colegio, que era muy poco. Decidí investigar otros temas, leer y aprender algunas nociones de inglés. Si quería más adelante enfrentar el mundo con resolución, era preciso salir de la ignorancia. La escasa plata que conseguía la gastaba en un café internet en donde podía alquilar un computador por unos cuantos pesos.

Mi madre me dijo una noche mientras veíamos juntos la novela de las ocho de la noche:

—Estás muy cambiado.

—Cambiado cómo —dije yo mirándola con gracia.

—No sé, más alto, más hombrecito, pero no dejas de ser callado y tranquilo.

—Son las clases del Distrito, supongo.

—Me preocupa que eres demasiado disciplinado para tu edad.

—No te entiendo.

—No tienes crisis de adolescencia, como los demás. No te emborrachas, no metes drogas (que yo sepa), y tampoco andas detrás de las muchachitas del barrio. Eres distinto.

—¿Y eso te molesta?

—Para nada. Suficiente tengo ya con esta invalidez.

Nos quedamos en silencio. Lo que no podíamos saber ninguno de los dos era que yo me estaba preparando para una verdad muy reveladora: que la clave no era solo caminar en silencio, sino respirar al mismo tiempo que los lobos.

CAPÍTULO II

Tatuaje

1

La noticia corrió por el barrio en cuestión de segundos: Salomé había desaparecido. No había señales de dónde podía estar ni con quién. Nadie vio nada sospechoso. Sencillamente, se había esfumado de un momento a otro.

Una tarde la policía llegó al colegio e interrogaron a varios de nosotros. Nos hicieron entrar en un salón aparte uno por uno. Los detectives estaban sentados detrás de un mesón enorme. Cuando llegó mi turno, un hombre de bigote poblado y cabello peinado hacia atrás me ordenó:

—Bruno Guerrero, siga.

Entré y me quedé parado frente a dos hombres vestidos de civil. Uno de ellos me preguntó enseguida:

—¿Conocía usted a Alberto Múnera, alias Salomé?

—Sí —dije con extrañeza.

—¿Por qué hace esa cara? —me dijo el mismo hombre. El otro solo tomaba notas.

—Porque ya era una mujer, no un hombre.

—No se había cambiado el nombre. Por eso tenemos que remitirnos a su tarjeta de identidad. ¿Fueron amigos cercanos?

—No, pero siempre nos llevamos bien.

—¿Estuvo usted en su casa?

—Sí. Tomé onces con ella una vez y me contó acerca de su transformación.

—¿Sabía con quién salía?, ¿qué hacía?

—No tengo idea —mentí para no quedar como un soplón.

—¿Sabe si usaba drogas?

—Ni idea.

—¿Sabía si tenía enemigos?

—No lo sé.

—¿Tiene algún indicio de adónde pudo haber ido?

—No, señor.

El hombre me ofreció una tarjeta y me dijo:

—Por favor avísenos sobre cualquier dato que de pronto nos pueda ser útil para encontrarlo.

—Encontrarla, querrá decir —afirmé frunciendo el entrecejo.

Tomé la tarjeta y salí. Enseguida llamaron a otro estudiante.

Ese mismo día decidí visitar a doña Martha. Ella me recibió con afecto:

—Quiubo, mijo. Siga.

Entré sin saber exactamente a qué iba. Doña Martha se veía desaliñada, con ojeras. Era evidente que no había podido dormir durante los últimos días.

—La policía estuvo hoy en el colegio. Querían saber si hay alguna pista sobre Salomé —dije con torpeza.

—Están rastreando a todos los amigos y a las compañeritas del nuevo colegio, pero ninguno sabe nada. O se están haciendo los bobos, no sé. ¿Usted no recuerda algo que nos pueda ser útil?

Recordé mi última conversación con ella, pero no me atreví a decir nada porque podía desatar un problema aún mayor. Era mejor tener cautela. Dije moviendo la cabeza hacia los lados:

—No, señora. Nosotros no éramos muy amigos. Nos conocíamos del colegio.

—Sí, mijo, yo sé, ¿pero no hay alguien del que usted sospeche?

—No, señora. No sé con quién salía.

—Últimamente, con un tal Michael. Él vino aquí algunas veces. A mí no me gusta, pero debo reconocer que es atento con ella y que parece que la quiere mucho.

—¿Y ya lo interrogaron?

—Dice que no sabe nada. Yo no sé si creerle. Usted sabe que aquí muestran una cara, pero afuera son otras personas.

—Sí, señora.

—Una chica trans como Salomé despierta cosas muy raras en los hombres. Se sienten atraídos por ella, pero al mismo tiempo les da rabia y la odian.

Pensé en mí mismo y me quedé callado. Yo me sentía raro, pero no la odiaba. No sabía qué decir. Doña Martha me dijo con lágrimas en los ojos:

—No sé qué hacer sin ella. La vida no me importa si ella no regresa. He pensado si todo fue culpa mía por haberle permitido la idea esa de cambiarse de sexo.

—Lo contrario, doña Martha. Usted siempre ha sido una buena madre. Gracias a su comprensión pudo ser ella misma.

—No lo sé, mijo, no lo sé. Debí cuidarla más y protegerla. Es una buena niña, no es justo que le hagan algo malo.

—Voy a preguntar en el colegio y si alguien sabe algo le informo enseguida.

—Gracias, mijo, muchas gracias por haber venido.

Salí de la casa de Salomé con un nudo en la garganta. No podía olvidar sus besos, su voz melodiosa y la escena erótica que habíamos vivido juntos en secreto.

Decidí visitar a Silvio, mi amigo del colegio que tenía ese hermano mayor que, seguramente, pertenecía a Los Ninjas. Me recibió un poco sorprendido por la visita. No éramos amigos cercanos.

—Vengo de visitar a la mamá de Salomé —dije con tristeza.

—De Alberto —afirmó Silvio con fastidio.

—Ya era una mujer.

—Si uno nace hombre siempre será hombre.

—Ojalá no le haya pasado nada.

—Él andaba con pandilleros y gente peligrosa. Quién lo manda.

—A mí me caía bien.

Silvio me hizo un gesto de asco y en ese justo momento el hermano mayor salió de su habitación y se acercó a la cocina a servirse algo de tomar. Me vio ahí parado y me saludó:

—Hola, *brother.*

—Qué tal.

Me revisó de arriba abajo y me preguntó enseguida:

—¿Levantas pesas?

—Practico artes marciales.

—¿Qué practicas?

—Taekwondo y Tai Chi.

—¿En dónde?

—En la liga, con el Distrito.

—Avísame si necesitas trabajo. Estamos buscando *sayayines.*

—*Ok*, gracias.

Memoricé su aspecto: veinte años, más o menos, uno ochenta de estatura, fornido, con una ligera sombra de barba. Había algo en él que indicaba peligro, acción, violencia. Me despedí de Silvio y salí a la calle.

Me hice en una tienda cercana. Una hora después, el hermano de Silvio se hizo en el paradero de buses. Me subí la capucha del buzo que llevaba y me hice en la fila, lejos de él. Cuando subimos, me senté en la última banca, sin llamar la atención.

El hombre se bajó en el 20 de Julio, cerca de la famosa iglesia del Divino Niño, y empezó a subir a pie hacia el barrio La

Victoria. Inicialmente, me fui en otra dirección para que no sospechara. Luego, siempre guardando una distancia prudente, lo seguí hasta un callejón cerrado que quedaba en la ladera de la montaña. Era una zona de indigentes y drogadictos callejeros llamada El Infiernillo. Era legendaria porque toda el hampa del sur de Bogotá movía negocios en ese barrio. El hermano de Silvio se saludó con un par de malandros y entró en una calle cerrada y bien custodiada por unos gorilas que estaban recostados en las esquinas. No me atreví a cruzar esa frontera urbana y me devolví sin llamar la atención.

A partir de entonces, volví durante los días siguientes y me hacía en las tiendas, compraba una gaseosa y escuchaba las conversaciones de la gente. En una de esas visitas, una tarde, alrededor de las seis, vi a uno de los vigías vestido con un kimono y con una máscara antigua en el rostro. Llevaba una espada al cinto y estaba seguro de que era la misma que tenía el hermano de Silvio colgada en la pared. La estatura y la contextura del hombre coincidían también.

Un día me encontré en esas calles con otro compañero del colegio que me saludó muy sorprendido:

—¿Qué hace usted por aquí, Guerrero?

—Buscando a un amigo, pero no lo encuentro.

—¿Algún cruce?

—Algo así.

Mi compañero me contó que en una de esas ollas donde consumían bazuco tenían a agentes de la Policía detenidos y que los torturaban hasta que se morían de hambre y de sed.

—Dicen que también tienen niños y niñas para explotarlos sexualmente. No sé si será cierto.

Me despedí diciéndole que tenía cierto afán y salí del sector mirando hacia atrás y pendiente de que nadie me estuviera siguiendo.

Me obsesioné con la idea de que en ese lugar tenían a Salomé secuestrada, pero no sabía cómo confirmarlo. No podía hablar con la policía porque eso me convertiría enseguida en un sapo, en un soplón, y esa categoría en un barrio como el nuestro era la peor de todas, la más baja. Era convertirme en un enemigo de los míos. Pero tenía que avisarles para que la buscaran en ese lugar. Decidí enviar un anónimo. Lo escribí en un café internet cerca al Instituto de Recreación y Deporte, lo imprimí cuidándome siempre de no dejar huellas ni en el papel ni en el sobre, y se lo envié a la comisaría al policía que me había dejado su tarjeta.

Esperé durante varios días y no pasó nada. Pensé que irían a intervenir y que harían un allanamiento, pero todo seguía igual. Yo sentía que cada segundo que pasaba significaba para Salomé más dolor y más desesperación. No sabía cómo ayudarla.

Mientras tanto, la vida continuaba: el colegio, las clases de Tai Chi y de taekwondo en la liga del Distrito, y por esos días mi madre se puso muy enferma debido a una bronquitis. Tosía desde la mañana hasta la noche. Yo estaba muy preocupado. Por primera vez pensé en su muerte y me dije que si ella se iba yo tendría que irme a vivir a una casa del Instituto Colombiano de Bienestar Familiar porque aún era un menor de edad. Ella me confesó una noche entre ataques de tos:

—Si algo me pasa, busca a una prima mía que se llama Adela Sastoque. Vive en Sutamarchán, en Boyacá.

—No te va a pasar nada. Yo te necesito —le dije con un nudo en la garganta.

Ella se sonrió y asintió como si se tratara de una promesa.

Y justo cuando yo menos lo esperaba, una noche se presentó Michael en mi casa, el nuevo novio de Salomé.

2

Michael llegó a las siete y media de la noche. Mi madre estaba en su habitación acostada y bien abrigada. Acababa de tomarse los medicamentos. Michael y yo nos hicimos en la puerta de la casa. Me dijo sin preámbulos:

—Sé que eres amigo de Salomé.

—Compañeros de colegio.

—Estoy muy preocupado por ella.

—Yo he estado investigando por mi cuenta —dije bajando el tono de la voz por si había algún vecino entrometido.

—¿Y?

—El hermano de Silvio trabaja en La Victoria, en El Infiernillo. Él es un guardia, un *sayayín*.

—Lo tenemos detectado. Es de Los Ninjas.

—En la zona hay varios menores de edad detenidos. Ahí la deben tener.

—Tenemos gente infiltrada, pero no han visto nada sospechoso.

—Hay cárceles subterráneas. Hay que llegarles de sorpresa y hacer un allanamiento.

—No tenemos tanta gente para eso. Ellos están bien armados.

—Tienen que ser los de la policía, entonces.

—Esos *manes* están comprados por ellos.

Me quedé callado. Michael se despidió y se fue. Me dejó un número de teléfono para contactarlo. Todavía no había llegado la fiebre de los celulares, pero ya mucha gente empezaba a usar los primeros modelos, que todavía no tenían conexión a internet.

Al día siguiente visité de nuevo a la mamá de Salomé. Ella me recibió agradecida, como siempre. Se había envejecido por lo menos veinte años. Tenía la cabeza invadida de canas.

—Hay que convencer a los de la policía para que hagan un allanamiento en el barrio La Victoria, en El Infiernillo —le dije de manera decidida—. Muchos menores de edad están ahí secuestrados.

—Ya hablé con ellos. Dicen que tienen agentes camuflados en el sector, pero que no hay rastros de Salomé por ninguna parte.

—Tienen que allanar. Hay cárceles subterráneas.

—Yo ya no sé qué más hacer.

—Hable con la prensa, doña Martha. Presiónelos.

Ella se quedó mirándome muy sorprendida. Me dijo absorta:

—No se me había ocurrido.

—Es una gran noticia para cualquier medio de comunicación.

Me despedí y salí a la calle sin saber qué más podía hacer por Salomé. No quería quedarme cruzado de brazos.

Dos días después, doña Martha dio una entrevista en una emisora de radio y la noticia se extendió con rapidez por toda la ciudad. Luego la vimos en un noticiero de televisión: hablaban de una madre humilde preocupada por su hijo transexual (lo nombraban en masculino) y la periodista decía que doña Martha estaba segura de que Salomé estaba en al sur de la ciudad, en

La Victoria, en una prisión clandestina donde tenían encerrados a varios menores de edad para prostituirlos. La prensa escrita se sumó al escándalo y todos se preguntaban si era cierto, o si se trataba de un mito urbano sin ningún tipo de fundamento.

Yo seguía vigilando la zona, pero no pasaba nada. Las ollas continuaban funcionando normalmente y los adictos pululaban por todas partes. Eran famosos por el color amarillo de su piel. Soplaban bazuco durante horas y casi no comían. Esa droga abre los esfínteres y en esos lugares defecaban y orinaban en unos huecos que había en el suelo. Cuando salían a la calle parecían zombis deambulando a la deriva.

Hasta que una madrugada, de repente, varias patrullas y carros celulares de la Policía entraron a El Infiernillo y arrinconaron a todo el mundo. Ese día no fui al colegio. Apenas me enteré salí corriendo para La Victoria. Cuando llegué, todavía estaba militarizado el barrio y había cordones de seguridad para que la gente no pudiera ingresar. Los vecinos comentaban que los policías habían arrestado a varios sicarios y guardaespaldas que estaban a esa hora desprevenidos. Se hablaba de decenas de personas esposadas en los carros celulares. Desde lejos se alcanzaba a ver el ajetreo y varios sargentos dando órdenes aquí y allá.

Regresé al barrio. Llamé a Michael desde un celular público en un local cercano. Vendían llamadas y cobraban por minuto. Le dije:

—Soy Bruno.

—¿Es un celular seguro?

—Es uno público.

—*Okey*. Ya me enteré.

—Ojalá esté ahí.

—Ojalá. Luego te busco.

Colgué y me fui para la casa. Mi madre seguía con esa tos persistente.

En las horas de la noche vimos un informe especial en uno de los noticieros de televisión. Nos enteramos de que la policía había intentado durante meses allanar la zona, pero informantes pagos les anunciaban con anterioridad y los operativos se echaban a perder. Fue necesario crear un grupo especial, un comando élite que primero infiltró el barrio, y, después de meses de recolectar información, decidieron entrar sin previo aviso, sin anunciar nada.

Encontraron varias ollas de bazuco donde personas de distintos estratos sociales estaban consumiendo. Uno cree que solo los vagos callejeros son adictos a esa droga y resulta que hay millonarios, artistas y dueños de fincas que se encierran dos y tres días a soplar. El placer está en los esfínteres abiertos de par en par. El cuerpo se va vaciando minuto a minuto hasta que no queda nada, solo la estructura básica. Esos adictos fueron reseñados, pero dejados en libertad.

Luego detuvieron a los campaneros (los vigías) y a los guardias de seguridad, que estaban con máscaras de guerreros japoneses y espadas bien afiladas. Eran los denominados *sayayines*. Con ellos cayeron varios de los dueños de las ollas y el personal de apoyo: las encargadas del aseo, los que suministraban las drogas y algunos de los administradores. Muchos otros huyeron por varios túneles que comunicaban varias de las casas entre sí. Se escaparon por entre los socavones.

Finalmente, los primeros agentes llegaron hasta las cárceles subterráneas donde encontraron a varios detectives y agentes que habían sido torturados. Algunos estaban mutilados y con las heridas infectadas. Seguramente, los iban a matar en los días siguientes y el operativo les había salvado la vida. Con ellos, como decían los rumores, estaban siete secuestrados encadenados a los muros. Uno de ellos llevaba seis meses ahí detenido. La familia se negaba a pagar el rescate.

El protocolo era hacerle inteligencia a la víctima, detectar dónde vivía, quién era, cuánto tenía. Luego se planeaba el golpe con minucia. Al final, lo capturaban en un bar, en una discoteca, a la salida de un cine, donde fuera. Le ponían una capucha y lo inyectaban con un somnífero para evitar los llantos y las súplicas.

En ese mismo informe especial de uno de los noticieros, una periodista entrevistó a uno de los liberados y le preguntó:

—¿Dónde fue usted capturado?

—En la discoteca Cosmos, en el barrio Restrepo.

—¿Hace cuánto?

—Un mes y cuatro días.

—¿Cómo fue su captura?

—Me echaron una droga psiquiátrica en el trago, me adormecieron y luego me sacaron a un taxi que los estaba esperando afuera.

—¿Y qué pasó entonces?

—Cuando me desperté estaba ya en un sótano hediondo encadenado a la pared.

—¿Había más personas con usted?

—Varios. En esa catacumba éramos siete. No sé si había más en otros lugares.

—¿Se hablaban entre ustedes?

—Eso fue lo que nos salvó la vida. Nos contábamos quiénes éramos y de dónde veníamos. Conversábamos todo el tiempo. También orábamos cada noche antes de dormir.

—¿Dormían encadenados?

—En la noche se alarga la cadena y en la mañana se recoge. Teníamos una colchoneta sucia en el piso, nada más. Y cada uno tenía un balde para hacer sus necesidades. El aire era escaso y olía, obviamente, a aguas negras.

—¿Les permitían bañarse?

—No. Cada tres días entraban con una manguera y nos juagaban con ella. Y cada semana nos daban una barra de jabón pequeña para echarnos un poco en el pelo y el cuerpo. Eso era todo.

—¿Y para lavarse los dientes?

—Una vez al día, en la mañana. Decían que había que cuidar la mercancía.

—¿Eran golpeados?

—Solo si alguien empezaba a gritar o, sencillamente, no podía más. En ese caso entraban con un cinturón de cuero y azotaban al paciente.

—¿Alguna vez le pasó a usted?

—No, pero vi a compañeros que se enloquecieron. A ellos los sacaron y los desaparecieron. Supongo que los mataron.

—¿Recuerda sus nombres?

—Perfectamente, pero solo puedo hablar al respecto con las autoridades. También hubo uno que se ahorcó con su propia cadena.

—¿Quiere usted decirle algo a la audiencia de este noticiero?

—Que tengan cuidado. Caminen como en la jungla. Recuerden siempre que hay animales salvajes escondidos entre la maleza esperando para atacar.

Al final, el informe hablaba de unos calabozos construidos en la parte más enterrada de los subterráneos. Allí estaban retenidos más de diez niños. Estaban prisioneros en medio de la oscuridad. Eran el tesoro que los *sayayines* debían custodiar. Esos reos habían sido conducidos a clínicas y hospitales debido a sus precarios estados de salud.

Los informes no daban nombres ni aclaraban nada con respecto a los secuestrados. Decían que los familiares interesados debían acercarse a la Policía Nacional. Supliqué para que Salomé estuviera entre ellos.

3

Doña Martha escuchó la noticia de los allanamientos en la calle del Infiernillo y salió de inmediato hacia la comisaría de Policía. De allí la remitieron al Hospital de La Samaritana, donde internaron a la gran mayoría de los menores. Como preguntó por Salomé, le dijeron que no había ninguna chica con esa descripción. Luego ella aclaró que era una chica trans y que su hijo se llamaba Alberto Múnera. La hicieron esperar otro buen rato, hasta que una enfermera le pidió que la acompañara.

En efecto, en una sala comunal, en un rincón, estaba Salomé conectada a una bolsa de suero. Estaba famélica, con ojeras y el cabello recogido en una moña improvisada. Olía mal y su piel había tomado un color amarillo verdoso. Estaba vestida con un pantalón negro y un saco de lana verde que le quedaba grande. Estuvo en el hospital dos semanas y el mayor problema era que no quería recuperarse, no quería comer ni bañarse. Quería morirse. Aunque le llevaron varios terapeutas y expertos en estrés postraumático, ella insistía en que esa era su decisión: no quería seguir más en este mundo.

La condujeron a su casa un domingo al mediodía. Como no había podido inyectarse hormonas durante su reclusión, había adquirido de nuevo cierto aspecto masculino: los rasgos de la cara se le afilaron y le salió vello en el bigote y las mejillas. Ella no dejaba de llorar y doña Martha me contaba que no podía dejarla sola porque le daba miedo que se suicidara. Repetía una y otra vez que la humanidad le parecía un asco. No quiso recibir en la casa a nadie, se encerró y se la pasaba en la cama todo el día durmiendo y viendo televisión.

Una tarde llamé por teléfono a Doña Martha y le pedí el favor que le preguntara si podía saludarla, aunque fuera unos pocos minutos. Ella accedió por primera vez en muchos días y doña Martha le entregó el auricular y salió de la habitación para que ella pudiera hablar conmigo a solas.

—Hola —dije con temor y ansiedad al mismo tiempo.

—Hola —respondió ella en un tono apenas audible. Su tono de voz era un poco más grave.

—Extrañé mucho hablar contigo.

Ella se quedó en silencio y escuché que suspiraba profundamente. Entonces le dije con sinceridad:

—Estuve muy preocupado por ti. Vigilé El Infiernillo durante días y le envíe un anónimo a la policía para que intervinieran cuanto antes. Hablé con Michael también, pero me dijo que no tenían gente suficiente para atacar ese lugar.

—Mi mamá me contó que fuiste tú el que le dio la idea de hablar con algún medio de comunicación.

—No se me ocurrió nada más.

—Gracias por preocuparte por mí.

—No sabía qué más hacer, estaba desesperado.

—Gracias.

Un breve silencio se hizo entre nosotros. Le dije sintiendo de repente un inmenso cariño por ella:

—No te vayas a matar. Por favor, no lo hagas.

—¿Por qué?

—Porque yo te necesito.

—¿A mí? No creo. No me necesitas para nada.

—A mí tampoco me gusta el mundo y desde la muerte de

Max siento que nada de esto vale la pena. Excepto la tarde que pasamos juntos y preparamos sándwiches en tu casa.

—Y dale con los sándwiches —dijo ella en un tono distinto, como si de pronto hubiera tomado un poco más de fuerza.

—En serio, Salomé. Ha sido la mejor tarde de mi vida.

—Qué exagerado. Tú extrañas los sándwiches, no a mí.

—Te lo juro. Esa tarde fue como si el tiempo se hubiera detenido. Recuerdo cada detalle, el perfume que llevabas puesto, el sabor de tu boca, todo.

—Para mí también fue muy especial. Eres mi compañerito. Ha sido la única vez que yo tomé la iniciativa.

—Veámonos. Déjame verte. Por favor.

—Estoy muy fea todavía. No me recupero.

—¿Y puedo seguir llamándote al menos?

—Mira, hagamos un trato. Déjame vuelvo a retomar las hormonas, me recupero y entonces nos vemos.

—Bueno, está bien.

—Bruno…

—Sí, aquí estoy.

—Gracias…

—Yo te espero.

—*Okey*… —dijo ella llorando y colgó el teléfono.

Regresé a concentrarme en el colegio, a ayudar a mi mamá con las labores de la casa y a mis clases de taekwondo y de Tai Chi con el maestro Wang. Lo que más me costaba de las instrucciones del maestro era el cambio de peso, la inclinación con la cual había que girar y poner el peso en una pierna o en la otra. Pero iba avanzando y cada vez lo lograba mejor.

Revisé la lista de detenidos en la prensa varias veces y no vi el nombre del hermano de mi amigo, el ninja que había estado de custodio en el búnker de La Victoria. Alguna vez lo vi pasar por una de las calles del barrio y caminaba con la misma seguridad de siempre.

Unas cuantas semanas después recibí la llamada de Salomé y me dijo que podía ir a verla. Salí disparado para su casa ese mismo día. Estaba igual a como la recordaba. Tal vez un poco más delgada, nada más. La abracé con fuerza y no la solté. Ella me dijo sonriendo:

—Estás más grandote.

—Me alegra tanto volver a verte.

Nos sentamos en el sofá de siempre. Doña Martha se había ido a la plaza de mercado. Fue una conversación triste que inundó el lugar de una pesada melancolía que me fue deprimiendo en la medida en que Salomé avanzaba en su relato. Me contó que la habían capturado a la salida del supermercado del barrio. Un tipo se le acercó a ofrecerle un producto para el cabello y, de un momento a otro, ella perdió la voluntad y la subieron a un carro donde estaban otros dos sujetos. No fue capaz de gritar ni de pedir ayuda. Obedecía como una autómata.

La condujeron hasta un barrio alto y la metieron en una casa al final de un callejón oscuro. Luego la recluyeron en un sótano donde había tres niñas y dos niños más. Todos estaban entre los diez y los trece años. Ella era la mayor y la única chica trans. Les daban una sola comida al mediodía, que consistía en arroz, papas cocinadas y un pedazo de carne dura sin sal y sin condimentos. Luego un vaso con agua. Eso era todo. Por eso les había cogido fastidio a esos alimentos. Podía comer papas fritas, pero no cocinadas. El arroz no lo soportaba y la carne tenía que ser asada o en salsas, pero jamás cocinada. Prefería el pollo o el pescado, que eran más caros y difíciles de comprar para el presupuesto que manejaba doña Martha.

El dueño del lugar era un fulano grande y gordo al que llamaban Barrabás. Cuando descubrió a Salomé dijo enseguida:

—Esto es un tesoro. Nos va a dar mucho billete.

El negocio consistía en traer a comerciantes y cultivadores que pagaban varios millones de pesos por irse a la cama con una niña o un niño de su gusto. En las horas de la noche los bañaban y los preparaban para recibir al cliente de turno. Solo uno por noche. Eran varias horas con el sujeto en cuestión. Algunos eran tranquilos y les gustaba que Salomé los consintiera y que se portara como una novia sumisa. Pero otros eran violentos y solo se excitaban con el sexo duro: le pegaban, la amarraban a la cama y la abofeteaban hasta dejarle las mejillas rojas y adoloridas. Luego dejaban un excedente para medicamentos y desinflamantes. Una auténtica tortura.

Ella era la joya del lugar. Los hombres mayores pagaban fortunas por estar con una chica trans jovencita, delicada, sin operar. Los enloquecía. Era una fantasía hecha realidad. Algunos llegaron incluso a enviarle regalos. Los guardias de Barrabás se reían y cogían los presentes para ellos.

Cuando los regresaban al sótano, los niños comentaban cada uno sus experiencias y todas eran similares: sexo duro, golpes, maltratos. Luego el cliente eyaculaba, se relajaba, pagaba en efectivo y se iba. Todos lloraban antes de dormirse, invocaban a sus mamás y le pedían al cielo que la tortura terminara. Al día siguiente les daban el acostumbrado menú de papas, arroz y carne, y la rutina volvía a comenzar.

Un día, Salomé se negó a seguir comiendo y decidió empezar una huelga de hambre hasta matarse. No aguantaba más. Era mejor morirse. La llevaron a rastras hasta Barrabás, que le dijo tranquilo y sin subir el tono de la voz:

—¿Crees que mandas aquí?

—No voy a comer más. Hagan lo que quieran.

—Puede que tu vida ya no te importe, pero la de tu mamá sí.

Salomé sintió el golpe enseguida. No había pensado en eso. Barrabás continuó:

—Las torturas que practicamos no te las puedes ni siquiera imaginar. Si no quieres verla aquí dando alaridos de dolor, es mejor que colabores.

Salomé entendió: estaba atrapada. Se rindió enseguida. El hombre sonrió y ella volvió a la rutina sin rechistar. Hasta que finalmente el allanamiento llegó y los agentes de la Policía la liberaron.

Cuando ella terminó de contarme los detalles de su cautiverio, me dijo muy seria y altiva:

—No vamos a volver a hablar de este tema nunca más. ¿Estamos?

—Sí. Solo una pregunta más.

—Dime.

—¿Recuerdas al hermano mayor de Silvio, el fanático de las series japonesas y las espadas?

Ella asintió.

—¿Trabaja para Barrabás? ¿Estaba ahí?

Salomé suspiró, me miró de reojo y dijo:

—Llevaban máscaras todo el tiempo, pero creo que sí. Tiene un tatuaje en el antebrazo de *Dragón Ball Z.*

Asentí, ella se puso de pie y me dijo con gracia:

—Hablemos ahora de ti. ¿Ya tienes novia?

—No hice sino pensar en ti, en cómo encontrarte. No tuve respiro.

—¿Por qué eres tan especial conmigo?

Levanté los hombros y dije sin pensar:

—No lo sé. Te quiero mucho.

—Gracias, Bruno. Eres muy lindo. Dame un tiempo mientras me recupero. Me asignaron una terapeuta. Me ayuda mucho.

Ella se acercó y me dio un beso en la boca. Entendí que no se trataba de sexo, sino de amistad. Le dije en voz baja:

—Seguimos vivos, eso es lo importante.

4

Cumplí diecisiete años y estaba a punto de graduarme. Tenía que buscar trabajo urgentemente. Estaba ya averiguando por todas partes, cuando de repente una noche llegó Michael a mi casa. Salí a hablar con él en la calle, frente a la entrada principal.

—Se cumplió lo que sospechabas —me dijo haciendo referencia al caso de Salomé.

—Fui algunas veces y me imaginé que la tenían ahí.

—¿Cómo llegaste allá?

—El hermano de un amigo tiene toda la pinta de trabajar con Los Ninjas. Tiene una espada colgada en la pared de su habitación.

—¿Quién es?

—El hermano de Silvio López.

—Sé quién es. Está con ellos, sí.

—Lo seguí y trabajaba como guardián. Él debe estar implicado en el secuestro.

—Seguramente —dijo Michael pensativo.

En ese momento me di cuenta de que Michael estaba planeando matar al hermano de Silvio. Quería una venganza por lo que le habían hecho a su novia. Luego él dejó de cavilar y me dijo con tristeza:

—Quería pedirte un favor muy especial.

—Dime.

—Ayúdame con Salomé, por favor. No quiere hablar conmigo ni verme. No sé por qué.

—Eso es entre ustedes dos.

—Pero a ti sí te recibió. Doña Martha me contó.

—Nosotros somos amigos desde chiquitos en el colegio. Es distinto.

—No sé si ella me está culpando por algo, por no defenderla o rescatarla, supongo.

—No lo sé. Ella no me dijo nada.

—No teníamos gente suficiente, tú lo sabes.

—Sí me dijiste.

—¿Tú crees que yo hubiera podido hacer algo más? —me preguntó con cierta angustia en el tono de la voz.

—No lo sé, no conozco tu organización.

—Me gustaría explicarle a ella qué fue lo que sucedió.

Yo me quedé callado. Él bajó la cabeza, se metió las manos en los bolsillos y me dijo mirando el piso:

—Por cierto, quería hacerte una oferta.

—Dime.

—Abrimos un bar en el centro de la ciudad y nos gustaría que estuvieras como portero los fines de semana. Viernes, sábado y domingo. Tienes buena pinta.

—Estoy buscando trabajo. Me viene muy bien.

—Magnífico, esta es la dirección —sacó una tarjeta y me la entregó con la mano temblorosa—. Te esperamos este viernes a las seis para darte las instrucciones.

—Allá estaré. Gracias, *bro*.

Apenas se fue Michael entré a mi habitación y me dije que debía actuar con rapidez. Había decidido matar al hermano de Silvio yo mismo, con mis propias manos. No pensaba perdonarle lo que había hecho con Salomé. No podría dormir de allí en adelante si me quedaba con los brazos cruzados. Tenía motivos de sobra para hacerlo: ese fulano estaba implicado en la paliza que nos habían dado a Ángel y a mí, y en el robo de nuestras bicicletas; en el asesinato y la decapitación de Rómulo, el amigo de Max; y muy posiblemente en el crimen de Max también. Si crecía agachando la cabeza desde el principio estaba perdido. Toda la vida estaría condenado. El siguiente sería yo mismo.

Empecé a seguirlo con más frecuencia. Ya le conocía las rutas y los horarios. Había cambiado de destino: ahora no se iba hasta La Victoria, sino que se dirigía hasta una casa en el centro de la ciudad, en el barrio San Bernardo. Seguramente era otro expendio de bazuco y drogas similares. Cuando iba en camino al paradero para tomar el bus siempre pasaba por las mismas calles de los barrios Pijaos y Chircales. En una de esas calles había unas escaleras muy largas que descendían ciento doce peldaños de cemento. Los conté varias veces.

Lo esperé una mañana temprano y, cuando estaba justo parado en el primer peldaño, lo saludé de manera desprevenida:

—Hola, *bro*. Saludos a Silvio.

Se quedó mirándome sin recordar dónde me había visto. Le recordé entonces:

—Del colegio. El de artes marciales.

—Ah, sí, claro. Qué tal, parce.

Llevaba las mangas de la chaqueta remangadas y le vi el tatuaje de *Dragón Ball Z.* No le di tiempo de nada más y lo golpeé en el esternón con la mano abierta en un movimiento fugaz que se llama Tui Shou. Fue un gesto relámpago no premeditado que lo cogió por sorpresa. No alcanzó a reaccionar. Se cayó de para atrás y empezó a rodar escaleras abajo. Se pegó varias veces en la cabeza, que rebotaba contra el cemento haciendo un ruido parecido al de un cajón hueco golpeado con un martillo. Cuando llegó abajo quedó desgonzado e inmóvil. Nadie me había visto. A esa hora no había mucho movimiento en esa calle. Bajé corriendo las escaleras y cuando estuve frente a él me arrodillé, cogí su cabeza con ambas manos y la estampillé varias veces contra el último escalón hasta que un chorro de sangre empezó a escurrir por el cemento. Me subí la capucha de la chaqueta y empecé a caminar sin mirar atrás.

Estuve tenso todo el día. Si alguien me había visto daría la voz de alarma y me capturarían de inmediato. Nada. Las horas fueron pasando y no sucedió mayor cosa. En la noche se supo que el hermano de Silvio había sufrido un accidente en unas escalinatas y que lo habían conducido a un hospital.

Más tarde me enteré de que no había muerto. Estaba en coma y los médicos decían que no regresaría de ese estado. Tenía daño cerebral severo. Yo me quedé tranquilo. No le dije a nadie lo que hice. Sin embargo, Salomé me llamó esa noche y me dijo:

—¿Supiste lo del hermano de Silvio?

—Algo oí, sí.

—No fue Michael porque él le hubiera pegado un tiro.

—Dicen que fue un accidente.

—Me gustaría ir a la clínica y matarlo yo misma.

—Le harías un favor. Es mejor que sufra tirado en una cama de por vida.

Ella se quedó callada unos segundos largos y luego dijo con seguridad:

—Tienes razón. Fue lo mejor que pudo haber pasado.

Le pregunté cómo seguía y me contó que estaba preparándose para su cirugía de cambio de sexo. Acababa de cumplir dieciocho años. La felicité y le pregunté cuándo nos veríamos de nuevo:

—Apenas me haga la cirugía te aviso.

—Te seguiré esperando.

—Tan lindo.

Nos despedimos dejando entre nosotros ese silencio que ninguno sabía cómo rellenar.

Antes del cierre de año le pregunté al profe de Educación Física si podía inscribir mi nombre de nuevo en la competencia estudiantil de artes marciales. Le pareció extraño que yo quisiera volver por allá cuando el resto de estudiantes habían dicho decididamente que no.

Unos días después me anunció que mi nombre ya estaba en la lista, pero que tenía que llegar por mi cuenta porque el colegio no podía prestar el servicio de transporte para un solo estudiante. Le dije que no se preocupara por eso.

Yo me sentía confiado. Venía practicando con el maestro Wang y con otros peleadores de artes marciales mixtas que visitaban la liga de vez en cuando. Ya no era ni la sombra del joven inexperto de la competencia anterior.

Yo era el único representante del sur de la ciudad. Otra vez tuve que aguantarme el desfile de los gomelos bien vestidos y elegantes de los colegios costosos del norte hablando en inglés. No me importó ni me dejé impresionar por su aspecto distinguido y ricachón. Esos niñitos fresa me importaban una mierda. Yo acababa de dejar en coma a un *sayayín* y eso me convertía en otro tipo de individuo. Ya no pertenecíamos a la misma especie.

En la competencia fui imponiéndome paso a paso. Con cada contrincante que iba dejando en el camino me hacía más fuerte. No era tan alto como ellos, pero era más rápido y más agresivo. Y a cada rato recordaba la frase de Wang:

—La clave está en cambiar el peso del cuerpo.

En efecto, se trataba de girar, de inclinarse sobre una pierna o sobre la otra y de saber cambiar la guardia cuando el otro menos se lo esperaba. Cuando llegué a la final estaba sudando y tenía la adrenalina a tope. Gané con un barrido que dejó al otro estudiante adolorido al punto de que no pudo ponerse de pie porque estaba lesionado.

Cuando me dieron el trofeo y me dijeron que podía decir unas palabras, cogí el micrófono con fuerza y hablé mirando hacia el vacío:

—Vengo de las tribus urbanas del sur de la ciudad. Ustedes son nuestros enemigos y un día los destruiremos. Recuérdenlo siempre.

Y bajé del escenario y me fui sin dar las gracias ni decir nada más.

Antes de llegar al barrio tuve que envolver el trofeo en un trapo sucio que encontré en una caneca pública de basura. Donde llegaran a creer que era de oro puro me atracarían antes de llegar a la casa.

Mi mamá me miró cuando puse el trofeo en mi cuarto y me dijo:

—Tienes una mirada rara.

—¿Rara cómo?

—No sé. Ya no eres un niño ni un adolescente. Pareces un hombre.

—¿Y eso es malo?

—Según.

No me dijo nada más. Pero me miraba con extrañeza, como si acabara de entrar en la casa un desconocido.

En las horas de la noche me llamó el profe de Educación Física y me dijo muy asombrado:

—Me contaron que ganaste. Te felicito. Admirable.

—Hice lo que pude, profe.

—Quería preguntarte si puedes llevar el trofeo al colegio para dejarlo en la sala de profesores.

—No, señor, lo siento. No gané gracias al colegio, sino a mi esfuerzo personal por fuera de clases, en la Liga de Bogotá.

—Entiendo, pero sería maravilloso que los curas se enteraran y se enorgullecieran de nuestro trabajo.

—Profe, yo le estoy muy agradecido, pero esto no se debe a usted ni a los curas. Era un asunto personal entre esa gentuza y yo.

—Bueno, Guerrero, como quieras. Aun así, yo te felicito y me alegro por ti.

—Gracias, profe.

Colgué y mi madre me estaba mirando fijamente. Le pregunté:

—¿Por qué me miras así?

—Recuerda que la soberbia es el pecado capital por excelencia y la madre de todos los vicios —respondió ella con el ceño fruncido.

5

El bar se llamaba Lujuria. Era una bodega en el centro de la ciudad que habían transformado con un diseño industrial. Contrataban a *DJ* reconocidos y a veces cantaban también grupos de rap y solistas que animaban la rumba nocturna. Mi trabajo consistía en apoyar a dos gorilas enormes que filtraban la entrada. Cuando había algún pesado que quería entrar muy drogado o cuando sabíamos que se trataba de un ladrón, las alarmas se activaban y lo retirábamos sin llamar la atención. Si el fulano entendía, perfecto, y si no entendía aparecía yo desde las sombras, le hacía una llave que le dejaba el brazo paralizado, y lo retiraba unos cuantos metros para que se fuera a otra parte. Por lo general, el dolor del brazo era tal que preferían irse sin alegar nada más. Y si continuaban gritando e insultando, entonces mi compañero Yeferson, un tipo alto de trenzas y barba negra, sacaba una pistola y les apuntaba a la cabeza diciéndoles:

—¿Te vas a hacer matar, hijueputa?

Y hasta ahí llegaba el problema. Enseguida se callaban y salían corriendo.

Empecé ganando bien y la plata me ayudó enseguida a cubrir los gastos de la casa. Mi mamá continuaba con esa tos que no se le quitaba con ningún jarabe. También había probado infusiones de hierbas y remedios naturales que traía de la plaza de mercado. Pero nada, la tos persistía y la tenía ya muy agotada. Decía que le dolía el cuerpo entero.

Me pagaban cada domingo al final de la noche. Un carro contratado por el bar nos repartía a todos los del sur de la ciudad, barrio por barrio.

Me gradué del colegio y cumplí dieciocho años. Mi madre estaba muy orgullosa de mí. Les agradeció a los curas no solo por el trabajo que le habían dado durante años, sino por haberme recibido y formado en el colegio. Yo sentí una enorme libertad de no volver por allá. En algún momento me crucé con Silvio y él me dijo:

—¿Sí supiste lo de mi hermano?

—Claro, lo siento mucho.

—Él era como tú: se la pasaba practicando artes marciales.

—Qué vaina, es un accidente lamentable.

—No fue un accidente.

—Ah, ¿no?

—Lo arrojaron por la escalera para matarlo.

—¿Y quién haría algo así?

—El combo de él está investigando.

—Ojalá encuentren a quiénes lo hicieron.

Luego llegaron otros compañeros y me retiré. Me daba igual lo que hicieran. Nadie me vio porque justo en esas escalinatas había unos lotes vacíos a lado y lado. Por eso elegí ese lugar.

En el bar se movían todo tipo de drogas y la gente las consumía desde que llegaba hasta que se iba. Pero en la medida en que me fui ganando la confianza de Jeison, el administrador del bar, me fueron dando acceso al verdadero negocio que se movía en el sótano: un laboratorio gigante donde se procesaba cocaína a gran escala. El negocio era como un iceberg: lo que sucedía arriba no era sino una mínima parte visible de lo que sucedía abajo en la penumbra.

Una noche, después de varios meses de trabajar en el bar, Jeison me llamó y me dijo:

—Hola, *bro*. Estamos muy contentos contigo. Tenemos un problema. Uno de nuestros enlaces desapareció con un billete. No sabemos si está en la ciudad o si se largó con la plata para otra parte. Ya lo encontraremos. Nos preguntábamos si te interesa el puesto. Necesitamos a alguien de confianza.

—Sí, señor, por supuesto —dije con determinación.

—Tienes que ser muy estricto con las cuentas. Ganarás más, pero también tendrás más responsabilidades.

—Sí, señor, entiendo.

—Perfecto. Háblate con Yeferson, él te explica la movida.

—Gracias, señor.

Esa noche sentí que mi destino empezaba por fin a perfilarse. No me veía buscando trabajo en una fábrica, como mi papá, para terminar después baleado por los mismos dueños que me habían contratado.

Al otro día hablé con mi mamá y le dije:

—Ya es hora de que se retire. Dígales a los curas que ya no más.

—¿Y quién va a mantener la casa?

—Yo puedo, no se preocupe.

—No se le olvide que su papá nos dejó una hipoteca. Si no pagamos todos los meses, perdemos la casa.

—Sí, señora, tranquila. Yo me encargo.

Ella se quedó pensativa unos cuantos segundos y luego me dijo:

—Voy a decirles que no a toda la ropa de cama, que es lo más pesado, y me quedo con la ropa personal de ellos. No quiero quedarme sin hacer nada.

Asentí y me agaché para darle un abrazo.

El nuevo trabajo consistía en servir de enlace entre las abejas, es decir, entre los *dealers* que iban con su mercancía de flor en flor. A mí me correspondía la zona del centro, que estaba compuesta por nueve vendedores que trabajaban a tope entre doce y quince horas diarias. Yo les repartía la mercancía en pequeñas bolsitas plásticas (cocaína, heroína, metanfetaminas, éxtasis, ácidos, marihuana, hachís) visitándolos en sus respectivos domicilios. Tenían que entregarme el dinero cada noche y yo lo llevaba hasta el sótano del Lujuria y allí lo anotaban con fecha y hora estrictas. Eran nueve entregas y nueve pagos cada noche. Nadie se podía retrasar ni un solo día, de lo contrario entraba en la categoría de moroso, y eso significaba una severa paliza. No importaba si la *dealer* era una mujer. Una golpiza la metía en cintura enseguida.

Mis nueve abejas eran personas normales que se ganaban la vida vendiendo drogas en fiestas privadas o en otros negocios más pequeños que el bar. También tenían clientes individuales que los llamaban para comprar la mercancía a domicilio: altos ejecutivos, estudiantes universitarios, empresarios, artistas, comerciantes, abogados, de todo. El negocio se movía con rapidez y cada día prosperaba un poco más. Yo me movía con propiedad y me hice respetar desde la primera entrega. Uno de los *dealers* más jóvenes me dijo el primer día:

—¿Y tú cuántos años tienes?

No respondí. Hice un movimiento explosivo y lo tomé por el cuello en una estrangulación trasera. Cuando estaba a punto de quedar inconsciente, alcanzó a susurrar medio ahogado:

—Perdón, perdón...

Nunca más volvió a decirme nada ni a dudar de mí. No sé si entre los *dealers* había comunicación entre ellos, pero a partir de entonces me di cuenta de que no solo me respetaban, sino que también me temían. Esa era la idea.

Una noche llegué al Lujuria más temprano de lo acostumbrado y me tropecé a un cantante practicando en la tarima. Era un negro muy joven, grandote, de afro y con una voz impactante que resonaba en el lugar como si estuviera en un concierto multitudinario. Rapeaba con fuerza, con vehemencia y repetía inclinando el cuerpo de un lado a otro:

No quiero seguir esperando con resignación,
no quiero ya ninguna aclaración.
Ya no tengo ninguna admiración,
te has convertido en mi mejor prohibición.
Eres un karma sin máxima expresión.
He decidido cambiarlo todo por un perro sin pedigrí,
por dos ilusiones que yo mismo rompí,
y aquí ya no hay nadie porque ya me fui.

Y luego empezaba a mezclar las palabras, a jugar con ellas, a hacer experimentos que iban surgiendo de manera improvisada:

He decidido cambiarte por un karma que yo mismo rompí.
Ya no sufro de ninguna prohibición,
porque te has convertido en mi mayor resignación.
Y ya no hay ilusión porque yo mismo partí, ya me fui.

Y volvía a mezclar, a combinar posibilidades, siempre pegado al micrófono, con esa voz que retumbaba en las paredes traseras del bar y regresaba con mayor potencia aún. Me quedé ahí un buen rato escuchándolo, hasta que él me detectó en la oscuridad:

—Qué pena, *brother*, no te había visto.

—No te había escuchado cantar. Eres buenísimo.

—Lo intento, al menos.

Bajó del escenario y chocó su puño contra el mío mientras me decía:

—Moisés Matamba.

—Bruno Guerrero —dije yo intentando sonreír.

—Acabo de llegar de Buenaventura, aunque mi familia es de Quibdó.

—Con razón tanto *swing*.

—Me presento esta noche.

—Te deseo lo mejor.

—Me dicen que el público de Bogotá es muy exigente.

—Te va a ir muy bien. No he escuchado a nadie como tú. Luego te busco a ver cómo te fue.

—Gracias, *bro*.

Esa noche Moisés fue la revelación. El público lo ovacionó y le tocó cantar hasta el momento del cierre. Jeison lo contrató enseguida y le ofreció un sueldo fijo a cambio de cantar en el bar todos los fines de semana. Él estaba feliz porque no quería regresarse a Buenaventura. Las pandillas estaban ya empezando a tomarse todos los rincones del puerto y los carteles de la droga mexicanos habían desembarcado para no volver a irse de la ciudad jamás.

Moisés y yo nos hicimos muy amigos desde el primer día y recuerdo que no había sentido nada similar a lo largo de mi niñez y mi adolescencia. Yo crecí sin amigos cercanos, sin panas, sin camaradas. Todo el mundo me parecía peligroso, como si estuviera pisando una trampa que en cualquier momento me fuera a dejar atrapado y vulnerable. Pero Moisés era distinto, era piso firme, era el cómplice que nunca había tenido y que no sabía que me había hecho tanta falta.

6

Moisés había hecho parte de una casa de la cultura en Buenaventura, leía autores extranjeros y escuchaba raperos españoles que tenían un ritmo particular con el lenguaje. También le gustaba el cine independiente y visitar de vez en cuando las galerías para mirar qué estaban haciendo los pintores y los artistas plásticos de Bogotá. Le decíamos El Artista.

Una tarde me invitó a la Cinemateca Distrital a ver una película llamada *Perro Fantasma*. Era la historia de un sicario profesional que leía literatura japonesa y autores budistas para inspirarse en su oficio. La película me dejó pensativo. Mientras caminábamos hacia el bar, me dijo con las manos entre los bolsillos:

—Este es un tiempo muy superficial.

—Me dieron ganas de leer el *Hagakure*, el texto que se cita en la película.

—A mí también. Estar presente en cada acción que se ejecuta parece simple, pero no lo es.

—En las artes marciales esa es la actitud correcta.

—Claro, si no estás concentrado, no estás.

—Cuando uno está en combate nota enseguida si su contrincante está presente o no.

—Me imagino que cualquier despiste se hace evidente.

Tomé aire y le dije pensativo:

—Lo que sentí ahora viendo la película es que no hay diferencia entre estar en combate y no estar. Siempre estamos en un enfrentamiento, aunque no nos demos cuenta.

—A mí me encantó la relación con la muerte —dijo Moisés—. Morir no es gran cosa. No hay que temerle.

Recordé enseguida lo que me había sucedido después de la muerte de Max. Moisés tenía razón: morir podía ser visto incluso como algo positivo, algo deseable.

Así nos fuimos hablando hasta que llegamos al bar a trabajar. Moisés seguía siendo la gran revelación del lugar y cada vez tenía más seguidores y *fans* que lo aclamaban apenas salía al escenario.

Conseguí mi primer celular porque me tocaba estar muy pendiente de las llamadas de los *dealers* y de Jeison cuando tenía que comunicarme alguna advertencia o cambio de planes. No me gustó esa sensación de estar todo el tiempo conectado y sometido, pero por el otro lado el trabajo prosperaba a gran velocidad y yo iba ganando cada vez más bonificaciones.

También me compré una motocicleta. Le puse un nombre, Gatúbela, porque cuando prendía no hacía sino ronronear. Ese aparato me servía mucho en el trabajo.

Una noche me llamó Salomé y me dijo:

—Ya me operé. Quería que lo supieras.

—¿Y cómo te fue?

—Parece que todo salió bien. Eso dijeron los médicos.

—Qué bien. ¿Y cuándo te voy a ver?

—Pronto. Ya casi. Estoy mucho mejor. Y ahora soy una mujer completa.

—Siempre has sido una mujer.

—Sí, pero ahora me siento mejor, me miro en el espejo y me da mucha alegría lo que veo.

—Tengo que contarte un montón de cosas.

—Ya me enteré que estás trabajando en un bar.

—Me está yendo bien.

—Debes tener una cantidad de nenas detrás de ti.

—Nada. Yo no me meto con nadie porque estoy trabajando.

—¿Sigues siendo virgen?

Respondí muy a mi pesar:

—Sí

—Yo también lo soy ahora. Será lindo estar juntos. No falta mucho.

—Te seguiré esperando.

A partir de esa noche Salomé y yo empezamos a hablar más a menudo. Nos llamábamos y hablábamos horas enteras. Nos dormíamos con el teléfono en la mano. Ella y Moisés eran mis amigos del alma, mis compañeros de ruta en los cuales me apoyaba para poder continuar.

De los nueve *dealers* que trabajaban conmigo, había tres que me llamaban poderosamente la atención porque no eran jóvenes y pasaban siempre desapercibidos en todas partes. Uno era un jubilado de sesenta años, con lentes de carey, medio calvo, que andaba con una gabardina sucia y unos zapatos desgastados. Llevaba el cabello canoso peinado hacia atrás y daba la sensación de no bañarse nunca. Parecía un abuelo venido a menos que estuviera en la ruina. Andaba con una maleta de cuero de profesor universitario y en ella llevaba toda la mercancía. Nunca lo detenían en ninguna parte, no lo requisaban ni le pedían sus documentos de identidad. Era el típico personaje en el que nadie se fija. Su invisibilidad lo hacía muy efectivo.

La segunda persona que me sorprendía siempre era un ama de casa a la que su marido había abandonado por otra mujer. La dejó con dos niños pequeños de cuatro y seis años, y ella andaba en un Renault 6 con los dos niños dentro del carro. La mercancía la cargaba en el morral de sus hijos donde iban también pañitos para bebé, juguetes y yogures de distintos sabores. Era muy difícil de detectar y a ningún policía se le ocurriría pararla y revisar los muñecos de peluche de sus hijos.

La tercera *dealer* llevaba una doble vida: era una solterona de cincuenta años que trabajaba como secretaria en una automotriz. Nadie sabía que todos los trabajadores de la empresa se drogaban gracias a ella, desde los mecánicos hasta los altos ejecutivos. Le iba de maravilla, era estricta con sus cuentas y ganaba una fortuna sin salir de la empresa. No tenía que ir a discotecas ni a bares, ni visitaba a sus clientes a domicilio. Solo llevaba su mercancía en un bolso grande y la repartía a lo largo del día sin que sus jefes la molestaran. Le decíamos la tía Carmencita y tenía el aspecto de una profesora de matemáticas malgeniada.

Salomé me citó una tarde en su casa. Estaba preciosa, había recuperado su lozanía, las caderas casi no le cabían en unos *jeans* ajustados que le marcaban unas curvas perfectas y el cabello le colgaba casi hasta la cintura. Tenía el aspecto de una modelo de calendario.

—Estás preciosa —dije con sorpresa.

—Tú siempre tan exagerado.

—Pareces una actriz de cine.

—Me puse linda para ti.

Esa tarde nos entramos a su cuarto y ella me explicó que debíamos ir con cuidado. Tenía muñecos por todas partes y afiches de cantantes coreanos que yo no conocía. Nos besamos y nos acariciamos en medio de risas y bromas que nos hacíamos de lado y lado. Me dijo que como acababa de operarse teníamos que intentarlo poco a poco.

—Soy como cualquier chica virgen —me dijo sin dejar de sonreír—. Tienes que tener mucho cuidado.

Cuando se bajó los *jeans* y se quitó la camiseta me sentí transportado al paraíso: tenía un cuerpo voluptuoso con una piel sedosa y suave. La tanga anaranjada le combinaba con ese cabello rubio suelto que le daba un aspecto de diosa vikinga. Puso en el equipo de sonido una canción de Caifanes, *Afuera*, y me preguntó al oído:

—¿Trajiste condones? Recuerda que estoy muy estrecha, recién operada y te toca ser muy suave.

Yo asentí y los saqué. Ella cogió un tubito blanco con azul y me dijo:

—Tienes que untarme un poquito de lubricante para que no me duela.

Nos amamos durante dos horas sin parar. Nunca había sentido tanta felicidad. Salomé gemía, me abrazaba con fuerza, me decía que lo hiciera más suave o más duro, y luego volvíamos a empezar otra vez. Al final, ambos estábamos sudorosos y cansados. Cuando quedamos tendidos sobre su cama vi que estaba llorando. Repté hasta ella y le pregunté dándole un beso en la mejilla:

—¿Te está doliendo?

—No, estoy bien. Lloro de felicidad.

—A mí me pasa lo mismo. No puedo creer que la vida también sea esto.

Nos vestimos y Salomé después me dijo entre risas que hiciéramos unas onces:

—Si no te preparo tus sándwiches la tarde no es perfecta.

Cuando nos despedíamos yo no podía creer tanta dicha, tanta plenitud. Estaba enamorado de Salomé y ese sentimiento, en lugar de preocuparme, me otorgó una confianza en el futuro que nunca había sentido.

Pero si la vida me bendecía por un lado, por el otro me maldijo de una manera atroz: una madrugada llegué a la casa y mi mamá estaba con fiebre y no paraba de toser. Tuve que despertar al vecino taxista y pedirle que nos llevara a la sala de urgencias.

Mi madre estuvo varios días hospitalizada. Le diagnosticaron un cáncer de pulmón muy avanzado. Ya no tenía sentido intentar ninguna terapia porque había hecho metástasis y tenía otros órganos afectados. Quería contactar a una prima que en alguna época fue cercana a ella, pero yo lo intenté de mil modos diferentes y no lo logré. Tal vez había muerto primero.

Una noche, ya a punto de irme del hospital, me dijo sin llanto y sin dramatizar la escena:

—Me preocupa algo de ti.

—Dime.

—Cuando tu papá y sus colegas se fueron a la huelga, él fue el que los mantuvo en pie de lucha. Aunque en la casa era tranquilo y pacífico, en realidad era el más retador y pendenciero. Por eso lo mataron.

—¿Y crees que yo soy igual?

—A mí no me engañas. Por eso te metiste en artes marciales. Pareces pacífico, pero la verdad es que estás hecho para la guerra.

—Yo no busco problemas jamás, mamá.

—No digo eso, Bruno. Digo que estás diseñado para ir contra la corriente. Ten cuidado. Eso no siempre es bueno.

—Sí, señora.

—Quiero que sepas que estaba ya cansada de andar en esa silla de ruedas. Esto para mí es un alivio.

Asentí y me acerqué a darle un beso en la mejilla.

Mi madre murió un lunes a las cinco de la mañana. No tuve que pasar la vergüenza de pedir contribuciones para el entierro, como me había sucedido con Max. Esta vez sí tenía dinero para todos los gastos de las honras fúnebres. Compré varias coronas de flores, la mandé a cremar en un buen ataúd y me entregaron sus cenizas pocos días después. Solo fueron tres vecinos, Moisés y Salomé, que estuvo a mi lado todo el tiempo. Iba con unos lentes oscuros y un vestido negro que la hacía lucir muy elegante.

Mientras el cuerpo ingresaba en el horno, Moisés cantó una canción de su autoría que me puso la carne de gallina:

Ahora estás aquí y yo estoy allá,
pero pronto estaremos los dos del mismo lado.
Una parte de ti se queda aquí conmigo
y una parte de mí acaba de partir contigo.

Durante varios días escuché hasta el cansancio las viejas canciones de Mercedes Sosa que tanto le gustaban a ella. Me las sabía de memoria y las cantaba pensando en que mi vieja podía oírme desde el más allá:

Para aligerar este duro peso de nuestros días
esta soledad que llevamos todos, islas perdidas.
Para despertar esta sensación de perderlo todo,
para analizar por dónde seguir y elegir el modo...

Esa semana, Jeison me hizo entrar a su oficina y me dijo:

—Me enteré de lo de tu vieja. Lo siento mucho, *bro*.

—Gracias.

—Para que compenses todos los gastos que has tenido —dijo abriendo una gaveta y entregándome un sobre con varios fajos en efectivo.

—Esto es mucho.

—Es tuyo, *bro*. Te lo has ganado. Y no olvides lo fundamental: nosotros somos ahora tu única familia.

Era verdad.

CAPÍTULO III

Kill Bill

1

La orfandad total fue un sentimiento que al principio me causó un enorme vacío, como si me hubiera quedado sin bases ni apoyo. Pero poco a poco comprendí que yo debía fundar mis propias columnas para sostenerme. Además, estar con Salomé me daba fuerza y resistencia. Cada vez nos entendíamos mejor.

El problema fue que una noche me llamaron para calmar los ánimos en los baños del Lujuria, donde las cosas se habían salido de control. Cuando entré a los baños públicos, estaba un desconocido de unos treinta años de rodillas en el piso. Era una especie de fisiculturista hormonado bien vestido, con cara de matón. Del otro lado, Michael le estaba apuntando con una pistola y le decía:

—¡Hijo de puta!, ustedes secuestraron a mi novia. ¡Pirobo!

—No tuve nada que ver con eso —repetía el hombre una y otra vez.

Me di cuenta enseguida de que Michael no había hecho nada con respecto al caso de Salomé, y que ella, seguramente, se lo estaba recriminando cada vez que hablaban. El hermano de Silvio se había caído por unas escaleras y nadie podía reclamar esa venganza. Solo yo conocía la verdad. Y ahora Michael creía haber encontrado una oportunidad agarrando al primero que se le cruzara en su camino.

Le pregunté al grandulón:

—¿Perteneces a Los Ninjas?

—Sí, *brother*, pero no tuve nada que ver con el secuestro de nadie. Trabajo con el combo de Medellín. Estoy aquí solo este fin de semana.

—¡Mentira! —gritó Michael con los ojos encendidos. Se veía que había consumido altas dosis de perico.

—Es verdad —dijo el hombre muy tranquilo—. Llamen y pregunten.

Michael soltó una carcajada extravagante:

—Llamen y pregunten —repitió imitando la voz del matón—. ¿Adónde llamamos, malparido? ¿Hay una línea de información para mafiosos? ¡Hijueputa, hasta aquí llegaste!

Le puso la pistola en la frente. El hombre no se descompuso, tenía temple. Se mantuvo mirándolo de frente sin alterarse. Yo alcancé a decir:

—Baja la pistola, *bro*…

En ese momento sonó el disparo y la cabeza del hombre estalló en mil pedazos. Todos quedamos salpicados de sangre y de sesos. Recuerdo haber visto un ojo escurriendo por un espejo. En el suelo estaba el cadáver con un remedo de cabeza colgando de un lado.

—¿Qué hiciste? —pregunté de mal genio.

—Justicia —dijo Michael sintiéndose de pronto muy relajado y tranquilo.

—Sáquenlo de aquí —dije señalando el cuerpo del matón—. Metan los restos en bolsas plásticas. Limpien todo muy bien, no debe quedar rastro de nada. Y avísenles a los clientes que usen el otro baño.

—Y tú desaparécete —le dije a Michael—. Hoy mismo le van a poner precio a tu cabeza.

Subí a la oficina y le conté a Jeison lo que acababa de pasar.

—¿Qué? —me dijo con cara de sorpresa.

—Ya di la orden de que limpien todo muy bien. Hay que desaparecer el cuerpo.

—¿Este malnacido cree que este es su bar? Nos acaba de joder.

Media hora después llegó una camioneta con los encargados de desaparecer el cuerpo. Les decíamos "cucarrones": eran unos expertos en no dejar rastros del cuerpo por ninguna parte. Los rumores decían que usaban máquinas trituradoras en un matadero de ganado vacuno. Llegaban, metían el cuerpo en uno de esos aparatos, y listo, el finado quedaba convertido en un mazacote que se usaba para alimentar una granja de cerdos. Nada se desperdiciaba. Era un ciclo muy ecológico.

Los Ninjas no se tragaron el cuento de que su hombre había salido del bar sano y salvo. Nos pidieron las grabaciones de las cámaras de video. Obviamente, estaban las imágenes de él entrando, pero no saliendo. Estábamos atrapados.

Las consecuencias no se hicieron esperar. Empezaron a rastrear a Michael que, según los informes que teníamos, andaba escondido en una casa que tenía en Silvania. Pero la primera víctima no fue él.

Una noche me llamó doña Martha atacada llorando y me dijo que acababan de matar a Salomé. El trabajo lo cumplió algún sicario profesional: timbraron, ella abrió y le disparó en la frente. Luego el tipo, sin quitarse el casco, huyó en una motocicleta a toda velocidad. Cuando recibí la noticia me quedé pasmado, como ido, sin saber dónde estaba. No sabía qué hacer ni qué decir. Doña Martha me dijo:

—Mijo, ¿sí escuchó lo que le dije?

—Sí, señora —dije de manera automática—. Ya voy para allá.

Doña Martha no quiso cremación, sino una tumba para poder ir a visitarla todos los domingos. La enterramos un viernes a las tres de la tarde y me costaba trabajo aceptar que nunca iba a volver a verla, a tocarla o a sentir la fragancia de su cuerpo junto al mío. El desamparo que sentí fue tal, que en la noche me quedaba horas enteras sin entender muy bien si la vida valía la pena o no. Escuchaba las canciones de Juan Gabriel a todo volumen y las cantaba con los ojos aguados.

Yo no nací para amar, nadie nació para mí,
mis sueños nunca se volvieron realidad…

Otra vez regresó esa sensación de desaparecer, de dejarme morir, de no continuar más con una existencia que me pesaba en exceso. Estaba cansado de habitar en el infierno.

Yo sabía que el culpable no era el hombre o el muchacho que había disparado esa noche, sino Michael, el miserable que no midió las consecuencias de su propia estupidez. El que tenía que pagar por esa muerte era él.

Le pregunté a doña Martha si Michael tenía una casa de campo o algo parecido. Me dijo enseguida:

—En Silvania. Ama ese lugar. Allá llevaba a Salomé algunos fines de semana cuando eran novios.

—¿Conoce la ubicación, doña Martha?

—Sí, mijo, espere. Salomé me la dejaba siempre anotada por si se presentaba algún imprevisto.

Doña Martha fue hasta la habitación de Salomé, buscó en una libreta y me trajo el dato. Me preguntó:

—¿Él está implicado en la muerte de mi hija?

Asentí. Ella me dijo con ira contenida:

—Que pague, mijo.

La descripción de la casa era sencilla. Estaba a pocos metros de la vía principal, desviándose por un peatonal cinco kilómetros antes de llegar al pueblo. Solo lo estarían cuidando sus dos hombres de confianza. No le quedaban más.

Los Ninjas trabajaban de común acuerdo con los comerciantes chinos en la zona de San Victorino. Un informante que teníamos infiltrado en ese sector me señaló un almacén de telas llamado Míster Ming y me dijo que ahí se escondía uno de los centros de operaciones de Los Ninjas. Me presenté en ese local donde atendía el señor y la señora Ming, una pareja de chinos que llevaban la administración del negocio, y les dije:

—Necesito hablar con alguno de los jefes de Los Ninjas. Por favor.

Y me incliné en señal de respeto. El hombre me midió de arriba abajo, y me dijo:

—Espere aquí.

Unos minutos después me condujeron por una puerta trasera a un corredor secreto que conducía a una oficina escondida. Un hombre de barba canosa me recibió con sus dos guardaespaldas y me dijo de entrada:

—Tienes agallas de venir a presentarte aquí.

—El culpable de la muerte de su hombre no fue ninguno de nosotros. No tuvimos nada que ver. Fue Michael Barroso.

—Lo sabemos.

—Él disparó esa noche sin consultarle a nadie.

—Lo estamos buscando.

Saqué una hoja de papel con los datos perfectamente escritos y le dije:

—Se esconde en esta finca de Silvania. Solo tiene dos hombres, nada más.

—¿No es una emboscada?

—No es justo que inocentes paguen por lo que cometió un imbécil. El culpable debe pagar por lo que hizo. En este negocio la disciplina es la base de todo.

Me di media vuelta y salí del lugar. Nadie me lo impidió.

Dos días después nos llegó la noticia: dos camionetas repletas de hombres bien armados llegaron hasta la finca de Michael en las horas de la madrugada, entraron por sorpresa y dieron de baja a sus dos guardaespaldas y a él. El que estaba de guardia se había quedado dormido. No alcanzó a disparar ni una sola bala. Los Ninjas se regresaron a los carros, arrancaron y se fueron en cuestión de diez minutos. Fue una acción precisa, quirúrgica.

Al día siguiente vimos en los periódicos que habían decapitado a Michael. Su cabeza estaba a unos dos metros del cuerpo. El culpable de la muerte de Salomé acababa de pagar.

Mi vida se quedó suspendida en medio de las muertes de mi madre y de Salomé. La de Max había sido algo más distante, no sé si porque yo me encontraba tan pequeño y me adapté con rapidez a su ausencia. Pero la muerte de mi madre era un vacío permanente en el estómago. A partir de entonces empecé a sufrir del colon, de gastritis, de reflujo. La leche me sentaba mal, la cerveza también, no podía comer fríjoles ni lentejas. De un día para otro me convertí en un anciano que vivía enfermo. Era deprimente y me daba rabia, pero no podía evitarlo.

La muerte de Salomé era una herida espiritual que sangraría durante mucho tiempo: era mi amiga, mi cómplice, mi primer amor. Uno no elige enamorarse de alguien que le conviene. Sencillamente sucede. No hay argumentos ni explicaciones. Hay personas que serían las parejas ideales y sin embargo uno no siente nada por ellas. Pero de pronto surge el milagro, ese relámpago de luz que ilumina la vida entera. Así me había sucedido a mí con ella. Yo era un joven marginal, pobre, sin mayor futuro, y no me sentía capaz de cumplir con las expectativas de una muchacha común y corriente. Seguramente me preguntaría por mis sueños, por mis ideales, y yo no tenía ni los unos ni los otros. No quería estudiar una carrera, no anhelaba tener una familia ni convertirme en uno de esos prometedores profesionales del norte. Ese mundo no era el mío.

Yo había aprendido en ese colegio de niños adinerados que me habían pateado y humillado que lo mío era el camino inverso, la ruta oscura. Nunca, aunque hiciera mucho dinero, ellos me aceptarían como uno de los suyos. Mi cara era morena, mis rasgos no eran finos, mis orígenes eran humildes. Nada que hacer. Siempre sería sospechoso de pertenecer a la servidumbre. Así que acepté mi destino sin quejas de ninguna clase. Era una confrontación, una guerra de largo aliento, y yo quería saber hasta dónde llegaría antes de que me pegaran un tiro en la nuca. Por eso me había enamorado de Salomé: porque ella tampoco encajaría nunca. Siempre la mirarían de reojo, hablarían a sus espaldas y harían bromas de mal gusto sobre su nariz, su quijada o el tono de su voz. Ningún niño rico la amaría jamás. Nunca sería respetada ni apreciada. Era como yo.

2

El Lujuria cambió de dueño debido al problema que habíamos tenido con la ejecución del hombre de Los Ninjas. Jeison fue trasladado a otra ciudad y en su reemplazo llegó Bill, un mexicano de unos cincuenta años lleno de tatuajes que tenía una barba pintada de azul. Usaba sombrero, unos cinturones de hebilla ancha y botas de piel de serpiente con puntas metálicas. Parecía un vaquero recién salido de su rancho. Cuando le preguntamos de dónde era, respondió con una sonrisa franca e imitando el ruido de una metralleta:

—De Ta-ta-ta-ta-tamaulipas, güey.

Bill era simpático, dicharachero y nos cayó bien desde el principio. Se decía que había cometido un grave error al encenderse a plomo con unos agentes de la DEA en Ciudad Juárez y que por esa razón su agrupación nos había pedido el favor de tenerlo escondido en Bogotá por un tiempo, mientras pasaba la tormenta.

Yo seguía siendo muy cuidadoso con la entrega de la mercancía y del dinero, y llevaba mis propios cuadernos de contabilidad. Cada vez que entregaba dinero exigía que me firmaran una hoja en la cual estaba especificada la cantidad, el día y la hora.

También me di cuenta de que había un mercado nuevo: los gimnasios. Empezaban a surgir por todas partes y muchos quedaban en mi zona. Me dije que quizás podía contratar a dos abejas más que se encargaran de esas florecitas. Me puse en contacto con un entrenador y le propuse el negocio. El hombre aceptó porque las ganancias eran jugosas.

—Esto es lo único que debe quedar claro entre nosotros: todas las noches paso a recoger el pago. Punto. No hay excusas de ninguna clase.

El hombre me dijo que no me preocupara. También me conseguí una profesora de yoga a la que le fascinaban el éxtasis y el hachís. Le propuse que repartiera entre su clientela unas muestras y pocos días después empezó a vender en grandes cantidades. Le comuniqué a Bill quiénes eran las dos nuevas contrataciones. Los tenía vigilados y sabía dónde vivían y quiénes eran sus parejas y sus familiares. Todo estaba bajo control.

Una noche que estaba recogiendo el dinero de mis *dealers* recibí una llamada de urgencia por parte de Bill.

—Corre pa' la cueva, güey, es urgente.

Llegué en veinte minutos porque estaba cerca. Nos reunimos en la parte trasera de la bodega, donde se recibían los productos para el bar: canastas de cerveza nacional e importada, gaseosas de todo tipo, hielo, botellas de agua y paquetes de papas fritas y maní. Éramos unos veinte hombres, sumando a los del aseo y los conductores. Bill empezó diciendo:

—Buenos, cabrones, llegó el momento de la verdad. Hace unos días mataron a Michael en su ranchito de Silvania. Y eso significa que hay un chivato entre nosotros, ¿a poco no? Y no puedo permitir algo así. Tengo que poner orden, ese es mi deber, de lo contrario van a pensar que el *mexican* es tan débil como un escuincle y que es fácil chingárselo. Y nones, por ahí no es la vibra. Así que voy a darle una opción al canario: levanta la mano, da un paso al frente y le pegamos un tiro rápido. Es una gran oferta.

Todos nos quedamos inmóviles. Me pregunté si Los Ninjas me habían echado al agua y habían soltado mi nombre. Bill continuó:

—Órale, un paso al frente y ya, sin arrugarse. El soplón se va rápido. Un tiro es una salida elegante.

Todos permanecimos quietos en nuestros sitios. Mientras tanto, Bill empezó a caminar entre nosotros, yendo y viniendo, observándonos, midiéndonos. Nadie se movió.

—Híjole, cuates, entonces les voy a explicar lo que viene. Sin tequila, güeyes, a palo seco. Vamos a trozar al cantante hasta que nos cante la canción que queremos oír y luego se lo vamos a dar a los cerdos para que se lo coman vivo. Pero antes le cortamos las orejas, las fritamos y nos hacemos unos taquitos de oreja bien sabrosos —dijo Bill estallando en una carcajada.

Estuve a punto de dar un paso al frente. Me dije que mi hora había llegado, me reuniría con mis viejos y con Salomé. La vida no era ningún jardín de rosas. Partir estaba bien. En ese momento saltó uno de los porteros al que le decíamos Naruto porque se la pasaba hablando de esa serie de animación, empujó a uno de sus compañeros al frente y le gritó enfurecido:

—¡Diga la verdad, hijueputa! ¡Fue usted! No pienso pagar por lo que yo no hice.

Al otro le decíamos Richie y quedó frente a nosotros muy asustado. Dijo entre dientes:

—¿De qué está hablando, marica?

—Yo lo escuché, malparido —siguió acusando Naruto—. Usted llamó por teléfono y dijo que había sido Michael.

—Estaba hablando con mi hermano —se defendió Richie—. Él no es ningún sapo.

—Usted filtró la información —le dijo Naruto enfurecido—. No podíamos hablar de esto con nadie.

Bill intervino, levantó los brazos y dijo:

—A ver, a ver… ¿Quién cantó qué y a quién?

—¡Este güevón llamó al hermano y le dijo que Michael había quebrado aquí a un *man* de Los Ninjas! —dijo Naruto a gritos señalando a Richie—. ¡Yo mismo lo escuché! Estaba en los baños.

Bill se volteó a mirar a Richie, que dijo muy nervioso:

—Mi hermano no es ningún sapo.

—¿Qué hace tu carnal?

—Trabaja en un banco. No tiene nada que ver con el negocio. Ni siquiera sabe quién es Michael.

—¿Y si tu cuatacho soltó la lengua?

—No, señor. Él es un hombre tranquilo. No está vinculado a nadie.

—Grave, manito, grave. Me late que por ahí fue la cosa.

—Él no fue, señor, se lo garantizo…

Bill siguió caminando y se puso frente a Richie y le dijo cara a cara:

—¿Conocías el ranchito de Michael?

Richie estaba sudando y no supo qué decir. Naruto intervino de nuevo:

—Sí, una vez estuvimos allá. No lo niegue.

Bill volvió a mirar a los ojos a Richie y este balbuceó:

—Sí, señor.

En ese justo instante Bill, en un movimiento casi imperceptible, sacó de atrás un gancho de izquierda que dio justo en el mentón de Richie, que cayó hacia atrás fulminado por el puñetazo. Enseguida Bill se le echó encima y empezó a golpearlo en el rostro con una brutalidad que lo deformó en cuestión de segundos. No nos habíamos dado cuenta y Bill tenía en la mano izquierda una manopla con unas púas bien afiladas. El rostro de Richie quedó convertido en una masa sanguinolenta. Luego Bill se puso de pie y lo pateó con sus botas texanas hasta matarlo.

Richie quedó desgonzado en un rincón, desfigurado y con las piernas torcidas, como si fuera un muñeco de trapo.

Bill, con la cara salpicada de sangre, dijo con fastidio:

—Llamen a los cucarrones, mis cuates, para que desaparezcan a Judas.

Dos hombres salieron enseguida para hacer cumplir la orden.

Bill volvió a preguntar:

—¿Quiénes estuvieron alguna vez en el ranchito de Michael?

Naruto y dos hombres más levantaron la mano. Bill asintió y dijo mientras se quitaba la manopla de la mano izquierda:

—Se acabó el reventón. Regresen a sus puestos.

Todo el mundo salió del lugar. Bill me llamó aparte y me dijo en voz baja:

—Encárgate del carnal de Richie. No podemos dejar cabos sueltos. Hazlo en silencio, calladito, sin llamar la atención.

—Sí, señor —respondí respirando aliviado.

La familia de Richie vivía en Kennedy y el hermano del que habló era un hombre rutinario que iba y venía de la casa de los papás hasta el banco de lunes a viernes. El trayecto era de Kennedy hasta el Centro Internacional todos los días a las siete de la mañana para entrar al banco a las ocho y media. Y en la tarde se regresaba a las cinco en punto. No hacía nada más. Fue un seguimiento de pocos días.

Elegí a Naruto para el trabajo. Decidimos atacarlo cuando estuviera regresando a la casa, a eso de las seis de la tarde. Cruzaba siempre por un parque en el que no había mucha gente a esa hora. Fingimos un atraco y le pegamos dos tiros rápidos: uno en el corazón y otro en la cabeza. Llevábamos armas con silenciador. Le quitamos el reloj, el celular y la billetera para que pareciera un robo. El hombre se desgonzó en el césped y nadie notó nada raro. Nosotros huimos sin correr para no llamar la atención, llegamos hasta las dos motocicletas que teníamos parqueadas muy cerca y arrancamos con los cascos puestos. Al tipo lo encontraron diez minutos después, cuando ya estábamos lejos.

Llegamos al Lujuria, me dirigí a la oficina de Bill y le di el parte de tranquilidad:

—Solucionado lo del hermano de Richie. Fingimos un atraco. No hubo testigos. Fue una operación rápida.

—Ándale, eres bien chingón. ¿Quién fue el sabueso?

—Naruto tenía todos los datos.

—Pásate el viernes en la noche que tengo que hablar contigo.

—Sí, señor.

Ese viernes, después de mi ronda de costumbre, llegué al bar y busqué a Bill. Fuimos hasta su oficina y me dijo sonriendo:

—¿Qué tranza? ¿Quieres un trago?

—No tomo, señor.

—¿*Never*?

—No, señor.

—No hay pedo.

Él se sirvió un tequila y me dijo sin dejar de sonreír:

—Eres un vato acá, buena onda, de los mejores. La idea de los gimnasios es tan buena que ya está rotando por toda la ciudad. Van ya veintitrés *dealers* más.

—Me alegra, señor.

—¿Es cierto que tú eras muy cercano a la morra de Michael?

Nadie sabía nada de lo que sucedía entre Salomé y yo. Jamás hablaba con mis colegas de mi vida privada. Respondí con tranquilidad:

—Fuimos compañeros de colegio, nada más.

—Le dieron piso después de lo que sucedió aquí.

—Así es, señor.

—¿Y no te hubiera gustado cobrar esa factura, güey?

—No era nada mío, solo conocidos de colegio. No tengo familia ni parientes. No tengo nada.

—No digas eso, compadre. Ahora nosotros somos tu raza, tus carnales.

Bill levantó el vaso e hizo el gesto de brindar por mí. Yo me incliné en señal de respeto.

3

Bill me invitó un lunes a practicar polígono en una de sus casas de campo. Acepté feliz porque sabía poco del tema. Practiqué con un experto y aprendí la diferencia entre una pistola .22 y un revólver, entre una 9mm y una Glock 45. Las armas nunca fueron para mí una prioridad, pero a esas alturas comprendí que en el futuro iba a depender por completo de ellas. Son una prolongación del cuerpo, unas prótesis que nos multiplican la fuerza y la capacidad de resistencia. Los ricos tenían sus bancos y sus acciones en bolsa. Nosotros, revólveres y pistolas.

Desde ese día empecé a portar una Beretta .69. Era una pistola clásica de gran precisión.

En algún momento, Bill me agarró del brazo y me dijo:

—Me gusta tu vibra: eres serio, sin vicios, como un seminarista, güey.

—Gracias, señor.

—Pero nunca te veo con morritas. ¿Tienes algún problema con las chavas?

—No, señor. Tuve una, pero se fue y me ha dado muy duro —dije sin darle mayores detalles.

—No importa que nos rompan el corazón. Las necesitamos. Hay que darle de cenar a Pancho —dijo Bill sonriendo de lado a lado y mirándose la bragueta.

—Sí, señor.

Esa misma tarde llegaron a la casa unas chicas contratadas. Eran todas muy bellas y simpáticas. En algún momento, una de ellas se acercó y me dijo:

—Hola, corazón.

—Hola.

—¿Cómo te llamas?

—Armando —mentí con descaro.

—¿No quieres un poquito de compañía?

—No lo tomes a mal, pero estoy de guardia. No puedo.

Ella siguió de largo y se fue a hablarle a otro de los hombres. Yo sabía que debía mantener siempre la distancia entre mi vida privada y mi trabajo. Al menos mientras pudiera.

Moisés seguía cantando en el bar y aún era el artista estrella de ese año. Me caía cada vez mejor porque era un tipo noble y siempre dispuesto a colaborar. Tenía algo que lo hacía distinto a todos nosotros: cierta camaradería cómplice, cierta fraternidad expresada con sinceridad, sin necesidad de ponerse máscaras ni fingir nada. La vida siempre es mejor cuando uno tiene un amigo en quien confiar. Sin embargo, una noche me dijo que saliéramos a la calle y me dijo bajando la voz:

—Estoy metido en un lío tenaz, *bro*.

—¿Y eso?

—Mi vieja está enferma. El seguro no le cubre buena parte del tratamiento.

—Tengo unos ahorros, si necesitas.

—Gracias, *bro*, pero es una cifra escandalosa. Tienen que hacerle una cirugía para extraerle un tumor.

—Pídele a Bill prestado y le vas pagando con trabajo.

—Tengo que pagar arriendo, comida, transporte. Si me endeudo me reviento.

Entendía perfectamente. Los pobres dependemos por

completo de nuestro sueldo quincenal o mensual. Nunca tenemos ahorros. Él siguió diciéndome:

—No necesito un préstamo, necesito dinero mío.

Me quedé mirándolo a los ojos para ver si podía adivinar qué era lo que quería decirme realmente. Él se adelantó y me dijo:

—Veámonos mañana en mi casa, *bro*. Pasa a almorzar.

—Listo.

Como nos levantábamos tarde, en realidad para nosotros el almuerzo era el desayuno. Llegué a la una en punto a un apartamento en el barrio Restrepo. Era el segundo piso de una casa de familia. Me abrió la puerta una mujer negra con unas trenzas largas y unos ojos que me dejaron enseguida hipnotizado. Llevaba unos *jeans* ajustados y una blusa negra que decía *Black Power*.

—Tú debes ser Bruno —me dijo con una sonrisa radiante—. Sigue. Moisés se fue a comprar unas cosas. No se demora.

Entré y ella me ofreció un café. Le dije que esperáramos a Moisés.

—No me he presentado, qué grosera —dijo dándome la mano—. Soy Mara, la hermana de Moisés.

—¿Hermana mayor o menor? —pregunté como un estúpido.

—¿Así de vieja me veo?

—No quise decir eso…

—Menor —dijo ella estallando en una carcajada.

—¿Y qué haces?

—Soy enfermera veterinaria. Me fascinan los animales. Mi especialidad son las aves rapaces.

—No sé nada de eso —confesé sintiéndome nervioso frente a ella.

—Cuando quieras te enseño…

En ese momento apareció Moisés con unas arepas de queso. La pasamos muy bien los tres, nos reímos y entonces Mara avisó que se tenía que ir a trabajar.

—Espero verte pronto —me dijo dándome un beso en la mejilla.

—Dile a este que me invite más a menudo —dije señalando a Moisés.

Ella salió y enseguida Moisés sacó unas carpetas, extendió unas hojas sobre la mesa del comedor y me dijo en un tono de voz neutro:

—Esto es un restaurante de pollos asados que queda en Kennedy, al frente de donde vivíamos antes. Lo vigilé durante semanas. Cada tres días consignan la plata en el banco. La guardan en una caja fuerte. Solo el administrador tiene la clave. Es un tipo de mala entraña que regaña a los trabajadores todo el día, les coquetea a las meseras de manera vulgar y trata a las patadas a todo el mundo. Es un cabrón.

—¿Me estás diciendo que demos un golpe juntos? —dije sorprendido de que mi amigo pacífico y buena onda de pronto se hubiera transformado en un ladrón profesional.

Moisés me miró de reojo y siguió explicando:

—El día que hay más dinero es el lunes porque están todas las ventas del fin de semana, desde el viernes en la tarde. Son muchos millones de pesos. Ellos salen a consignar a las ocho y media en punto. No tienen armas, al menos visibles. Son dos fulanos en un carro, nada más.

Yo seguía perplejo. No podía creer lo que estaba escuchando. Moisés remató diciendo:

—Yo lo voy a hacer solo de todos modos. Tengo un revólver viejo, pero me sirve. Creo que puedo. Pero si me echas una mano sería mucho más sencillo.

Lo miré a los ojos y vi en ellos su desesperación, su angustia, esa tristeza profunda que lo inundaba por dentro al pensar que su madre iba a morir desamparada sin que él pudiera hacer nada por ella.

—Estoy contigo —dije con seguridad.

Moisés me abrazó con fuerza.

—Sabía que podía contar contigo —me dijo sin soltarme.

En efecto, dimos el golpe al siguiente lunes a las ocho y quince de la mañana. Durante el fin de semana le echamos un vistazo al lugar en dos oportunidades y revisamos bien dónde quedaba la caja fuerte y las posibles rutas de escape que nos ofrecía el lugar. Aseguré que la Beretta estuviera funcionando bien y me metí también en el bolsillo una navaja que llevaba conmigo desde hacía algún tiempo. Gatúbela, mi motocicleta, estaba recién salida del taller.

Timbramos diciendo que teníamos un sobre para entregar, encañonamos rápidamente a los dos hombres y llegamos hasta el administrador, que estaba ya a punto de abrir la caja para cargar el dinero en dos tulas que estaban sobre la mesa.

—Abra la caja —ordenó Moisés encañonando al hombre.

—Mátenme si quieren, gonorreas —dijo el hombre intentando mantener el aplomo—. No voy a abrirles.

Los otros dos ya estaban en el piso con las manos en la cabeza. Seguramente estaban pensando que el dinero no era de ellos y que no pensaban hacerse matar por él. Me acerqué al administrador, le puse la mano en la mesa y en un movimiento veloz saqué la navaja y se la clavé en el centro de la mano. El acero cruzó los músculos, las venas y los tendones, y se hundió en la madera con un golpe seco. El hombre dio un alarido de dolor y vi una mancha en su pantalón. Acababa de orinarse.

—La clave de la caja —le dije hundiendo aún más la navaja.

El hombre murmuró los números tartamudeando. Me acerqué a la caja, la abrí con facilidad y metí el dinero en las dos tulas. Mientras tanto, Moisés seguía apuntándoles a los dos transportistas. Le arrojé una tula a mi amigo y yo tomé la otra. Me acerqué al administrador y saqué la navaja de la mesa.

El hombre no dejaba de gritar y de quejarse. Se arrojó al suelo agarrándose la mano herida con la otra. Nosotros salimos corriendo.

Encendimos las motocicletas, que habían quedado parqueadas a la vuelta, y arrancamos acomodando cada uno su tula sobre el tanque de la máquina. Fue una acción rápida y contundente.

No fuimos al apartamento de Moisés porque a él le daba miedo que Mara lo descubriera. Ella no tenía ni idea de lo que él estaba planeando. Por eso nos dirigimos a mi casa. Yo vivía solo desde que mi mamá murió y nadie en el barrio se metía conmigo. Entramos y descargamos las tulas en la sala.

—Dame algo de beber, por favor —me dijo Moisés con la cara congestionada—. Tengo la boca reseca.

Serví agua para los dos. Bebimos mientras bajaba la descarga de adrenalina. Luego nos abrazamos y él me dijo muy emocionado:

—Nunca voy a olvidar esto, *bro*. La mitad es tuya.

—No lo hice por la plata. Lo hice por ti y por tu mamá.

Moisés estaba muy emocionado y tenía los ojos vidriosos. Le entregué una llave de mi casa y le dije que entrara cuando quisiera y fuera sacando su dinero. Lo escondimos en el armario del cuarto que había sido de mi mamá. En los días siguientes él fue sacando por partes la plata y la fue enviando a Buenaventura. Su madre pudo operarse con éxito y luego envió una foto saliendo del hospital ya recuperada.

El robo quedó registrado en un par de periódicos y no había una sola pista para investigar. Llevábamos guantes y nunca nos quitamos los cascos de las motocicletas. Fue un trabajo limpio y certero. Nunca más volví a hacer algo similar.

4

Todo el territorio de la zona de tolerancia del centro de la ciudad era nuestro. Las otras zonas de tolerancia, la de Chapinero en el barrio 7 de Agosto, y la del norte en la calle 86, pertenecían a Los Ninjas. Pero la más poderosa era la nuestra. Movía locales, bares, discotecas y moteles, en donde los clientes gastaban fortunas. Curiosamente, los residentes de Bogotá eran los menos importantes. La clave era cuando llegaban los cultivadores de arroz y de sorgo del Tolima a celebrar sus cosechas. O cuando los paperos de Boyacá aparecían en sus camionetas a gastarse millones de pesos que les dejaban sus entregas en las distintas plazas de mercado. También eran clientes asiduos los esmeralderos de Muzo y los ganaderos de los Llanos Orientales. Duraban varios días de juerga, consumían todo tipo de drogas, dormían con las chicas, se bebían botellas enteras y, cuando ya estaban exhaustos de tanta diversión, encendían sus carros y regresaban a trabajar.

Era tanto el dinero que a veces no había cómo almacenarlo. Bill se encargaba de transportarlo quién sabe adónde y guardarlo. Me imagino que tenían caletas muy bien resguardadas a las cuales no tenían acceso sino los jefes y sus hombres de confianza. Yo pertenecía a los mandos medios.

Moisés sacó todo su dinero de mi casa y me regresó la llave. Estaba muy agradecido conmigo porque gracias al golpe no tuvo que endeudarse y su madre se había salvado. Incluso le quedó algún dinero para las terapias. Por eso me invitó a almorzar un domingo y yo llegué muy puntual a la una de la tarde.

Él y Mara, su hermana, habían preparado una cazuela de mariscos del Pacífico, arroz con coco y patacones. El apartamento olía delicioso desde que crucé el umbral de la puerta de entrada. Mara me abrió sonriendo, como siempre, me dio un abrazo y un beso que me rozó el borde de los labios. Me dijo con desparpajo:

—Por fin los ricos se dignan visitar a los pobres.

—En este caso es peor —dije yo regresándole la sonrisa—, porque se trata de una visita entre pobres.

Moisés me dio un abrazo y me dijo mientras cogía un manojo de llaves y salía corriendo:

—Se me olvidó comprar unas cervecitas. Ya vengo.

No alcanzó él a salir a la calle cuando Mara me dijo con cara de picardía:

—Pensé que te iba a ver antes.

—Yo también —dije a manera de defensa.

—Ahh, a Míster Importante hay que buscarlo.

—No sé llevar la iniciativa —dije sin dejar de sonreír.

—Eres un descarado… Pero dime la verdad: me pensaste, ¿aunque sea un poquito?

—No he podido olvidarme de tus ojos.

—¿Solo los ojos?

—Son como un embrujo. Nunca vi unos ojos tan negros.

—Yo te pensé mucho. Y voy a ser sincera contigo: no le digas nada de esto a Moisés, pero sé que tú y él están metidos en algo raro porque de lo contrario no me puedo explicar de dónde sacó él tanta plata para la cirugía de mi mamá.

—Es mejor que no lo sepas.

—Por eso te pensé: porque me daba miedo que te fuera a pasar algo y no te volviera a ver.

Mara se acercó hasta que estuvimos frente a frente. Éramos de la misma estatura. Se había quitado las trencitas y tenía el cabello suelto, como un afro caído y sostenido por una balaca de colores. Llevaba un *jean* apretado y una blusa pequeña que le dejaba los hombros al aire. Su piel parecía tallada en caoba. No me podía parecer más bella. Nos besamos intensamente y ella me preguntó mientras me sostenía abrazado con fuerza:

—¿Tienes novia? No me vayas a mentir.

Negué con la cabeza. Ella continuó:

—Moisés dice que la mataron hace un tiempo y que desde entonces andas en duelo. ¿Es verdad?

—Sí, es cierto. El exnovio de ella estaba metido en problemas.

—Pero tienes amiguitas con las cuales te acuestas, ¿no?

—Sí, tengo un harem completo, son como cuarenta y ocho, pero estoy buscando la número cuarenta y nueve.

—¿Ah sí? ¿Y cómo la estás buscando?

—Negra, con afro, con los ojos negros y las caderas anchas.

—¿Ya me viste el culo? En eso no me gana ninguna.

—Ajá —asentí sin dejar de besarla.

Y entre besos y besos, Mara me apartó un segundo y me dijo:

—Yo solo he salido una vez con alguien allá, en Buenaventura. Y me fue fatal. Era un mujeriego y un mentiroso. Aquí no he salido con nadie porque se les nota el racismo a leguas. Creen que todas las negras somos putas o empleadas del servicio doméstico.

—Tú me gustaste desde el primer momento en que te vi.

—Tienes gustos raros. Pero hablando en serio, solo te pido una cosa: no me vayas a mentir. No me vayas a romper el corazón.

Levanté la mano derecha y le dije:

—Prometido.

Antes de que llegara Moisés nos cruzamos los números de teléfono. Luego los tres almorzamos delicioso y nos reímos toda la tarde. A las cinco, mi amigo y yo nos fuimos a trabajar. El bar abría también los domingos.

Mientras caminábamos por el centro de la ciudad, Moisés me dijo en un buen tono:

—Tú le gustas mucho a Mara.

—Ella a mí también.

—Solo quiero contarte algo: el tipo con el que salía en Buenaventura era un miserable, un don nadie dedicado al microtráfico. Le gustaban las prostitutas y las drogadictas. La hizo sufrir mucho.

—No te preocupes. Sé que es una chica decente.

—Eso es Mara exactamente: decente. Cuídala mucho.

Miro en retrospectiva y puedo decir sin ninguna duda que ese fue un tiempo en el que por fin la vida me dio una tregua. Mara y yo nos entendimos desde el primer día, fue algo automático, como si lleváramos años saliendo juntos. Nos reíamos, comíamos juntos, se quedaba a dormir a veces en mi casa y llegamos incluso a viajar a algunos pueblitos que quedaban en Boyacá, en Santander y en el Tolima. Nos íbamos en Gatúbela juntos y buscábamos hostales baratos para viajeros. Ella era feliz en esos paseos en los que siempre buscábamos paz, tranquilidad, reservas naturales y parques en los cuales cuidaban animales que habían sido heridos. Ella soñaba con trabajar en uno de esos lugares.

Había un detalle de mi vida que le causaba mucha curiosidad: mi relación con Salomé. Al comienzo no le quise contar nada de la transexualidad, hasta que una noche, después de preguntarme por millonésima vez qué era lo que me había enamorado tanto de ella, le confesé:

—Salomé nunca pertenecería a la sociedad, siempre estaría al margen, siempre sería mal vista, como yo.

—¿Por qué?

—Porque era una chica trans.

—¿Qué? —dijo ella abriendo los ojos de par en par.

—Sí, hoy en día eso no tiene nada de raro. Mucha gente siente que nació en el cuerpo equivocado. Es más normal de lo que crees.

—No, espera, espera. Estoy procesando. ¿Era un hombre y se volvió una mujer?

—No, siempre fue una mujer, pero al principio estaba en un cuerpo de hombre con el que nunca se identificó.

—¿Pero estaba operada? ¿O tenía herramienta?

—Herramienta, qué es eso —dije yo sonriéndome.

—Tú sabes qué es.

—No, estaba operada. Era una mujer como cualquier otra.

—¿Y hacías el amor normalmente con ella? A las chicas trans les gusta por detrás, ¿o no?

Saqué una vieja foto que guardaba en mi billetera y en la cual estábamos Salomé y yo abrazados frente a su casa. Ella la había tomado y me la regaló impresa para que la recordara adonde fuera. Mara la revisó una y otra vez, y al final dijo:

—Sí, era muy bella. Parece una chica común y corriente.

—Te lo dije.

—Se mandó operar también los senos, ¿verdad?

—Se inyectaba hormonas desde muy pequeña.

—¿Y nunca te dio como fastidio? ¿Nunca le veías la identidad masculina?

—Nunca. Al revés: casi siempre me parecía más mujer que las otras mujeres.

Mara volvió a revisar la foto y me dijo:

—Yo soy más piernona, más culona y más tetona que ella.

Me reí y la llené de besos mientras le decía:

—Tú eres perfecta para mí.

Esa noche hicimos el amor hasta el agotamiento. Pensé que tal vez Mara estaba compitiendo en contra del recuerdo de Salomé y demostrándome que ella era más hembra y mejor amante.

A veces íbamos los tres a conciertos de rap de otros grupos, a teatro y a exposiciones de arte. Yo también procuraba leerme algún libro de vez en cuando. Algo que supe desde el colegio es que mi origen miserable no me impedía pensar y tener acceso a la cultura. Los que me habían humillado en el colegio para niños ricos tenían esa suficiencia que da el conocimiento. Se sentían superiores porque creían que no solo eran mejores en artes marciales, sino que también eran más inteligentes. El hecho de que yo no quisiera ir a la universidad no significaba que me pareciera bien quedarme en la ignorancia. Todo lo contrario: tenía que hacer grandes esfuerzos para cada día romper más las barreras de la ignorancia en la que desde siempre se había movido mi gente. Yo era un roedor nacido en las profundidades, sin duda, pero un roedor intuitivo y sagaz.

Ahora, Mara pensaba de manera similar: ella estaba segura de que las blanquitas la miraban siempre por encima del hombro porque la consideraban más bruta. Y eso la indignaba y la enfurecía. Por eso estudiaba con ira, como si se tratara de un desquite, como si fuera una batalla en la que era preciso conocer bien al contrincante para no terminar uno después masacrado y vencido. Y yo amaba en ella esa rabia sorda que la hacía parecer una guerrera africana en plena contienda.

5

El negocio prosperaba, pero había un problema: Bill consumía perico y tequila desde la noche hasta la mañana siguiente, y cada día se volvía más paranoico y prevenido. Sufría de delirios de persecución y creía que lo iban a envenenar. Solo comía en restaurantes o recetas que él mismo preparaba en la cocina del bar: enchiladas, taquitos, guacamole, fríjoles refritos y tortas ahogadas. Tampoco recibía bebidas, ni siquiera agua. Miraba a sus guardaespaldas con recelo y les hacía preguntas capciosas creyendo que alguno de ellos estaba al servicio de Los Ninjas. Y nadie lograba hacerlo entrar en razón.

Una noche se intoxicó con el arroz chino de un restaurante de la zona de San Victorino. Primero vomitó y después tuvo que comprarse un laxante para limpiar el estómago. Finalmente, se transformó en un animal rabioso que clamaba venganza.

—Ese puto chino cree que me puede chingar —decía con los ojos inyectados en sangre—. Se metió con el vato equivocado.

Poco a poco se fue obsesionando con la idea de que el oriental lo había reconocido y le había echado un veneno en el arroz para que se muriera como un perro. Estaba seguro de que el anciano chino estaba al servicio de Los Ninjas, que seguramente le habían puesto precio a su cabeza.

En realidad, todos sabíamos que era una locura y que Bill tenía el hígado hecho pedazos de tanto beber tequila. También hacía mezclas con mezcal, se inventaba cocteles y pasaba horas enteras bebiendo desde que llegaba en la tarde hasta que se iba en las horas de la mañana. Y no se emborrachaba porque no hacía sino meter perico un gramo detrás del otro. Una vez duró tres días seguidos de juerga, sin descanso. A la cuarta noche intentó dormir y no pudo. Tuvo que mandar traer a un anestesiólogo amigo suyo que lo durmió en su oficina durante ocho horas y que lo cuidó tomándole la presión arterial y la temperatura, como si estuviera en un hospital.

Sin embargo, no logramos hacerle cambiar de opinión. Estaba obsesionado con que el chino era un asesino profesional que había intentado envenenarlo para cobrar una recompensa.

—Ese culero no contaba con que soy un hueso duro de roer —repetía sin descanso.

Las consecuencias de los disparates de Bill no se hicieron esperar: la tarde de un domingo recibí una llamada de Moisés que me dijo al teléfono con la voz alterada:

—Vente para el bar, es urgente.

Llegué al Lujuria y enseguida supe que algo grave estaba pasando. Subí a la oficina de Bill y me tropecé con una escena completamente fuera de lugar: varios de nosotros estábamos alrededor de un hombre viejo que se encontraba amarrado a una silla. Era el administrador del restaurante chino. Se notaba que Bill ya lo había golpeado porque el hombre sangraba de un pómulo y por la nariz.

—¡Pinche oriental de mierda! —le decía Bill con los ojos rojos y la mirada trastornada—, ¿quién le puso precio a mi cabeza? ¿Eh?

El abuelo no decía nada, no se quejaba, no suplicaba. Eso iba sacando de las casillas aún más a Bill.

—¿Los Ninjas? Fueron ellos, ¿verdad? ¿Cuánto ofrecieron esos pendejos?

Intenté intervenir y le dije a Bill que ese secuestro y esa tortura desencadenarían una guerra con Los Ninjas. Lo mejor era soltar al anciano, llevarlo hasta su restaurante y decir que había sido una equivocación, que lo sentíamos mucho.

—Tú quédate en la retaguardia, seminarista —me respondió Bill sin quitarle los ojos de encima al chino—. Este puto va a soltar la lengua, ya verás.

Bill hizo un gesto y uno de sus guardaespaldas trajo una campana de cristal grande. Acostaron al anciano sobre el escritorio y lo retuvieron de pies y manos. Bill le rasgó la camisa y le dijo babeando:

—O me dices quién *chingaos* le puso precio a mi cabeza o te voy a sacar el mole con una tortura que tu propio pueblo inventó.

El chino seguía sin hablar y lo más sorprendente era que no pedía misericordia ni se lamentaba. Solo aguantaba con los ojos puestos en el vacío.

Otro de los hombres de Bill trajo una caja de cartón. Yo no entendía qué diablos estaba tramando Bill. Pusieron la campana de cristal inclinada sobre el ombligo del abuelo, abrieron la caja y una rata apareció caminando de repente nerviosa y sin saber dónde se encontraba. Luego bajaron la campana y el animal quedó atrapado.

—La rata no tiene por dónde respirar, cabrón —explicó Bill con una sonrisa radiante—. Pero pronto descubrirá que puede salir rompiendo las tripas.

Bill soltó una carcajada y se retorcía de la risa. Todos nosotros estábamos paralizados. Bill le gritó al chino a la cara:

—¡Chinga tu madre! ¿Quién me mandó envenenar?

El hombre seguía en silencio. Entonces Bill le dijo en voz baja, arrastrando las palabras:

—Sin Yolanda, Maricarmen, que aquí no ha pasado Nancy, tómalo con Carmela y como Zenaida.

Un detalle que enrarecía aún más la escena era que los hombres de Bill trajeron una rata de alcantarilla que era enorme y que casi no cabía dentro de la campana. El barrio estaba infestado de ellas. A veces las veíamos corriendo y escondiéndose entre las basuras.

Y en efecto, como lo había explicado Bill, apenas se sintió asfixiada empezó a roer la piel del viejo, que soltó por primera vez un alarido de dolor. El roedor se enloqueció y empezó a destrozar con los dientes lo que iba encontrando a su paso: piel, vísceras, músculo. Parecía moverse hacia arriba, hacia la cabeza del chino. Yo no entendía qué estaba haciendo hasta que descubrí que estaba buscando los pulmones, donde encontró algo de aire para retomar fuerzas. A su paso iba quedando un túnel sanguinolento. Finalmente, cruzó por debajo del esternón y se desplazó hasta la tráquea, por donde asomó la nariz victoriosa. En ese momento, el abuelo chino se estremeció con los últimos estertores y falleció temblando por todas partes, como si estuviera siendo recorrido por corrientes eléctricas.

Bill bailaba y se reía dichoso. Cuando vio la nariz de la rata asomando, cantó a voz en cuello la canción de Molotov:

—¡*Dame, dame, dame, dame todo el power, para que te demos en la madre*!

Y luego ordenó con los ojos brillantes:

—¡Nadie toca este puto animal! ¡Se ha ganado su vida a pulso!

El roedor respiró unos segundos para tomar fuerzas, saltó del cadáver hacia el suelo y se escabulló hacia un rincón de la sala. Todos estábamos pasmados y no podíamos movernos. Bill ordenó:

—Saquen a este fiambre y llamen a los cucarrones.

A partir de ese día en particular anduve con más cuidado: revisaba las calles antes de salir por si había algún auto vigilando o algún motociclista haciéndose pasar por un mensajero o un domiciliario. Llevaba mi pistola cargada siempre y no confiaba ni en mi sombra. Sabía perfectamente que Los Ninjas no se quedarían quietos y que en algún momento intentarían cobrarnos la tortura y posterior desaparición del abuelo chino.

Mientras tanto, mi relación con Mara iba prosperando y cada día que pasaba me enamoraba más de ella. Lo único que no me gustaba tenía que ver conmigo mismo: empecé a sufrir de celos y esa sensación me desagradaba porque me ponía inquieto y me alteraba justo cuando más necesitaba tener la cabeza fría.

Una noche escuché una conversación en los baños del Lujuria. Yo estaba orinando en un cubículo con la puerta cerrada y de pronto entraron dos de nuestros hombres y se hicieron en los orinales. Uno de ellos le dijo al otro:

—¿Sabe quién está buenísima, *brother*? La hermana de Matamba, el cantante. El otro día la conocí por casualidad. Iba con él por la Séptima y entraron a un restaurante chocoano a almorzar.

—¿Y cómo sabe que es la hermana? —preguntó el otro—. Puede ser la novia.

—Nos saludamos y me la presentó. Una negra divina, con un culo espectacular.

—Esas negras son bien arrechas.

—Hay que hacerle la cacería, *bro*.

—*Sisas*.

Salieron y no se dieron cuenta de que yo los estaba escuchando. Algo se me removió por dentro. La sola idea de que uno de esos cabrones se acercara a Mara me descomponía. Lo peor fue que dos días después llegué al apartamento a visitarla y estaba con un compañero de trabajo, que se despidió de manera desprevenida y cordial. Yo estaba serio. Ella me preguntó:

—¿Qué te pasa? Te noto preocupado.

—No, nada, el trabajo. Estamos tensos todos.

—Te conozco. Dime la verdad.

—Nada, estoy bien, te lo juro.

—¿Estás celoso? Ya te dije que es uno de mis compañeros de trabajo. Nunca ha pasado nada con él.

Me quedé callado. No sabía cómo decirle que la sola idea de imaginármela con otro hombre me hacía remover las entrañas.

—¡Estás celoso! —dijo ella sonriendo.

Entonces le conté lo que había escuchado en los baños del bar. Ella, con su humor de siempre, me preguntó:

—¿Y dijeron que yo tenía un culazo?

—Sí, que estabas buenísima.

—Peor hubiera sido que dijeran que era una negra fea y desabrida.

—Si uno de esos maricas se te acerca yo me vuelvo loco.

—¿Entonces por qué no me marcas? ¿Por qué no me enseñas quién es mi dueño?

Mara se arqueó de manera insinuante, se bajó el *jean* y me mostró parte de la tanga metida entre las dos nalgas. No aguanté más y salté sobre ella como un animal. Hicimos el amor durante dos horas sin parar, por todo el apartamento y ella me iba diciendo entre una postura y la otra:

—Soy solo tuya, mi amor, soy solo para ti.

Cuando terminamos nos duchamos juntos y le dije:

—Perdóname, lo siento mucho. Nunca me había sentido así.

—¿No celaste a tu noviecita anterior?

—Jamás.

—Eso significa que me quieres más a mí —me dijo ella llenándome de besos por todas partes.

Por primera vez en mi vida sentí que estaba mucho mejor acompañado que solo. Cuando llegaba a mi casa a la madrugada o cuando me preparaba un café en las horas de la mañana sentía ese peso invisible de estar todo el tiempo conmigo mismo. En cambio, cuando estaba con Mara me sentía ligero, de buen humor, como si de repente todo a mi alrededor perteneciera a una película alegre y con final feliz. Por eso empecé a preguntarme si no debía pensar ya en armar con ella un hogar. Podía vender la casa y comprar un apartamento en el centro de la ciudad, más cerca del trabajo. Y la idea de tener un hijo con Mara me llenaba de una curiosa plenitud que hasta ese momento jamás había sentido. Pero una cosa es lo que uno planea para sí mismo y otra muy distinta lo que la vida le tiene preparado.

6

Una tarde estaba ensayando Moisés en el Lujuria:

El exceso de luz también impide ver...

Y no alcanzó a terminar la frase cuando se abrieron las puertas principales de par en par y entraron unos fulanos armados hasta los dientes. Ya habían disparado en la calle contra los porteros, que quedaron tendidos en el andén. Por fortuna no había público todavía. Yo alcancé a atrincherarme detrás de una columna, muy cerca de la cocina. Moisés se agachó y se arrastró por el piso hasta quedar detrás de una barda que dividía el escenario de las mesas de la clientela. Los sicarios dispararon sobre todo lo que se movía con unas metralletas cortas que iban dejando el local completamente destruido. Los espejos, los muros, las lámparas, todo iba haciéndose pedazos entre ráfaga y ráfaga. Ninguno de nosotros pudo defenderse porque no nos dieron tiempo para responder. Al fin escuché la voz de Bill que gritaba desde el fondo:

—¡Hijos de la chingada, estamos listos!

Y empezó a disparar su pistola. Sus guardaespaldas lograron también disparar, pero nuestros enemigos eran muchos más y estaban mejor armados. La batalla era muy desigual. Me ubiqué lo mejor que pude y saqué la pistola. Estaba bien parapetado desde mi escondite y alcancé a herir a dos de ellos. Pero me quedé sin balas en el cargador. En un momento dado, uno de los matones cruzó cerca de mí, alcancé a tumbarlo y le di un golpe certero en la garganta que lo dejó en el piso sin poder respirar. Cogí su pistola y le hice un gesto a Moisés de que intentara llegar hasta donde yo estaba, pero no era fácil. Entonces volví a escuchar la voz de Bill, que gritaba:

—¡Ya hay varios muñecos en el piso! ¡Estamos a mano!

El jefe de la operación le respondió:

—Usted lo mató. Usted es el objetivo.

En ese momento vi que Moisés reptaba el último tramo hasta llegar a mí. Nos quedamos en el piso bien agachados. Sin saber cómo ni por qué, me llegó la voz del maestro Wang, que me decía en los entrenamientos:

—Hay que caminar como si estuviéramos sobre hielo. Los lobos no deben escucharnos porque enseguida nos matarán.

Le dije a Moisés en voz baja:

—Intentemos llegar hasta la cocina. Camina despacio, sin hacer ruido.

—¿No estarán esperándonos ahí? —preguntó él con la voz ahogada.

—No parece. Podemos salir por la puerta de atrás.

Y del fondo nos llegó la voz de Bill alterada:

—¡Chupen de esta, culeros!

Y se lanzó en línea recta disparando como un energúmeno. Le dieron en un hombro y luego en el estómago. Alcancé a echar un vistazo y vi a uno de Los Ninjas rematándolo en el piso. Luego otro de los sicarios llegó con una espada y lo decapitó, pero no era como en las películas, que es de un solo tajo. Tuvo que golpearlo varias veces, hasta que por fin la cabeza se desprendió y rodó por el suelo. Le dije a Moisés:

—Andando, vamos…

Me levanté y caminé tal y como el maestro me había enseñado: levantando bien los pies y apoyando en el piso primero el talón con mucha suavidad. Alcanzamos la puerta interna de la cocina y seguimos muy lentamente hasta la puerta exterior del servicio. Yo iba de primero empuñando el arma y Moisés me seguía intentando imitar mi manera de caminar.

Abrí la puerta y el aire me refrescó el rostro. En ese justo instante escuché el disparo y un relámpago de calor me atravesó el vientre. En efecto, nos estaban esperando en el callejón de atrás. Alcancé a disparar varias veces y herí a otro de los pistoleros. Moisés me arrastró hasta su motocicleta y me dijo:

—No te voy a dejar tirado. Ánimo, intenta subir a la moto.

El fogonazo me había paralizado la pierna derecha y no lograba moverla normalmente. Al fin, apoyándome en el hombro de mi amigo, pude treparme en la moto y él me dijo:

—Aguanta. No te vayas a desmayar.

Arrancamos y Moisés logró escapar del callejón esquivando más disparos que por fortuna no nos alcanzaron. Yo veía todo en blanco y negro, como si los colores hubieran desaparecido de los objetos, del cielo y de los edificios. Me agarré a la cintura de mi amigo y recosté mi cabeza en su nuca. Él volvió a repetirme:

—¡No te vayas a desmayar, Bruno!

Pensé en Mara, en mi futuro con ella y en los hijos que nunca tendríamos. No me importaba morirme, sino no volver a verla. Ese dolor era mucho más intenso que el dolor del balazo que acababa de recibir. Sin embargo, morir estaba bien, no me parecía tampoco un mal plan. Me encontraría con Max, con mi madre y con Salomé. Allá, al otro lado, seguramente las cosas no eran tan difíciles como aquí, en este mundo.

Moisés manejaba a toda velocidad, cruzaba avenidas y se pasaba semáforos en alto. Reconocí parte del centro de la ciudad, después nos adentramos en unas casas de colores que estaban muy cercanas a la montaña. Nadie nos seguía. La moto por fin se detuvo al fondo de una callecita peatonal. A lo lejos se veía la ciudad y el sol ocultándose en un atardecer grisáceo.

En ese momento me desmayé.

Cuando desperté, estaba acostado en un sofá cama y sudaba a chorros. Moisés estaba frente a mí.

—Menos mal que te despertaste —me dijo muy nervioso—. Este es un escondite que arrendé por si acaso tenía que escapar en un caso de emergencia. Nadie ha venido aquí.

—Tengo mareo y ganas de vomitar.

—Tienes un balazo en el costado derecho. No conozco ningún médico. Tengo que llevarte al hospital.

—Si me llevas nos detienen a ambos.

—Si te dejo aquí te mueres.

—Busca una enfermera o un enfermero. Le pagaremos bien.

—No sé de nadie y no puedo llamar a Mara. No la quiero involucrar en esto.

—No, a ella no.

Nos quedamos en silencio unos segundos que me parecieron eternos. Entonces le dije a Moisés:

—Busca una veterinaria. Di que tu perro sufrió un accidente y que no se puede mover, y ofrécele un buen dinero por una visita a domicilio. Es la única salida.

—No me demoro. Pilas con morirte mientras tanto.

Y salió corriendo.

En esos minutos me quedé pensando de nuevo en Mara. Me juré que si salía de esa con vida hablaría con ella enseguida para que nos casáramos y nos organizáramos juntos. No quería nada más. Solo estar con ella. Ahorraría un buen dinero y armaría mi propia organización. Me haría respetar, me abriría camino. Sabía cómo hacerlo. Pero de nuevo había una distancia gigante entre mis sueños y mi auténtico destino.

Una hora después llegó Moisés con dos mujeres que se quedaron pasmadas al verme. No sabían ni qué decir. Eran una veterinaria y su enfermera. Yo les dije:

—Les pagaremos bien, tranquilas. No somos malas personas.

—Lo siento, yo no puedo hacer esto —dijo la veterinaria—. Puedo terminar en la cárcel.

—Nosotros tampoco podemos ir a la cárcel —dijo Moisés—. Por favor.

La otra chica estaba dispuesta a irse cuando saqué el arma y le apunté:

—No se pueden ir. Lo siento mucho. Pónganse a trabajar. Solo es sacar la bala, coser y vendar. Nos dicen qué antibióticos comprar y qué calmantes. Y ya. No las volveremos a molestar.

—¿Promete dejarnos ir después? —preguntó la veterinaria.

—Le doy mi palabra —dije jadeando.

Las dos mujeres empezaron a prepararse. Me dieron un calmante muy fuerte y lograron sacar la bala con éxito. Perdí el conocimiento. Moisés las estuvo vigilando todo el tiempo. Luego les pagó una buena suma y se marcharon. Cuando me desperté, él ya había ido por comida. Era una sopa de vegetales y un cuarto de pollo asado. Me dijo:

—Come despacio. Los analgésicos te pueden dar ganas de vomitar.

—Gracias, viejo. ¿Se fueron bien?

—Todo bien.

Me puso una almohada en la espalda para que me sentara en la cama y me dijo:

—La bala no te tocó ningún órgano importante. Menos mal. Te salvaste por poco.

Dormí hasta el día siguiente sin despertarme. Me sentía mucho mejor, aunque el dolor era punzante, como si me clavaran una navaja en las entrañas. Moisés me dijo:

—Tienes mejor semblante.

—Gracias por no abandonarme.

—Tú salvaste a mi mamá. Eres mi sangre, *bro*.

—Y me voy a casar con tu hermana. Vamos a ser familia.

—¿De qué me estás hablando?

—Quiero casarme con ella y tener muchos hijos. Es la mujer de mi vida.

—¿Y ella sabe? —dijo sonriendo.

—Se lo diré apenas la vea.

—Se va a poner feliz. Te adora.

De pronto, escuchamos movimiento en la parte de afuera de la casa. Moisés se asomó a una pequeña ventanita que había en la sala y me dijo:

—Estamos rodeados, *brother*.

—¿Los Ninjas? —pregunté yo pensando en matar primero a Moisés y luego pegarme un tiro en la cabeza.

—No, la policía. No tenemos por dónde escapar.

Cerré los ojos. Estábamos perdidos. Moisés dijo con rabia:

—La puta enfermera de la veterinaria. Nos echó al agua.

Entonces escuchamos una voz a través de un megáfono:

—Somos la Policía Nacional. Por favor entréguense. Están rodeados.

Le dije a Moisés:

—Voy a decir que yo te traje a las malas, amenazado, y que no tienes nada que ver en esto. Eres el cantante del bar, nada más.

—Nadie nos va a creer —dijo Moisés con resolución.

Y entonces se acercó a la puerta, la abrió con una seguridad que nunca le había visto, levantó los brazos y dijo:

—Somos dos. No disparen. El otro está herido.

—¿Están armados? —preguntó la voz del megáfono.

Arrojé la pistola a los pies de Moisés. Él dijo:

—Solo esta pistola. No tenemos más armas.

—¡Póngase de rodillas y deje las manos levantadas!

Moisés se arrodilló y varios agentes se acercaron, lo esposaron y entraron a esposarme a mí. Tenía veinte años de edad y pensé que ya mi vida estaba liquidada.

SEGUNDA PARTE

Purgatorio

El que es hábil origina lo extraordinario.

SUN TZU

CAPÍTULO I

Congregación Saudade

1

Luego nos enteramos de que habían liquidado a nueve de los nuestros y herido a seis más. Ellos perdieron a cinco de los suyos. Las noticias dijeron que se trataba de un ajuste de cuentas entre bandas delincuenciales del centro de la ciudad. Nada más. No hubo ni un detenido del lado de Los Ninjas.

El cadáver de Bill desapareció por completo. Nadie sabía qué habían hecho con él. Seguramente, terminó de manera similar a como había terminado el anciano del restaurante chino.

Nos enviaron primero a la Cárcel Distrital porque no habíamos sido procesados formalmente aún. Yo pasé tres días en el hospital. La herida estaba bien cosida y me dijeron que la intervención parecía hecha por un especialista. Al menos, la veterinaria había hecho su trabajo con cuidado, esmerándose en cada puntada.

Luego me remitieron a la celda compartida con todos mis compañeros del bar. Estábamos unidos y eso nos daba mucha fuerza dentro de la prisión. Uno de los duros le había pagado al mismo abogado para que nos defendiera a todos los del combo. El resto era esperar.

Le dije a Moisés casi a manera de súplica:

—No quiero que Mara tenga que venir a este lugar.

—Pero va a venir a verme a mí.

—Si la quieres de verdad no la condenes a eso —le dije mirándolo con dureza.

Llegó el momento de la visita con Mara y yo estaba tenso, no sabía cómo decirle que la amaba, pero que no quería volver a verla. Ella me abrazó con fuerza y me dijo:

—Mientras estés vivo habrá esperanza.

Nos hicimos en un rincón del patio. Le dije de manera muy sentida:

—Sabes bien que has sido el amor de mi vida. A nadie he querido como a ti. Le diste a mi existencia una luz nueva y siempre te estaré agradecido por eso. Pero no quiero que mis pésimas decisiones te condenen a ti también. No es justo. No me lo perdonaría jamás.

—¿Qué me quieres decir? —dijo ella con los ojos aguados.

—Moisés estaba cantando y tuvo que escapar. Me ayudó cuando me vio herido. No creo que su condena sea mayor. Pero yo hacía parte del combo, del negocio. Iba armado y disparé.

—Pero en legítima defensa.

—Eso está por verse. Mi arma era ilegal y yo nunca he tenido salvoconducto. Me darán varios años. No quiero condenarte a esto. Eso no es amor. No te mereces este agujero.

—¿Me estás diciendo que no regrese?

Asentí y dejé la cabeza gacha. No era capaz de sostenerle la mirada. Ella me dijo sin ira:

—¿Te acuerdas que te dije que no fueras a romperme el corazón? Al final terminaste haciéndolo de todos modos. Eres igual a los demás.

Mara dio media vuelta y se marchó. Me fui para los baños y me encerré en uno de los inodoros para poder llorar sin testigos. Me dolía en el alma despedirme de ella de ese modo. Me maldije mil veces por no haberme dado cuenta del peligro que estábamos corriendo después de la estupidez que había cometido Bill con el chino. Debí haber partido enseguida, haberme largado a otra ciudad con Mara mientras pasaba la tormenta. Pero no, me había quedado quieto como un imbécil, como un tarado y ahora tenía que pagar las consecuencias. Me daban ganas de abrirme la herida y meterme los dedos en las tripas para morirme ahí desangrado.

Moisés me encontró en los baños, abrió la puerta y me vio sentado en el piso llorando. Me dijo:

—¿Hablaste con ella?

Asentí ahogado, sin poder casi respirar. Él me ayudó a levantarme y me lavé la cara en los lavamanos. Luego regresamos a nuestro patio. No me reclamó, no me dijo nada en contra. Solo estuvo ahí, como solo él sabía hacerlo. Cuando ya estábamos dentro de la celda, me dijo:

—Le pedí que no viniera a verme, que más bien me enviara alguna encomienda de comida y útiles de aseo cuando pudiera. Me prometió que no se olvidaría de mí.

—Gracias, viejo.

Durante varios días permanecí en una depresión profunda. No me daban ganas de comer ni de hacer nada. Dormía en la celda incluso de día. Mis compañeros creían que se debía a la herida física, al balazo que había recibido, pero no, era el hecho de saber que no volvería a ver a Mara nunca más.

Lo que me sacó de ese marasmo fue el hecho de que un día a la hora del almuerzo uno de nuestro combo llamado Rubén fue golpeado salvajemente por un guardián al que todos le decían Godzilla: un grandulón gordo con la cara picada de viruela que solía desquitarse con los reclusos. Nuestro amigo había traído la olla de la sopa cuando la orden del guardia fue otra. Godzilla cogió a Rubén por sorpresa, lo golpeó en los riñones con el bolillo y lo arrojó al suelo. Rubén quedó tendido boca abajo sin poder defenderse. Entonces el uniformado continuó con la paliza sin detenerse: le pegaba en las piernas, en los brazos, en las costillas. Por un momento pensé que lo iba a matar. A mi lado, Moisés gritó:

—¡Ya no más!

Godzilla se incorporó, dio media vuelta y preguntó con el rostro enrojecido de rabia:

—¿Quién habló?

Y se vino hacia nosotros. Moisés estaba paralizado de miedo. El guardia volvió a preguntar:

—¿Quién cree que puede darme órdenes aquí?

Lo vi con el bolillo en alto y me di cuenta de que tenía medio costado completamente desprotegido. No lo pensé y saqué un golpe seco que le dio en medio de las costillas. Sentí cómo se rompía el hueso. Godzilla quedó doblado, como si lo hubieran acuchillado y el bastón de mando se le cayó de la mano y rodó por el suelo. Mientras tanto, Rubén se recuperó, se puso de pie y cogió el bolillo con seguridad. Golpeó al guardia en la espalda, en los brazos y en las piernas. El hombre emitió varios gritos de dolor. Tenía varios huesos rotos y los músculos machacados. Y entonces todos los presos se lanzaron encima a golpearlo, a patearlo y a escupirlo. Cuando los otros guardias llegaron a respaldarlo ya estaba en el piso jadeante, con la cara convertida en una masa amorfa y escasamente lograba respirar.

Detuvieron a Rubén y lo mandaron al calabozo. Cuando pasó a mi lado, me alcanzó a susurrar:

—Gracias, *bro*.

Los presos nos movilizamos a todo nivel y le pedimos a nuestros respectivos abogados que enviaran una carta a la Defensoría del Pueblo alegando violaciones sistemáticas a los derechos humanos por parte de ese guardia, que se llamaba Juan Cristóbal Sánchez Pabón. También enviamos cartas a los medios de comunicación. Esa alharaca hizo que la dirección de la cárcel no tomara represalias en contra nuestra y que sacaran del calabozo rápidamente a Rubén. Luego supimos que los otros guardias tampoco estaban conformes con ese colega brutal que solía castigar y golpear a los presos sin motivo alguno. De ese modo me salvé de milagro.

Lo cierto fue que el hecho de haberlo golpeado como lo hice me creó enseguida entre la comunidad carcelaria un respeto inmediato. Se dieron cuenta de que, si era capaz de golpear a un guardia de manera contundente, seguramente no me temblaría la mano para herir a cualquiera de los otros reclusos.

Un día cualquiera, el abogado que llevaba nuestro caso me comunicó que la Fiscalía me acusaba de tráfico de drogas, porte ilegal de armas, complicidad en el crimen y posterior desaparición de un ciudadano chino, cuatro asesinatos, fuga de la escena del crimen y amenaza e intimidación a una enfermera veterinaria (eso significaba que sí había sido la enfermera la que nos delató y que la otra no había dicho nada ni denunciado el hecho).

Ahora, esos cargos implicaban que las autoridades tenían a un soplón que sabía del negocio y que, además, nos estaba implicando en el crimen del anciano chino. El abogado decía que podía comprobar que yo no había tenido nada que ver con esos hechos porque no existían pruebas y que la muerte de los atacantes se había dado en un acto de legítima defensa. Eso disminuiría la pena sustancialmente. A mí, la verdad, me daba igual. No me hacía mayores esperanzas.

Nos trasladaron a la Penitenciaría La Picota, la cárcel a la que yo solía llevar mercancía cuando era niño. Apenas llegamos en el bus celular que nos transportaba, la memoria se me activó y me vi con mi bicicleta cargando esas bolsas de mercado que en realidad escondían todo tipo de sustancias prohibidas para los reclusos. Levanté la mirada y allá, a lo lejos, se veían las calles de mi barrio, las viviendas polvorientas de ese otro Marruecos del que yo provenía. Me pregunté qué habría sido de mi casa y me dije que no me importaba. Nunca más volvería a ella, aunque algún día saliera de la cárcel.

Quedamos en un patio en el que estábamos recluidos los sindicados por narcotráfico. En otros patios estaban los guerrilleros, los paramilitares y la delincuencia común. Los políticos estaban por fuera de esos muros, en unas casas aparte donde gozaban de todo tipo de privilegios: visitas extra, sala de cine y gimnasio. Y en una construcción contigua se encontraban las dependencias de máxima seguridad, donde permanecían los duros de los duros.

Con Moisés nos inscribimos en los talleres de carpintería, que eran dirigidos y coordinados por el SENA. Eso nos permitía aprender y trabajar para no quedarnos todo el día rumiando nuestras miserias en la celda. Una mañana, cuando estábamos entrando a los talleres, Moisés me dijo:

—Tengo algo que contarte, pero no quiero discutir contigo.

—No sé de qué me estás hablando, *brother.*

—Es sobre mi hermana.

—¿Qué le pasó?

—Nada, fresco. Mara se fue para Ecuador a trabajar en un parque natural que se llama Amaru.

—¿Cuándo?

—Hace dos días. Me pidió el favor que te dijera que no te guarda rencor y que gracias por todos los buenos momentos compartidos.

Me quedé callado. Moisés me dijo con sequedad:

—No quiero que volvamos a hablar de ella nunca más. Prométemelo.

Asentí. Una mezcla de alivio y de tristeza me invadió enseguida. Todavía recordaba su olor, su sonrisa, su alegría contagiosa.

Tomé aire por la nariz y lo expulsé por la boca. Tenía que olvidarla porque su recuerdo me hería y me hacía daño. Ella estaba viva y yo pertenecía ahora al país de los muertos.

2

En los talleres de carpintería teníamos acceso a herramientas y a materiales de desecho. Con mucha cautela fui puliendo un pedazo de acero al que luego le puse como mango la mitad de un cepillo de dientes que iba derritiendo con un mechero. Los ensamblé bien, los ajusté y pegué hasta que quedaron convertidos en un cuchillo temible. Durante las requisas lo escondía entre el resto de la herramienta, pegado con cinta a una regla metálica que acomodaba bien para que no se notara el truco.

Me inscribí en un espacio que abrieron en la biblioteca para los que quisiéramos leer guiados por un profesor. Cuando llegué éramos unos quince reclusos y el profe era un joven recién egresado de la universidad. Varios de los estudiantes eran guerrilleros que estaban acostumbrados a leer acerca de la revolución y de la lucha de clases. Fue maravilloso regresar a los libros, no porque me considere un intelectual ni nada parecido, ya lo dije antes, sino porque sé que la diferencia fundamental que hay entre los opresores y nosotros, la ralea ignorante, es esa precisamente: la educación. No basta con oponernos a ellos e intentar destruirlos. Hay que aprender, hay que saber, hay que estudiar. De lo contrario siempre nos mirarán por encima del hombro, siempre nos considerarán inferiores.

Me leí los libros que proponía el profe y estaban bien, pero era obvio que él no podía crear conflicto ni introducir textos peligrosos en su curso. Había cierta ingenuidad que me disgustaba, como si nosotros fuéramos señoritos bien educados de un instituto privado. Y cuando se presentaba el debate, los *guerrillos* siempre llevaban la discusión a un callejón sin salida: los ricos contra los pobres, ellos contra nosotros. Pero lo hacían desde el punto de vista de la víctima, ese era el problema. El resentimiento les impedía cambiar de ángulo. Se habían levantado en armas pensando en algún día tomar el poder y convertirse en lo que odiaban. Desde mi punto de vista era un tema de envidia: quiero ser como ustedes, pero ustedes no me dejan, ustedes no me quieren. Entonces me voy a la guerra. Era infantil.

Lo que yo tramaba era algo muy distinto: no quiero ser como ustedes ni anhelo pertenecer al sistema que han creado. Quiero destruirlos desde adentro, minarlos, hacerlos pedazos y someterlos de un modo mucho más cruel que el que ustedes han utilizado para someter a mis abuelos, a mis padres y a mí. No quiero pertenecer a su club, quiero verlos de rodillas esclavizados. Y yo ya sabía que existía una ruta segura: la droga. Había visto a altos ejecutivos rogando por un gramo de cocaína o una dosis de bazuco o de heroína. La droga somete la voluntad, doblega al consumidor hasta convertirlo en un ser abyecto sin dignidad alguna. De eso se trataba: de una guerra que aniquilara al otro desde adentro. Los fusiles que habían empuñado los guerrilleros no eran nada en comparación con las pequeñas bolsitas plásticas que nosotros les suministrábamos a nuestros clientes. Esa era la razón por la cual yo nunca había consumido: porque ya sabía lo que era ser un lacayo: mi padre había muerto en la miseria y mi madre había arrastrado una silla de ruedas mendigándoles a los curas un salario para sobrevivir. Suficiente. Ya había aprendido la lección. Ahora se trataba de incorporar mecanismos y formas de lucha que me sacaran para siempre de esa condición.

Entonces, un día me acerqué al profe y le dije abiertamente:

—Profe, ¿puedo pedirle consejo en algo?

—Sí, claro —me dijo el joven amablemente.

—Quiero leer otro tipo de textos.

—¿A qué se refiere?

—Libros duros, que me preparen para el combate que es la vida.

—¿Se refiere a libros que hablen de la lucha política?

—No, eso no me interesa. ¿No hay libros sobre teoría de la guerra?

El joven se sonrió de manera maliciosa y me dijo:

—La próxima clase le traigo algo que le puede interesar.

—Gracias, profe.

En efecto, a la siguiente clase, el profe se acercó y me entregó un libro de tapas oscuras con caracteres chinos en la carátula:

—Es un regalo. Cuénteme después qué le parece.

Bajé la mirada y leí: *El arte de la guerra*, de Sun Tzu.

—Muchas gracias, profe.

Pasé meses enteros estudiando el libro del maestro Sun Tzu, un verdadero tratado de cómo analizar al enemigo, de cómo armar estrategias y conocer a fondo el terreno en el que se va a dar el enfrentamiento. Pero la sutileza del maestro Sun Tzu estaba en entender la guerra como un problema de inteligencia y energía. No basta con la fuerza que uno tiene al comienzo del enfrentamiento. Un ejército puede ser mucho más fuerte inicialmente que el otro, y sin embargo perder al final. ¿Por qué? Porque en la medida en que la guerra avanza hay que ir creando fuerza. Durante las distintas batallas hay que volver a diseñar, hay que multiplicar la creatividad y la energía. No se trata de quién es más fuerte, sino de quién es capaz de ir haciéndose fuerte durante los múltiples combates.

Ese libro se convirtió en mi guía espiritual y lo cargaba a todas partes. De algún modo me abrió la cabeza y me enseñó que ese tiempo en prisión no era el fin, sino el comienzo de un aprendizaje que luego pondría en práctica de manera contundente.

Mientras tanto, Moisés empezó a asistir a las charlas de un predicador brasileño que parecía bastante vehemente. Se llamaba Osvaldo Ferreira y era un radical que andaba siempre con unos lentes de carey puestos y la Biblia bajo el brazo. Cuando saludaba a alguien le decía siempre "hermano" y había en él una fuerza poderosa que intimidaba a cualquiera. Un día le pregunté a Moisés por qué le gustaba tanto ese grupo de fanáticos y me dijo con su tranquilidad de siempre:

—Porque Ferreira es negro y sabe de qué habla.

—¿Cómo así?

—La lucha del hombre blanco es una y la del hombre negro es otra.

—Pero tú y yo somos hermanos y hemos compartido la misma lucha.

—Sí y no. El hecho de que yo tenga la piel negra y el cabello crespo me ponen en una categoría aún más baja que la tuya.

Me quedé pensando. Moisés siguió hablando:

—Cuando saliste con Mara, por ejemplo, te diste cuenta de que no es lo mismo andar con una rubia, como tu ex, que con una negra.

—Mara decía que todos creían que era sirvienta o puta.

—Exacto. En la medida en que vas descubriendo qué significa tu negritud vas entendiendo también cuál es tu lucha.

—¿Y cómo une uno la Biblia con el racismo?

—Jesús no era blanco, tal y como lo pintan en los cuadros, ni tenía los ojos azules. Ese es, justamente, el modelo que el establecimiento necesitaba. Jesús era palestino, un judío que vivía en medio del desierto. Era moreno, oscuro, de barba, cabello y ojos negros.

—Ya veo: Jesús como un profeta negro.

—Por eso predicó la igualdad entre todos, porque fue perseguido no solo por sus ideas de justicia y equidad, sino por su color y su raza.

Desde ese momento en adelante empecé a ver a ese grupo de otro modo, desde una perspectiva política. Un día asistí a una de las charlas y escuchar a Ferreira fue una experiencia impactante. Dijo dirigiéndose a sus feligreses:

— Queridos hermanos en Cristo, hoy he venido a hablarles de la resiliencia. ¿Qué es eso? La capacidad de sobreponerse a toda adversidad. De la misma manera que hay materiales que todo lo soportan, del mismo modo hay personas que son mucho más fuertes que otras. ¿Cómo se logra eso? ¿Cómo se hace uno más fuerte? Y aquí la respuesta es simple: es gracias al otro, es gracias a la colectividad. Jesús solo no hubiera podido aguantar esos tres años de desdicha e infortunio. ¿Por qué buscó a esos otros hombres humildes y se unió a ellos? ¿Por qué fundó una comunidad? Porque solo era más débil. Era el hijo de Dios, sí, pero también había encarnado y era un hombre común y corriente. ¿Y qué es lo que lo hace fuerte? El grupo, el combo, el parche, su gente. Jesús el resiliente, el que se sobrepone a los fariseos, a los sacerdotes judíos y a los romanos, solo es posible analizarlo desde la fraternidad de sus discípulos y de María Magdalena. ¿Cómo nos hacemos fuertes? Abrazando a los nuestros, junto a nuestros panas. A eso he venido hoy aquí, queridos hermanos, a decirles que soy fuerte gracias a ustedes y que espero que ustedes sean más fuertes gracias al resto. Vamos a sobrepasar bien este tiempo en prisión porque no vamos a encerrarnos en nuestras celdas ni a hundirnos en el silencio.

No, señor. Vamos a buscar a nuestros compas y nos vamos a hermanar con ellos. Y no se trata de negar nuestra debilidad o de esconderla, sino de asumirla abiertamente. En la cárcel nos volvemos tristes y melancólicos, es normal. Estamos lejos de nuestras familias, encerrados como animales y obligados a vivir sin esperanza. No importa. No pasa nada. Porque podemos convertir ese dolor y ese sufrimiento en una gran fuerza comunitaria. Por eso quiero proponerles que esta sociedad que hemos organizado se llame Congregación Saudade. Esta palabra en mi lengua, el portugués, significa la melancolía, la triste nostalgia que el mundo nos causa. Pero en nuestro caso esa fragilidad interior se convierte en el motor de nuestra lucha y de nuestra resistencia. No lo olviden: ¡Nuestra debilidad es nuestra fuerza!

Y todos corearon al mismo tiempo:

—¡Nuestra debilidad es nuestra fuerza!

Salí de esa reunión muy impresionado. Por caminos distintos, tanto Moisés como yo estábamos buscando no solo cómo aguantar la condena, sino cómo salir fortalecidos y en pie de lucha.

Moisés empezó también a leer a los poetas negros latinoamericanos y colombianos, como Nicolás Guillén, Candelario Obeso, Jorge Artel, Arnoldo Palacios o Manuel Zapata Olivella. Las letras de sus canciones se volvieron más duras, más combativas y solía cantar a veces al término de las reuniones de Congregación Saudade. Era muy apreciado entre los suyos.

Una noche le pregunté por qué había sido condenado el predicador Ferreira y él me contestó:

—Era el gran capo de Rocinha, una de las favelas más grandes del mundo, en Río de Janeiro.

—¿Ferreira es un capo? —dije muy sorprendido.

—Y sigue siéndolo. Por eso es intocable.

—¿Y qué hace aquí en Colombia?

—Lo que se hace siempre, Bruno: negocios. Algún infiltrado soltó la lengua y lo capturaron.

—¿Y por qué no está en la cárcel de máxima seguridad?

—Porque pagó para que lo dejaran aquí, entre el pueblo, entre nosotros. Para poder predicar La Palabra.

Cada vez me caía mejor ese hombre de lentes de carey, delgado, bien afeitado, con el cabello corto y esa mirada felina.

3

El tiempo dentro de la prisión tiene una doble velocidad: por un lado, es lento, parsimonioso y una semana puede parecer un siglo. Uno piensa que la eternidad es la condena. Pero si uno se integra a unas labores y a una rutina, empieza a pasar de manera veloz como en cualquier otra parte. Cuando menos pensé ya llevaba dos años encerrado y llegó el año 2012.

Recuerdo bien esa fecha porque todo el mundo hablaba de las profecías mayas y de la llegada del fin del mundo. Se decía que ese diciembre un asteroide volaría nuestro mundo en mil pedazos o que un terremoto en cadena devastaría los cinco continentes. Los grupos religiosos de la cárcel se radicalizaron aún más y citaban las Sagradas Escrituras para confirmar el advenimiento del Anticristo y del Apocalipsis. Sin embargo, lo que a mí más me sorprendió fue un discurso que no tenía nada que ver con estas temáticas. Se lo escuché al predicador Ferreira una tarde dirigiéndose a la Congregación Saudade. Moisés estaba en la primera fila, muy cerca de él. El hombre caminaba de un lado al otro del salón y hablaba con la voz a medio volumen:

—Queridos hermanos en Cristo, no hay que olvidar que todos nosotros hemos sido segregados. Ahora somos reclusos, claro, y no pertenecemos a la sociedad. Nos han expulsado. Pero si lo piensan con detenimiento se darán cuenta de que antes tampoco. Los que están en los puestos de privilegio siempre nos han mirado de reojo y no nos quieren cerca de ellos. Fíjense, recuerden bien, hagan memoria. Somos los olvidados, los marginados de una sociedad que ha cerrado filas y que no nos quiere dentro. Nosotros no lo elegimos así. Fueron ellos. Y en este punto me gustaría confesarles hoy, queridos hermanos, una escena de mi infancia. Quiero compartirles uno de los recuerdos más dolorosos de mi vida. Yo tenía siete años y mi madre era empleada doméstica en una casa de gente rica. Vivíamos en una favela que se llama Rocinha, un barrio marginal en la ladera de una montaña en las afueras de Río de Janeiro. Un fin de semana ella me llevó a la casa donde trabajaba y la señora dueña de esa casa me recibió muy bien, me preguntó cómo me llamaba, si estaba estudiando o no, y me ofreció helado abriendo la nevera con generosidad. Esa mujer adinerada tenía un hijo solo un año mayor que yo, entonces me propuso que jugara con él mientras mi madre terminaba de hacer las labores de la casa. Fue un día maravilloso y yo regresé muy feliz creyendo que ese niño, que se llamaba Paulo, y yo, éramos amigos. En la siguiente visita sucedió más o menos lo mismo: fui tratado con afecto y respeto. Yo no salía de mi asombro: ahora tenía un amigo rico y una nueva familia. Pero resulta que a la tercera visita llegamos mi mamá y yo justo el día en que Paulo estaba cumpliendo nueve años de edad. Había invitado a sus otros compañeros de colegio y a sus vecinos. Había una torta gigantesca, gaseosas, galletas, helados de todos los sabores, y un grupo de recreadores que animaban la fiesta. Me entusiasmé y pensé que me la iba a pasar aún mejor que las dos últimas veces. Y cuando iba a salir al jardín para conocer a los otros amigos de Paulo, su madre me preguntó:

—¿Para dónde vas, Osvaldito?

—A jugar —dije yo muy contento.

—No, mi amor, hoy es una fiesta privada. Quédate con tu mamá en la cocina, por favor.

—Mi madre me puso un asiento al lado del lavaplatos y permanecí ahí toda la tarde sentado mirando cómo los otros niños jugaban y se divertían en el jardín. Ese día aprendí que yo no era igual, que era negro, que yo estaba por fuera, que no pertenecía a la misma sociedad que esa gente elegante y bien vestida. La mía era una gente triste y melancólica. ¿Y para quién es la Palabra del Señor? ¿Para ellos, para los ricos y poderosos? No, queridos hermanos, esa Palabra está escrita para nosotros, los de abajo, los proscritos. Jesús no se relacionó con ellos, sino con nosotros. Para los ricos está diseñado el mundo material, para nosotros el mundo espiritual. Por eso les digo hoy aquí: tengan conciencia de que estar por fuera es una fuerza, es lo que nos convierte en una amenaza. No nos desprecian: nos temen. Y estamos en el deber de fortalecernos y de armarnos para que cada día que pase nos tengan más miedo. Cuando yo no esté sigan reuniéndose, sigan leyendo la Palabra del Señor, y conformen una tribu todopoderosa que esté lista en cualquier momento para la guerra con los fariseos que gobiernan el mundo. Congregación Saudade no solo es un grupo de oración, es también un ejército. No lo olviden, queridos hermanos. ¡Nuestra debilidad es nuestra fuerza!

Fue un discurso muy sentido que me impactó mucho porque recordé que mi madre iba todos los fines de mes a cobrar su sueldo, que los curas se lo entregaban en un cheque que ella podía después cobrar en el banco. Yo la acompañaba empujando su silla de ruedas. Pero los curas no la recibían en las oficinas ni en las dependencias para visitantes. Teníamos que entrar por la cocina y por la zona de limpieza, y esperábamos a veces dos y tres horas hasta que por fin alguno de ellos se dignaba a llevarle el cheque. No nos daban ni siquiera un vaso de agua, y, aun así, mi madre estaba obligada a dar las gracias, a inclinarse y mostrarles respeto y sumisión. Era humillante.

Una noche le pregunté a Moisés:

—¿Ferreira va a ser trasladado de prisión?

—¿Por qué?

—Porque lo escuché decir "cuando yo ya no esté con ustedes", algo así.

—Él siempre nos dice eso: que un día tendrá que partir o morir.

—Me gusta el tono que tiene.

—Está intentando que nos unamos a los grupos brasileños.

—¿Como una especie de ejército internacional?

—Él sigue teniendo el control allá, en Rocinha.

—Interesante.

—Sueña con fundar un barrio con todos nosotros, una favela que se llame La Estrella de David, y que sea al mismo tiempo una fortaleza.

—Con razón las autoridades le tienen tanto miedo.

—Los guardias de aquí lo respetan mucho.

—Sí me he dado cuenta.

Esa misma semana, mientras cruzaba uno de los patios, vi a lo lejos a Moisés y a Ferreira en la celda de un viejo tatuador que se ganaba la vida de ese modo en la prisión. Usaba agujas de distinto grosor y tintas que la guardia le conseguía con regularidad. Me aproximé a la celda del artista. El pastor y Moisés estaban tatuándose en el pecho una cruz diseñada con dos fusiles cruzados AK47. Me acerqué y sentí que no era justo quedarme por fuera de ese ritual, aunque no perteneciera a Congregación Saudade. Le dije al tatuador:

—A mí también.

El hombre miró al pastor como pidiendo su autorización. El pastor asintió. Moisés permaneció en silencio todo el tiempo.

Me gustó sentir que mi amigo y yo seguíamos unidos por vínculos muy profundos. Yo también militaba, yo también era un soldado, aunque Dios, por el momento, se había olvidado de mí.

A los pocos días de esa escena, a la hora de entrarnos a las celdas, de pronto empezó a sonar la alarma y los guardias corrían de un lado para el otro de manera caótica. Intentamos averiguar qué había sucedido y Moisés nos dijo muy tranquilo:

—El pastor Ferreira se escapó.

—¿Tú sabías del plan de fuga? —le pregunté en voz baja.

Él me miró sonriendo.

Al día siguiente nos enteramos de cómo había ocurrido la fuga. En las horas de la tarde se había presentado el abogado de Ferreira, un negro de saco y corbata, barbado y de la misma contextura del pastor. Y en cuestión de minutos afeitaron al abogado, le pusieron los lentes de carey, y a Ferreira le adaptaron una barba postiza y el traje formal del abogado. Y salió con un maletín por la puerta principal como si nada. A ese plan se le llama en la prisión "el cambiazo". Ninguno de los guardias había detallado al hombre que salía: le vieron el saco y la corbata, los zapatos de cuero, la barba, y creyeron que se trataba del abogado que había entrado dos horas atrás. Y cuando se dieron cuenta de la jugarreta ya Ferreira estaba quién sabe dónde y el supuesto abogado se quedó en la cárcel por él.

En la siguiente reunión de Congregación Saudade todos felicitaron al hombre por su valentía y él les dijo parado en el escenario y con la voz emocionada:

—Me enorgullece servir a nuestro profeta. Su misión es muy importante. Ya sabremos de él.

Y todos aplaudieron y repitieron, como siempre:

—Nuestra debilidad es nuestra fuerza.

Yo regresé a las prácticas de taekwondo y hacía Tai Chi en la celda a la madrugada, antes de la salida del sol. Recordaba las instrucciones del maestro:

—Muy lento, Bruno, no hay afán, despacio. Es importante que te sientas cómodo y tranquilo.

Cuando estábamos empezando, en la posición de absoluta relajación llamada Wu Ji, él me repetía siempre:

—Antes de creado el universo no había nada. Todo estaba en quietud. A ese estado se le denomina "lo no manifiesto" porque aún la creación no ha comenzado. Wu Ji representa ese momento. El cuerpo está en quietud total. No hay nada aún.

Y cuando el maestro daba la orden, yo empezaba el primer movimiento abriendo la pierna izquierda hacia un lado y subiendo los brazos extendidos a la altura del pecho. Entonces el maestro decía:

—Y de repente, el primer movimiento se presenta en medio de la nada. Es un momento mágico, único, porque de la nada empieza a surgir el todo.

Cada madrugada yo estaba muy concentrado repitiendo los movimientos que me había enseñado el maestro Wang, como una danza silenciosa en medio de la oscuridad.

Pocos días después de la fuga del predicador Ferreira sus adeptos se enteraron de que había logrado regresar a Brasil, a Río de Janeiro, a ponerse al frente de su enorme congregación. Y una especie de emisario llevó la orden a la prisión: su sucesor, el encargado de continuar con la enseñanza de la Palabra era nada menos que Moisés Matamba, mi amigo, mi hermano. Asistí a su primer discurso, cuando les dijo a todos esos hombres que en su vida pasada habían sido asesinos, traficantes y matones:

—Queridos hermanos, me he preguntado durante estas últimas horas por qué el pastor Ferreira me ha nombrado a mí al frente de Congregación Saudade. Es un nombramiento que me honra profundamente. ¿Por qué yo? Y la única respuesta que he encontrado es que desde siempre me he entregado al poder de la palabra, a la fuerza del verbo. Fui compositor y cantante por una razón: porque admiré desde niño, allá, en mi Buenaventura natal, las voces de nuestras cantaoras del Pacífico. Mi abuela fue una de ellas. He llegado a las Sagradas Escrituras por una razón: porque desde que tengo uso de razón he admirado la poesía. ¿Y cuál es el poeta mayor, la suprema Voz? El Señor, la voz de Dios. Así que quiero recordarles algo: seremos los poetas de la Palabra y eso no nos impedirá ser al mismo tiempo los guerreros de Dios. Somos poetas y soldados al mismo tiempo. ¡Y deben temernos cada vez más porque nuestra debilidad es nuestra fuerza!

Todos se pusieron de pie y corearon con los brazos en alto:

—¡Nuestra debilidad es nuestra fuerza!

Fue la primera vez que vi a Moisés como un líder en ascenso.

4

Otro prisionero que llegó a nuestro patio fue Ágatha, un travesti famoso en la vida nocturna de la ciudad. Exigió que lo condujeran a un patio intermedio, pero no estaba registrado como transgénero, sino como un transformista que jamás se había inyectado hormonas ni solicitado el cambio de sexo. En términos legales era como un actor que se disfrazaba de mujer, pero no era una mujer.

Ágatha se dedicó desde el primer día a cortarnos el cabello y arreglarnos las uñas a cambio de una pequeña suma de dinero. La dirección de la cárcel autorizó poner una especie de peluquería en un cuarto abandonado y todos los días los guardias revisaban bien que las tijeras, la máquina para cortar pelo y los cortaúñas estuvieran resguardados en una repisa con llave. Había que pedir turno con varios días de anticipación.

Ágatha se sentaba con nosotros porque había hecho parte de la organización en una época. Movía todo el tráfico de drogas entre la comunidad travesti, los eventos y los concursos de belleza. Era muy femenino, pero solía decir que no renegaba de su lado masculino porque también le gustaba ser hombre. Había tenido tanto amantes hombres como mujeres. Era buen compañero, divertido y lo respetamos desde el primer día de su ingreso.

Una tarde en que fui a cortarme el pelo me dijo con cierto temor:

—Mi amor, necesito que me ayudes.

—¿Qué pasa? —pregunté en voz baja.

—Uno de Los Ninjas me está acosando y no sé cómo quitármelo de encima. Le he dicho que no varias veces.

—¿Para estar contigo?

—Quiere que yo sea su mujer.

—¿Y no te gusta?

—No soporto a esos cabrones. Siempre han sido nuestros enemigos.

—Listo, estaré atento.

—Gracias, corazón. Tan bello tú.

A los pocos días de esa conversación uno de los hombres de Congregación Saudade me dijo en el patio:

—Los Ninjas están en los baños atacando a Ágatha.

Salimos corriendo varios de nosotros y nos topamos con tres de ellos intentando violar a Ágatha en las duchas. Pero él se defendía arañándolos y golpeándolos como podía. El enfrentamiento fue inevitable. Extraje mi cuchillo con mango de plástico y no se esperaban un ataque similar. Dos de ellos quedaron cortados en el piso lamentándose. El tercero se retiró con medio cuello sangrando. Cuando llegaron los guardias, nos ordenaron enseguida:

—¡Al piso, cabrones!

Nos tendimos sobre las baldosas y nos esposaron. Me decomisaron el cuchillo. Ágatha alcanzó a susurrarme:

—Gracias, cariño.

Nos condujeron a la zona de castigo. Fue la peor experiencia que tuve como prisionero. El calabozo era un cuartucho húmedo de tres metros por dos metros. Solo tenía un camastro en un costado y un balde para orinar y cagar. La luz era muy escasa y se oían ciertos sonidos a la distancia, como si estuvieran ocurriendo a cientos de metros o los estuvieran transmitiendo por radio. Era como ingresar en una dimensión aparte.

Lo único que me propuse desde el primer día fue mantenerme en forma. Cinco vueltas a la derecha, en el sentido de las manecillas del reloj y luego cinco vueltas a la izquierda. Cambio de sentido y de nuevo a la derecha. A la madrugada, Tai Chi en medio de las sombras. Wu ji, Siete Estrellas, Manos como nubes, Aguja en el fondo del mar. Procuraba que mi cuerpo no decayera y que mi mente se mantuviera lúcida. Sin embargo, fue inevitable empezar a viajar en la memoria. Recordaba escenas con Mara, momentos con mi madre y lecciones del maestro Wang que había olvidado.

Una tarde, por ejemplo, después de las clases, el maestro Wang me había interrogado un poco acerca de mi vida, de dónde provenía y quién era mi familia. Yo le respondí lo mejor que pude. Le dije con sinceridad:

—A veces me siento oprimido por la pobreza. Mi madre sufre mucho para conseguir lo del mes después del asesinato de mi padre.

—Lamentarte no es justo contigo.

—¿Por qué, maestro?

—Porque estás joven y sano, eres inteligente y sagaz. Y ahora eres practicante en la senda del conocimiento. Estás lleno de bendiciones.

—Pero todo lo que me ha sucedido es verdad.

—Ponerte en la posición de víctima te disminuye, te reduce y te resta fuerza. La vida es un largo combate y no debes empequeñecerte, sino buscar cómo agigantarte.

—¿Y qué hago con el sufrimiento?

—Los hechos tienen la importancia que tú les des. Si les das mucha importancia, tienen mucha. Si les das poca, tienen poca.

—Pero los hechos son los hechos.

—Los hechos no existen, solo existe tu visión de ellos.

—No entiendo, maestro.

—El mundo no existe por fuera de ti, solo a través de ti. Tú eliges el lente con el que deseas verlo.

Todos esos diálogos y consejos del maestro Wang me iban llegando en medio del silencio insoportable del calabozo. Y de nuevo cinco vueltas a la derecha y cinco vueltas a la izquierda.

El que me salvó durante ese encierro que a mí me pareció eterno fue Moisés, porque uno de los integrantes de Congregación Saudade era el encargado de la sopa para los calabozos. Y gracias a él me llegaba doble porción de carne en la única comida que nos daban al día. No era más que un caldo insípido con papa, y, a veces, una porción mínima de carne. Pero en mi caso me llegaba una porción generosa de proteína cocida, una papa grande y una cucharada de legumbres. Sin esa alimentación no hubiera podido sobrevivir o habría terminado en la enfermería, como tantos otros. De todos modos, bajé varios kilos de peso.

Me sacaron de noche a los diez días exactos. Cuando la puerta se abrió yo estaba embotado, medio ido y no podía abrir bien los ojos debido a la luz de neón de los pasillos, que me encandilaba. Me había convertido en un animal nocturno porque en los calabozos siempre era de noche. Sin embargo, sé que lo que vi ese día no fue una alucinación, porque luego mis amigos me contaron lo que en un principio consideré parte de mi propia locura.

5

Mientras yo me encontraba en la celda de castigo, arriba, en la vida normal de la cárcel, se presentó un enfrentamiento entre nuestra organización y la de Los Ninjas. En el almuerzo dos de los hombres de ellos terminaron acuchillados en la enfermería y uno de los nuestros murió por una puñalada en el corazón. La situación no podía estar más tensa. Entonces Los Ninjas les pasaron a los guardias una fuerte suma de dinero y empezaron a secuestrar a varios de nuestros hombres. Lo extraño es que nadie sabía dónde los tenían. Hasta que uno de los adeptos de Congregación Saudade le dijo un día a Moisés:

—Maestro Moisés, yo sé dónde los tienen.

—¿Están en otro patio? —le preguntó Moisés en voz baja para que nadie pudiera escucharlos.

—No, están aquí mismo, pero la única forma es pedir ayuda desde afuera.

—¿De qué me está hablando, parce?

—Hay que avisarles a los defensores de derechos humanos, a la Defensoría del Pueblo y a los medios de comunicación.

—No entiendo.

—En los sótanos de la enfermería hay un pasadizo que conduce a las cloacas.

—¿Un túnel secreto?

—No se puede utilizar como escape porque más adelante está sellado. A menos que uno decida avanzar hundido en las aguas negras.

—¿Y ahí los tienen?

—Ese sitio se usa para ejecuciones. Ahí Los Ninjas desaparecen a sus enemigos.

—No puede ser.

—Es un cementerio secreto, maestro. Le dicen La Cueva de los Sacrificios.

Moisés convocó a una reunión extraordinaria y mandaron mensajes a todas las organizaciones posibles. Unos días más tarde una comisión de derechos humanos ingresó a la prisión, y, en efecto, encontraron huellas de sacrificios humanos, huesos, pedazos de carne humana descompuesta y de vísceras esparcidas por las catacumbas. Uno de los testigos dijo que se trataba del infierno en la Tierra.

Luego entraron los medios de comunicación y sacaron la noticia al aire, que le dio la vuelta al mundo. Los Ninjas sacrificaban seres humanos como si estuvieran en una de las pirámides mayas: les abrían el pecho y les extraían el corazón palpitante todavía. En pleno siglo XXI escenas de ese estilo parecían imposibles.

Y aquí es donde entro yo, recién salido de los calabozos. Me sacaron de noche y por unos cuantos minutos me tuvieron quieto en un rincón esperando. No sabía qué diablos estaba haciendo ahí. Y por unos cuantos segundos fui testigo de una escena extraída de una película de terror: de una puerta lateral emergieron dos guardias custodiando a algo que parecía un ser humano. Venía con una manta sobre los hombros y los uniformados lo conducían no sé adónde. Yo me quedé pasmado sin saber si lo que estaba viendo era verdad o si se trataba de una alucinación producto de tantos días de encierro en el calabozo.

Era un monstruo con la piel completamente quemada, con los ojos hundidos en el fondo como si fuera un reptil y no tenía nariz ni labios, sino hendiduras en las quemaduras. En un primer vistazo daba la impresión de que uno acabara de tropezarse con un alienígena de aspecto reptil. Los guardias sacaron al hombre y a los pocos minutos regresaron por mí para llevarme hasta el patio que me correspondía. Nadie dijo una sola palabra.

Cuando le conté a Moisés lo que había visto, me dijo muy serio:

—¿Un tipo con todo el cuerpo quemado?

—Sí, *bro*, parecía un extraterrestre, un ser de otro planeta.

—Le dicen El Vampiro.

—¿Y quién o qué diablos es eso?

—Un paramilitar al que los guerrilleros quemaron en una operación en la selva. Cayó en una emboscada y cuando intentó escapar ya era tarde. Los *guerrillos* lo fumigaron con un soplete enorme y creyeron que estaba muerto. El tipo sobrevivió y el ejército lo encontró unas horas después.

—No puede ser.

—Lo condujeron al Hospital Militar y se salvó de milagro. Lo trajeron aquí porque tenía orden de captura por varias masacres.

—¿Y adónde lo llevaban?

—Parece que El Vampiro era el que dirigía todos los sacrificios allá abajo, en las cloacas. Es un sádico y varios testigos afirman que incluso come carne humana, que asó allá a varios de sus enemigos.

—¿Y los medios de comunicación contaron todo esto?

—No saben de él. Solo hablaron de los horrores de las ejecuciones.

—Yo pensé que me estaba enloqueciendo.

—Varios de los de la congregación me aseguraron que el tipo es antropófago.

—Pero eso significa que se devoraron, literalmente, a los nuestros.

—Sí, *bro*, ese *mancito* está aliado con Los Ninjas. No la tenemos fácil.

—¿Y ahora dónde está?

—En el pabellón de los *paracos*. Lo tienen ahí resguardado. Mientras pasa el escándalo. Luego se regresará a ese agujero, supongo.

La historia me impactó mucho porque yo lo había visto con mis propios ojos. Y recordé que en ese mismo patio de los paramilitares había un fulano al que llamaban Capitán Garmendia, un tipo de mediana estatura y con cara de malas pulgas al que la guardia le tenía pánico porque corría el rumor de que se había comido asados a dos de sus hombres. Se extraviaron en medio de la selva amazónica y los dos subalternos cayeron enfermos debido a las fiebres. Entonces Garmendia había terminado asándolos y comiéndoselos como si fueran dos churrascos sabrosos.

Toda la prisión estaba inundada de historias similares acerca de las cuales uno creía que se trataba de fantasías delirantes, pero no, entre más se ahondaba en los secretos de los presos, más se iba convenciendo de que todo lo que se decía era verdad.

Por eso un día, hastiado de todo lo que ya había vivido, le dije a Moisés:

—*Bro*, deberíamos pensar en largarnos de aquí.

—¿Me estás hablando de fugarnos?

—Podemos intentarlo.

—No es un buen momento.

—¿Por qué? —pregunté yo sin saber lo que estaba sucediendo.

—Acaban de descubrir un túnel en la cárcel de máxima seguridad y los capturaron a todos.

—¿Cómo sabes eso?

—Estoy bien informado. Uno de los implicados *sapió* a los demás.

En efecto, al día siguiente la noticia se extendió por todo el penal. Durante meses varios hombres se habían encargado de cavar un túnel hasta el inodoro de una de las celdas. Y cuando ya estaban listos para el día cero, uno de ellos se acobardó y los echó al agua. Una canallada imperdonable.

Lo que yo no podía sospechar entonces era que, más tarde, las consecuencias de esa fuga fallida cambiarían mi vida para siempre.

CAPÍTULO II

Donde no crece la hierba

1

A nuestro pabellón llegó un tipo callado y de mirada felina que pidió trabajar también en los talleres de carpintería. Decían que había hecho algunos cruces ocasionales para nuestra organización. Era demasiado estirado para nuestro gusto, medio refinado y se le notaba que había tenido algo de educación. No maldecía ni usaba groserías para expresarse. En los talleres me tocó justo al lado y poco a poco fue saliendo de su ensimismamiento. Seguramente estaba cansado de monologar de día y de noche, y de repasar mil veces todos los errores que había cometido para ser capturado. Descubrí, para mi sorpresa, que era un fulano divertido y con cierto toque de humor negro. Mientras pulíamos muebles y cepillábamos bloques de madera iba hablando de él mismo a pedazos.

Así me enteré de que se llamaba John Jairo Zapata y que vivía de enamorar a mujeres adineradas ya mayores, de cuarenta hacia arriba, que se sintieran solas y un tanto desesperadas. Las iba engatusando hasta que finalmente se quedaba con buena parte de su fortuna y se mudaba sin dejar rastros. Solía convertirlas en adictas a ellas y a sus amigos más cercanos. Por eso distribuía también pequeñas dosis de merca. Era un pícaro socarrón y retorcido que hablaba con aires de suficiencia. Pero la última mujer que había tenido lo denunció como pequeño traficante y estafador. La policía le siguió la pista hasta que lo capturaron justo en el momento en que recogía dos kilos de mercancía.

Lo curioso fue que a los pocos días de contarme su historia lo agarraron en los baños con la guardia abajo y lo acuchillaron en las duchas. Nunca supe si la última esposa había pagado para que le hicieran la vuelta, pero lo cierto fue que lo dejaron en el piso tendido y sangrando. Los guardias lo condujeron a la enfermería y ahí lo cosieron, le hicieron una transfusión y le suministraron antibióticos. Pero no pudieron salvarle la vida. La versión oficial fue que se contagió de una bacteria que le pudrió los tejidos y que se propagó por su cuerpo a gran velocidad. Seguramente el arma que usaron había estado entre orines y materia fecal durante varios días. Era una técnica que se usaba para que, si el paciente sobrevivía al ataque, no pudiera sobrevivir a la infección. Y les funcionó. Lo mantuvieron en una sala aparte con todo tipo de restricciones y el miedo era que la bacteria se saliera de control y que nos contagiara a todos en la prisión. Murió al mes exacto y no tenía parientes ni amigos que reclamaran el cuerpo. Se llevaron el cadáver con todas las medidas sanitarias del caso para cremarlo. Luego desinfectaron la sala donde había estado en observación y también nuestro pabellón y los talleres de carpintería.

Yo no pude dejar de pensar en Max y en la manera tan triste en que se habían llevado su cadáver para enterrarlo en una fosa común entre vagabundos e indocumentados. Ese era el destino de nosotros, los invisibles: el anonimato, la nada, el olvido.

Con frecuencia, en algún momento del día, yo solía ver hacia arriba, hacia mi antiguo barrio, y me veía montando en bicicleta y transportando las primeras bolsas de mercancía hasta la garita principal de la guardia. Luego me transformaría en ese adolescente rabioso que se había lanzado a los brazos de Salomé en busca de un remanso de paz y de ternura. Finalmente, tomaría el camino de la venganza entrando en esa rueda de muerte y destrucción de la que es imposible volver a salir.

Sin embargo, había sucedido un cambio notable en mí. Ya no era el mismo. Pasaron tres años y medio, casi cuatro, y solo había dejado de leer y de estudiar los días en que me metieron en el calabozo. De resto, después de mi jornada en los talleres de carpintería, bien fuera en la tarde o en la noche, me dedicaba a tomar notas y a aprender de los grandes maestros. La guerra no había terminado. Me estaba preparando para las batallas decisivas, eso era todo. Era una parada, un recreo, nada más. No me rendí. Todo lo contrario: cada día que pasaba estaba más preparado y más fuerte.

Y creo que Moisés estaba pasando por un proceso similar. Lo veía con frecuencia en la biblioteca estudiando y leyendo muy concentrado. Se tomaba muy en serio su nuevo nombramiento como pastor jefe de Congregación Saudade. Recuerdo que en un sermón muy sentido que él le dedicó a su gente, les dijo casi con lágrimas en los ojos:

—Queridos hermanos en Cristo, me he preguntado mucho últimamente si será casualidad que mi nombre sea Moisés y que ahora sea pastor. Y creo que no. Creo que estoy llamado a conducirlos a todos ustedes a través del desierto para que puedan salvarse. Soy el encargado de mostrarles el camino, de liberarlos de la opresión del enemigo. Y hoy me gustaría reflexionar con ustedes acerca de la fuga del fundador de esta congregación. ¿Saben por qué se pudo escapar el pastor Ferreira? Porque un hombre humilde de rostro oscuro es nadie. Todos los pobres del planeta somos iguales. Ellos vieron entrar a un negro con barba y si salía un negro con barba entonces era el mismo. No detallan, no se fijan, no nos distinguen: somos la miseria hecha rostro. Cada uno de nosotros ha tenido que pasar humillaciones y segregaciones del mismo estilo. Fíjense en algo: aquí no hay nadie alto, de cabello rubio y ojos azules. ¿Quién? Que se ponga de pie si hay alguien de rasgos finos, de nariz aguileña, pelo rubio y ojos azules. ¿A ver?... ¿Sí ven? No hay nadie, estimados hermanos, nadie con esa descripción. ¿Y les parece una casualidad? ¿Y será también casualidad que, al otro lado de la ciudad, en los barrios adinerados o en los clubes elegantes, todos sean blancos? ¿En serio es una casualidad? ¡Claro que no! A ellos no les gustan nuestros cabellos crespos, nuestras narices anchas o nuestros rasgos indígenas. Somos los desaliñados, los feos que dan asco. ¿Cuándo sus hijos o sus hijas se han casado y han tenido hijos con nosotros? ¡Jamás! ¿Y saben por qué, queridos hermanos? Porque no quieren nietos con la piel oscura o con rasgos de indios. Cuando se mezclan con alguno de nosotros es solo por conveniencia, porque nos necesitan para arreglar sus casas o sus haciendas. Porque quieren pagarnos un sueldo miserable para que trabajemos en sus empresas o sus fábricas. Pero no nos quieren en sus casas sentados con ellos a la mesa. Y si se acercan a nuestras mujeres es solo para prostituirlas o para tener una aventura casual, nada más. Nunca las presentarían en sociedad como su novia o su prometida. ¿Y saben por qué, queridos hermanos en Cristo? Porque no les gusta nuestro aspecto. Somos demasiado oscuros y dicen que olemos distinto. ¿Qué niño rico saldría con una mujer negra o india? ¡Ninguno! ¿Qué joven adinerada saldría con uno de nosotros y nos presentaría en su casa como su novio oficial? ¡Ninguna! Somos los marginados, los sudorosos, los olorosos. ¿Pero qué dicen las Sagradas Escrituras? ¿Qué dice Nuestro Señor Jesucristo de nosotros? ¡Que de nosotros es el Reino de los Cielos! Está en Mateo 5, del 3 al 11. *Bienaventurados los que tienen hambre y sed de justicia, porque ellos serán saciados*. Y luego nos nombra directamente, a nosotros, exactamente a nosotros, los que estamos con la soga al cuello: *Bienaventurados los que padecen persecución por causa de la justicia, porque de ellos es el Reino de los Cielos*. Fijémonos bien, hermanos, leamos bien: ¿es el cielo para la gente elegante de los clubes de millonarios? ¡No! ¿Es el cielo para las señoronas bien vestidas que van con sus mascotas a los centros comerciales? ¡No! Lo dice el Señor: el cielo es para nosotros, los desamparados, los sucios, los feos. ¡El cielo está lleno de indios y negros como nosotros! Ellos tienen sus clubes y sus almacenes de marca. Nosotros tenemos el Reino de Dios. ¿Por qué? ¡Porque nuestra debilidad es nuestra fuerza!

Y toda la congregación coreó su consigna de guerra. Moisés levantó la Biblia en señal de combate, como si estuviera blandiendo en el aire una espada o un fusil. Era un pastor y el jefe de un comando militar.

Un buen día nos levantamos con la sorpresa de que a nuestro patio habían trasladado momentáneamente a dos de los peces gordos de la Cárcel de Máxima Seguridad. Dos más estaban en la Cárcel de Cómbita, en Boyacá, y un quinto lo tenían en una de las casas fiscales donde estaban recluidos los políticos. Las medidas se tomaron mientras revisaban el túnel que habían cavado y reparaban las fallas de la estructura de aguas negras de la construcción.

La fuga había sido planeada desde afuera con precisión milimétrica. Compraron una casa que colindaba con la prisión y, con la ayuda de un equipo mexicano, empezaron a cavar un túnel hasta la cárcel de máxima seguridad. Los mexicanos eran expertos en estas obras de ingeniería porque durante años habían agujereado la frontera con Estados Unidos para introducir la mercancía a ese país. Así que se dedicaron con minucia a cavar y a extraer la tierra en pequeñas bolsas que iban sacando en autos de baja gama para no ir a llamar la atención.

Les pasaron una fuerte suma de dinero a los guardias para introducir un teléfono celular con señal GPS, y de ese modo ubicaron sin errores la celda del capo que tenían que liberar. El agujero no era tan estrecho, medía noventa centímetros de ancho y un metro con sesenta de alto. Un hombre de mediana estatura podía perfectamente caminar agachado sin miedo a quedarse atrapado. Pusieron bombillos con un cable extendido a lo largo del socavón y todo estaba listo cuando el guardia que había introducido el celular soltó el chivatazo. De inmediato empezó el revuelo y descubrieron el plan. La gente que estaba en la casa alcanzó a escapar y no hubo detenidos.

Luego nos enteramos de que a ese guardia lo habían trasladado a otra ciudad para protegerlo, pero el dinero todo lo compra y lo balearon justo cuando estaba entrando a su nuevo apartamento. Fue una ráfaga de metralleta que lo dejó tendido en el suelo.

Uno de los nuestros nos dijo un día en el patio:

—Parece que también mataron a toda la familia del tipo.

—¿Estaba casado? —pregunté yo con curiosidad.

—Le quebraron a la esposa, a una hija, y a la mamá y al papá de él. Una fumigada completa.

—Para enviar un mensaje —dije pensando en voz alta.

—Exacto, para que quede claro que el que llegue a soltar la lengua será exterminado de raíz, con toda su gente incluida.

El capo que estaba implicado en el plan de fuga lo habían trasladado a Cómbita y el día que lo hicieron fue un operativo en el que incluyeron varios carros celulares, patrullas e incluso un refuerzo de policías vestidos de civil en carros que no llevaban placas oficiales. Nosotros, desde adentro, supimos la hora exacta de ese traslado porque un helicóptero sobrevoló la cárcel y luego acompañó a la comitiva hasta el departamento de Boyacá, donde debían entregar al hombre.

Esa misma semana llegaron noticias de que Ferreira había logrado retomar el control de su favela sin contratiempos, que se sometió a un cambio de rostro y que estaba aumentando el poderío de su organización. Se decía que se había mandado raspar los dedos de las manos para que las huellas dactilares desaparecieran y las autoridades no lo pudieran detectar. En una de sus acostumbradas alocuciones, Moisés les comunicó a los hombres de Congregación Saudade:

—Queridos hermanos, quería compartir con ustedes una excelente noticia: nuestro pastor, nuestro guía espiritual, el profeta Ferreira, es de nuevo el líder máximo, el jerarca de su ciudad natal.

Todo el grupo aplaudió y se escuchaban vítores de regocijo. Moisés continuó:

—¿Y por qué nos alegra tanto? Porque él no se ha olvidado de nosotros, porque sabe que dejó aquí a un rebaño fiel que lo sigue y lo recuerda. Y me ha encargado para decirles que muy pronto comenzará la construcción de su propia favela, esa idea magnífica que lo acompañó aquí encerrado con nosotros: edificar la Nueva Jerusalén.

Todos se pusieron de pie y aplaudieron con más fuerza. Moisés los miró con los ojos muy abiertos y les dijo elevando el tono de la voz:

—Me ha dicho que esa nueva ciudadela es para nosotros, que es nuestro territorio en la Tierra, que cada uno de ustedes, cuando salga, ya tiene su hogar esperándolo. No tendremos que ir a mendigar trabajo ni a rogar para que nos den un empleo de mierda y nos esclavicen como les dé la gana. No, señor. Ya no será así. De ahora en adelante tenemos nuestra propia ciudad, nuestro propio proyecto y allí somos bienvenidos. Se llamará La Estrella de David y simbolizará el poder de Dios extendiéndose en la Tierra en todas las direcciones posibles. Es el poder del Cielo aquí en la Tierra. Ya no son solo palabras, son hechos. Nuestro pastor nos manda decir que cualquiera de nosotros que vaya saliendo recibirá un pasaje y unas instrucciones para ir hacia allá, hacia la Tierra Prometida. Ya tenemos casa, queridos hermanos, ya tenemos un hogar y una familia espiritual que nos está esperando. ¡No estamos solos! Somos fuertes porque estamos unidos y porque...

—¡Nuestra debilidad es nuestra fuerza! —respondieron todos completando la frase.

En ese momento, mi amigo desplegó una bandera que tenía la Estrella de David dibujada en rojo sobre un fondo negro. En la parte de abajo decía en letras mayúsculas: Congregación Saudade. Los adeptos no dejaban de celebrar. Moisés remató diciéndoles:

—Esta es nuestra bandera, este símbolo nos representa ahora. La Estrella de David está en rojo porque es el símbolo de nuestra propia sangre. Estemos donde estemos, Dios estará con nosotros y nos ayudará a batallar.

Los hombres se abrazaron y celebraron con alegría. Me di cuenta de que el poder de Moisés en la cárcel era ya innegable. Lo seguían sin restricciones, lo veneraban y le pedían consejo aun siendo tan joven. Me enorgullecía seguir a su lado.

2

Uno de los capos que trasladaron a nuestro patio era un tipo muy reconocido en el mundo criminal. Le decían Atila, como el antiguo guerrero de los hunos que dio origen a la famosa sentencia: por donde pasa Atila no crece la hierba. Lo trasladaron en las horas de la mañana, con varios guardias acompañándolo y rodeándolo para que ninguno pudiera acercársele. Era un hombre ya mayor, de unos setenta años de edad, tranquilo, reposado, y emanaba de él una cierta autoridad que confirmaba que era un duro, uno de los antiguos jefes de los viejos clanes del narcotráfico.

Atila se instaló en un pabellón aparte y lo veíamos muy de vez en cuando con dos de sus hombres escoltándolo. Era tranquilo y procuraba no llamar la atención. Tenía un chef para él solo porque temía ser envenenado. Le preparaba la comida en un reverbero de dos puestos que estaba en una cocina improvisada en un rincón del pabellón. La orden en el patio era que le colaboráramos en lo que fuera necesario porque su organización y la nuestra no eran enemigas.

Atila pertenecía a la vieja guardia del narcotráfico. El cartel de Medellín había sido una estructura militar vertical, piramidal, que terminaba en la cabeza máxima: Pablo Escobar. Su error había consistido en querer imponerse sobre la clase política. Asesinaron a líderes y dirigentes de todo tipo, secuestraron a sus parientes y colegas, y le declararon la guerra a la Policía y al

Estado en general. Un suicidio. Fue un cartel muy vistoso y llamativo, pero con un esquema inoperante a largo plazo.

El cartel de Cali, por su parte, había funcionado más sobre la horizontal, permeando todas las clases sociales hasta el punto de llegar a la Presidencia de la República y al Ministerio de Defensa. En la biblioteca de la cárcel había varios libros sobre el tema y yo los consulté casi todos. El problema fue que se asociaron con el Estado para rastrear y asesinar a Escobar. Eran unos socios demasiado incómodos y por eso los traicionaron y terminaron extraditados.

Atila había guardado un perfil más bajo y por eso sobrevivió. Si Medellín y Cali habían tenido dos carteles muy visibles, Atila procuró actuar en la sombra desde Bogotá, una ciudad más grande que permitía operar sin llamar tanto la atención. Su residencia principal estaba en Subachoque, un pequeño pueblito en las afueras de la capital. Desde allí dirigió una gigantesca corporación que se encargaba del tráfico y la venta de cocaína principalmente. Estaban a cargo de todos los pueblos aledaños en distintos departamentos y ciudades como Ibagué y Tunja.

Las rutas de los carteles de Medellín y Cali estaban todas dirigidas hacia Estados Unidos. Exportaron hacia ese país porque los cargamentos multiplicaban su valor apenas cruzaban la frontera. Atila no quiso entrar a disputar un espacio en ese negocio. Se hizo a un lado y buscó sus propias rutas en otras direcciones. Eso lo mantuvo por fuera del radar de la DEA durante un buen tiempo. Sus contactos estaban más hacia los países vecinos: Ecuador y Venezuela, en donde se afianzó con rapidez. El chavismo le permitió varias rutas seguras hacia África, de donde salía la droga después en pequeñas embarcaciones hacia Europa. La forma de penetrar ese mercado fue el Mediterráneo. Así, lentamente, el poderío de Atila se fortaleció cada vez más.

Una mañana nos llamaron de su pabellón para encargar unos muebles. Fui con Moisés y nos mostraron la vajilla y los cubiertos acomodados en unas estanterías improvisadas, las medicinas y los utensilios de aseo puestos sobre unas mesas de plástico, y lo que más me llamó la atención: cientos de libros y revistas arrumados en un rincón.

—Necesitamos varios muebles para organizar este desorden —nos dijo uno de los hombres del capo.

Empezamos a tomar medidas y a diseñar unos buenos muebles que luego empotraríamos en los muros. Ese día vi a Atila desde lejos: leía el periódico en un asiento ubicado junto a la única ventana del recinto.

Moisés y yo trabajamos en las repisas y las estanterías durante dos semanas exactas. La vajilla iba a quedar bien organizada y para las ollas y las sartenes pusimos unas argollas metálicas que permitirían colgarlas como hacen en los restaurantes. Los medicamentos irían en un botiquín que estaba segmentado en pequeñas secciones. Incluso hicimos un pequeño rectángulo aparte para las pastillas diarias. Pero mi mayor orgullo eran tres bibliotecas de metal y madera para sus libros, sus revistas y sus archivos personales. La guardia nos brindó los materiales sin ningún inconveniente. Eran tres muebles y recuerdo sus medidas porque yo mismo los diseñé: medían un metro con ochenta centímetros de alto por un metro de largo, y las divisiones de los entrepaños estaban cada treinta centímetros. Yo me había dado cuenta de que él tenía libros de alto formato y por eso los treinta centímetros le permitían ubicarlos sin problema en los entrepaños. El metal estaba pintado de negro y la madera oscurecida con un poco de brea le daba un aire colonial.

El día que llegamos con los muebles él estaba mirando desde lejos y cuando yo empecé a traer las bibliotecas se acercó con curiosidad y las observó con detenimiento. Luego las olió y les pasó los dedos por encima.

—¿Quién hizo este trabajo? —preguntó sin dejar de detallar los muebles.

—Nosotros, señor —respondí dando un paso al frente e inclinándome en señal de respeto.

—Gracias —dijo él sin mirarme.

—Con todo respeto le agradecería mucho si me permite ayudar a organizar los libros —le dije inclinándome una vez más.

Él asintió y se retiró del lugar.

Unas horas después el refugio de Atila parecía un departamento cualquiera: la despensa bien ordenada, el botiquín empotrado en el muro y una biblioteca de mediano tamaño dividida en tres secciones separadas. Él se presentó al final, echó un vistazo y lo vi sonreír por primera vez. Revisó el orden de las tres bibliotecas y me preguntó de frente:

—¿Usted organizó la biblioteca?

—Sí, señor. Me tomé el atrevimiento de poner los libros por orden alfabético, así es más fácil su ubicación. Por temas es más difícil.

—¿Estudió algo?

—No, señor. Me gusta la lectura y asisto a los talleres que organiza la cárcel en la biblioteca.

—¿Cuál es su libro favorito? —me preguntó, midiéndome, como si estuviera haciéndome un examen.

—*El arte de la guerra*, señor, del maestro Sun Tzu.

Él se volvió a sonreír y me dijo con la voz más suave:

—¿Cómo se llama usted?

—Bruno Guerrero, señor.

Asintió y me retiré muy satisfecho del trabajo que había realizado.

Dos días más tarde, los hombres de Atila me dijeron que su jefe quería hablar conmigo. Me dirigí de inmediato hasta su pabellón y él me estaba esperando parado junto a sus nuevas bibliotecas. Me dijo apenas me vio:

—Lo hice llamar porque quería recomendarle este libro.

Y me entregó un ejemplar viejo y raído de un autor llamado Carl von Clausewitz. El título estaba en letras doradas: *De la guerra*. Luego me dijo:

—Napoleón cambió por completo las estrategias de la guerra. Después de él las tácticas cambiaron. Avíseme cuando termine y lo comentamos. No tengo con quién conversar sobre estos temas en este lugar.

—Gracias, señor.

Me demoré diez días en leerlo porque era un libro grueso y había que estudiarlo con detenimiento y tomar notas. No quería pasar por alto ningún detalle. Cuando lo terminé le envié un mensaje a Atila con sus hombres y él me llamó enseguida a su guarida. Conversamos durante dos horas y yo le expuse cada una de mis anotaciones, capítulo por capítulo. Fue así como empezamos a crear una cierta amistad.

—Hay algo que quiero que recuerde, Bruno —me dijo caminando de un lado a otro—. Es un consejo para toda la vida.

—Sí, señor, dígame.

—Fíjese bien en que los mejores ejércitos del mundo tenían un problema muy grave: eran sedentarios. El ejército romano, por ejemplo. En su momento parecía indestructible, invencible. Sin embargo, llegaron los hunos y lo hicieron pedazos.

—De ahí viene su alias —recordé yo como si fuera un alumno aplicado.

—Exactamente. Pero luego vemos que Napoleón sufrió una derrota que fue el comienzo de su caída.

—Contra Rusia.

—Correcto. El zar Alejandro I da la orden de tierra arrasada, que significa echar para atrás quemando el terreno, matando a los animales y envenenando todas las fuentes de agua. No les presentan combate. Solo van en retirada y arrasan con el territorio. Y se supone que Napoleón va avanzando, pero en realidad no hace sino perder hombres por hambre, por enfermedades y por el frío del invierno. Al final, le toca regresarse con el ejército destruido y disminuido al mínimo. Increíble. Lo derrotan solo a punta de ausencia.

—Sí, señor.

—Eso se repite en Vietnam con los gringos luchando contra el ejército del Vietcong, que son nómadas. El mejor ejército del mundo en su momento pierde contra unos campesinos desharrapados que se esconden en la selva y se mueven todo el tiempo de un lugar a otro.

—Claro, los gringos tenían bases militares bien establecidas.

—Y fíjese, Bruno, que se repite aquí, en nuestro país. Los militares tienen brigadas con cuarteles fijos y la guerrilla tiene columnas móviles. Por eso no hemos podido ganarles. Siempre moverse será superior a estancarse.

Anoté en una libreta lo que él acababa de decirme. Luego me preguntó por el libro de Sun Tzu y ahí nos demoramos otras dos horas más. Cuando acabamos de conversar estaba atardeciendo y él me invitó a comer un arroz chino que le había preparado su chef. Al final de la jornada, le di las gracias por su cortesía y le pedí prestado otro libro de su biblioteca: *El conde de Montecristo*. Él mismo me lo entregó y me dijo:

—Lo más importante de estar preso es pensar siempre en cómo escapar.

Leí sobre alias Atila todo lo que encontré en la biblioteca de la cárcel, tanto en revistas como en libros que analizaban el tema del narcotráfico en Colombia. Su contacto con la ruta venezolana lo llevó a comprar varias fincas del otro lado de la frontera y a construir laboratorios en ese país. Así aumentó su imperio y por eso las autoridades se demoraron mucho en ponerlo en el radar. Los militares venezolanos y colombianos fueron sus aliados principales. La mercancía corría desde las selvas de ambos países hasta el norte de África y de allí era embarcada a través del Mediterráneo hasta España, Francia e Italia. Con una enorme ventaja: que no era jurisdicción de los gringos y por lo tanto la DEA miraba para otra parte.

Por el lado sur, el cartel de Atila se apoderó de Ecuador y descubrió que la ruta más segura era a través del Océano Pacífico hasta Nueva Zelanda y Australia, que servían también de escalas antes de entrar a Tailandia, Filipinas y Vietnam. La droga viajaba en embarcaciones rápidas y en avionetas que iban casi a ras del mar para no ser detectadas. De ese modo el negocio prosperó con una velocidad que alarmó a los otros competidores. Hasta que decidieron tenderle una emboscada y lo capturaron militares colombianos que estaban en la nómina de los nuevos capos que intentaban sacar del negocio a los viejos jefes.

Lo que más me impactó es que se había ganado su sobrenombre porque cuando alguien le declaraba la guerra él no amenazaba ni daba tiempo para que el enemigo se preparara. Atacaba enseguida valiéndose del factor sorpresa y no dejaba sobrevivientes de ninguna clase: fusilaba a los implicados, a sus empleados, a sus familiares, a sus hijos e incluso a sus animales. Cuando las autoridades llegaban el espectáculo era demoledor: cadáveres de hombres, mujeres y niños regados en las viviendas y en los campos, los animales masacrados y las cosechas quemadas. Fue así que empezaron a llamarlo Atila, El Bárbaro.

3

Seguí leyendo en la biblioteca de la cárcel todo lo que encontré acerca de Atila. Las autoridades ya venían siguiéndole el rastro y se dieron cuenta de que uno de los problemas que tenían era que no habían podido infiltrar la organización del capo. Cualquier hombre que fuera reclutado para entrar en su círculo íntimo debía pasar una serie de pruebas e interrogatorios que hacían muy difícil introducir a un agente especial entre ellos. Estudiaron varias opciones y se dieron cuenta de que ese plan, en realidad, era enviar una res al matadero, porque apenas lo descubrieran no solo lo matarían, sino que antes lo torturarían y lo cortarían en pedazos. Así que descartaron esa opción.

Las informaciones que tenían les indicaron que una vez cada quince días Atila mandaba llamar a una peluquera y a una manicurista para que le cortaran el cabello y le arreglaran las uñas. Sin ser vanidoso, sí era un hombre que cuidaba su aspecto personal y no quería dar la idea de un hombre de campo burdo, desaliñado y sucio. Incluso recuerdo que uno de los periodistas decía que seguramente buscaba alejarse de sus orígenes campesinos y que sus socios y competidores lo vieran más como un hombre de negocios. Decidieron, entonces, suplantar a la manicurista y poner en su lugar a una agente joven y bella que lograra atravesar los distintos anillos de seguridad. Ubicaron a una que era perfecta para la misión.

Lo primero fue ubicar a la manicurista original y decirle que se declarara enferma. Así lo hizo la mujer y en el teléfono no hizo sino toser y hablar con una voz ronca que apenas podía oírse. Luego, ella misma recomendó a una amiga de confianza que era excelente y que podía reemplazarla por un par de sesiones. Uno de los hombres de Atila citó primero a la nueva joven para una entrevista antes de permitirle acercarse a su jefe. Y ahí fue que se presentó la agente encubierta.

Se llamaba Albenys Zuleta Franco y era de Barranquilla, tenía veintisiete años, medía un metro con setenta centímetros y sus rasgos finos y su cabellera negra dejaban impresionado a cualquiera que la tuviera cerca. Se presentó con sus papeles en orden y certificó que había estudiado belleza en la Academia Apolo durante cuatro semestres hasta graduarse. Los hombres de Atila verificaron esa información no por teléfono, sino que enviaron a uno de los suyos hasta la academia y revisaron los archivos en detalle. En efecto, Albenys se había graduado de la academia y luego trabajó en un salón de belleza por un año seguido. Después se había independizado y le preguntaron qué había hecho, en dónde y con quién. La joven respondió sin problemas y dijo:

—Los salones la explotan a una y le pagan una miseria. No es negocio. Es mejor ir logrando una clientela personal y así una se quita de encima a los intermediarios. Por eso he trabajado de manera independiente.

Los hombres de Atila bajaron la guardia y le dijeron que se presentara al día siguiente a cortarle las uñas a su jefe. Albenys, en efecto, era una experta en belleza y llegó a la cita con todos sus instrumentos en orden, con un uniforme apretado que dejaba ver sus formas perfectas y se mantuvo en su lugar, seria, sin preguntar nada ni intentar intimar con su nuevo jefe. Sin embargo, se dio cuenta de que Atila la miraba de reojo y que no había pasado desapercibida.

A la segunda cita, Atila le preguntó de dónde era y cómo había sido su vida. Ella respondió a todas las preguntas con simpatía y, después de cortarle las uñas y de hacerle un masaje con aceites especiales, mientras le limaba la planta de los pies se atrevió incluso a decirle:

—Con todo respeto, señor, le recomiendo que use zapatos un poco más altos y con más empeine, porque los que está usando ahora le sacan callos y le deforman el pie.

Atila se sonrió y poco a poco empezó a intimar con la joven, que le caía bien y lo hacía divertirse cada quince días. Obviamente, la manicurista inicial fue despedida y Albenys quedó en el nuevo puesto. Pero ella, de manera aguda y sagaz, le dijo a Atila con respeto:

—Señor, yo solo vine por un reemplazo y me siento mal con la amiga que me recomendó. No es justo con ella.

—¿Quieres que la contrate a ella y no a ti? —le preguntó Atila divertido con la situación.

—Es lo justo, señor —respondió ella con seguridad.

—Pues déjame decirte una cosa: la vida no es justa, Albenys —le dijo él en un tono amigable—. Es lo que es: una lucha constante. Y yo quiero contratarte a ti. Punto. Incluso quiero que seas también mi peluquera. Te pagaré muy bien.

—Muchas gracias, señor, es usted muy amable —dijo ella inclinándose y sin insistir en el tema.

En este punto, los distintos reportajes que estaba leyendo coincidían todos en lo mismo: no podían creer que Atila hubiera caído en la trampa más antigua de la guerra: la de la espía bella y *sexy*. Todo un experto en batallas y en tretas de combate había sido vencido por una jugada elemental y sencilla. La misma joven contó toda la historia en detalle después de la captura. De alguna manera, pensé, lo hacía quedar en ridículo.

Lo cierto es que Atila la convirtió en su asesora de belleza y poco a poco empezó a coquetearle para convertirla en su amante. Sin embargo, ella se negó inicialmente y le dijo de manera vehemente:

—Usted es un capo, señor, y tiene todo el poder del mundo. Pero si quiere que tengamos algo le advierto que no seré una más, no quiero hacer parte de su colección.

—¿Y cómo sabes que tengo otras relaciones? —le preguntó él sonriéndose.

—Es obvio. Usted es un capo. Debe tener a mil mocitas por ahí regadas por todas partes —le dijo ella sonriendo también.

—Entonces, solo para entender bien, ¿lo que me estás proponiendo es que seamos novios tú y yo? —le preguntó él mientras ella le cortaba el cabello, se le acercaba y le ponía los senos cerca del hombro.

—Solo digo que se comporte conmigo con respeto, que sea serio y que no me vaya a usar y a tirar después a la basura —le dijo ella sonriendo también, como retándolo—. Y, además, a la final, para rematar, me quedaría sin trabajo.

Sobra decir que a estas alturas Atila ya estaba completamente seducido por ella. La convirtió en su compañera sentimental y no solo era su asesora de belleza, sino que lo acompañaba a comprar ropa y zapatos, pasaban días juntos en las distintas haciendas, en hoteles de lujo en Cartagena y en Panamá. Le compró un apartamento en Chapinero Alto, le pagó un curso de manejo y le regaló un carro último modelo. La joven también cuidaba de la dieta de él y cuando estaba a su lado prohibía que le dieran frituras y comida chatarra. Albenys llegó a ser, en realidad, la mujer más importante del capo en su último tiempo.

Mientras tanto, con mucho tacto, ella fue pasando información a las autoridades, hasta que le pidieron que pusiera un rastreador satelital diminuto en la casa principal del capo, en un lugar oculto. Ella, con suma cautela, logró ubicarlo en el bolsillo de un viejo abrigo que estaba en el clóset de la habitación principal. Era una especie de alfiler que emitía una señal muy precisa por GPS. Luego le pidieron que les indicara cuándo iba a estar él solo en la hacienda para bombardear el sitio. Al siguiente viernes, ella les envió un mensaje por correo electrónico diciéndoles que ese fin de semana él estaría reunido con sus hombres de confianza en la casa de campo. Ella estaba agendada para llegar el lunes.

Las autoridades decidieron bombardear la hacienda el sábado en las horas de la noche y eligieron las tres de la mañana como la hora cero. El rastreador satelital les enviaba con precisión la ubicación no solo de la casa, sino de la habitación del capo. Y emitieron la orden. Y aquí es donde el azar jugó en principio a favor de Atila: justo a esa hora se levantó a orinar porque ya era un hombre de edad y la próstata lo obligaba a hacerlo por lo menos dos o tres veces a la madrugada. Y en esa ocasión no pudo dormir, se fue hasta los establos y decidió orinar en el camino, entre las matas. Y entonces cayeron las primeras bombas.

Un comando que estaba cerca se preparó para ingresar a la hacienda y rematar a los sobrevivientes. Los militares decidieron dar de baja al capo y sacarlo del negocio. Era un buen plan y la infiltrada les había dado muy buenos resultados.

Atila corrió con suerte y se lanzó colina abajo buscando entre los árboles un pequeño río que pasaba colindando con la hacienda. Cuando los militares entraron, la mayoría de los guardaespaldas estaban muertos, y los que quedaron heridos no presentaron mayor resistencia. Pero el capo no aparecía por ninguna parte. Entonces llamaron a los perseguidores para que trajeran los perros.

Mientras tanto, Atila había alcanzado a llegar hasta el río y caminó por entre las piedras en medio de la oscuridad. Se arrastró hasta una pequeña hondonada donde el agua formaba una especie de pozo semicircular. En ese momento escuchó los perros que venían detrás de él y decidió usar un viejo truco que practicaba de niño con sus amigos: romper un tallo hueco de una planta que se llama cola de caballo y hundirse en el agua respirando por el tallo con suavidad. Los militares llegaron y creyeron que le habían perdido el rastro porque los perros ladraban y ladraban, pero no sabían con exactitud qué camino había tomado. Así estuvo durante más de una hora, hasta que no pudo más porque empezó a sufrir de un calambre en la pierna izquierda debido al frío. Estaba amaneciendo cuando decidió sacar la cabeza y estirar la pierna.

Al principio, no vio a nadie y salió del agua tiritando de frío. En ese momento giró la cabeza y vio a varios campesinos que lo miraban con cara de miedo. No alcanzó a decirles nada cuando de repente apareció un militar y dio la voz de alarma. Lo capturaron enseguida y uno de los periodistas decía que no lo habían matado porque los campesinos estaban de testigos y le habían salvado la vida sin saberlo.

Al comienzo de su detención, Atila no sabía que había sido infiltrado y no desconfiaba de Albenys. Fue mucho más tarde que se enteró, cuando ya ella había salido del país con una nueva identidad que la protegía de posibles retaliaciones. Y cuando le peguntaron a él por ella no mostró en ningún momento rabia ni resentimiento. Se limitó a decir:

—Es una joven inteligente que viene de abajo, como yo. Bien por ella.

A mí me gustó que mostrara altura en medio de la derrota.

Albenys dio varias entrevistas por internet sin mostrar el rostro y dijo que sencillamente se había limitado a cumplir con el trabajo que las Fuerzas Militares le habían encomendado.

—Lo hice por mi país —dijo en una de esas entrevistas para una revista de circulación nacional—, pero debo aclarar que él fue siempre conmigo un caballero y un amigo incondicional.

Una periodista aseguró en un artículo que la agente infiltrada le había escrito una carta a Atila a la cárcel pidiéndole perdón por lo sucedido y asegurándole que no había fingido nada, que sus sentimientos eran auténticos y que, aún en el exilio, lo seguiría amando toda la vida.

Cuando terminé de leer todos los reportajes quedé con la sensación de que Atila y ella se habían enamorado de verdad, que ninguno de los dos fingió y que, en otras circunstancias, quizás hubieran podido conformar una pareja realmente estable. Aunque esa hipótesis no podía esconder la verdad: que ella fue más astuta y que, solo a punta de ingenio, le asestó un golpe brutal a Atila, El Bárbaro, uno de los capos más salvajes y temidos del país.

4

En una de nuestras largas conversaciones me enteré del pasado más remoto de Atila, ese que no aparecía en ningún artículo ni reportaje. Me lo contó él mismo mientras afuera llovía a cántaros:

—Mi madre era una empleada en una finca de la sabana. Una cuidandera, como se decía antes. Una mujer humilde. Pero mi padre no, mi padre era el hijo del dueño, un hombre joven que se enamoró de ella apenas la vio. La dejó embarazada y entonces la echaron a la calle para que se ganara la vida como pudiera. Ella consiguió un trabajo en otra hacienda como cocinera y cuando yo nací y crecí me lo señalaba siempre en la iglesia y me decía: ese es tu papá, pero no le puedes decir a nadie, es un secreto entre nosotros. Fue así como conocí el odio.

A mí me sorprendía la similitud que había entre el origen de Atila, el del pastor Ferreira y el mío: todos veníamos de mujeres pisoteadas y humilladas. Y seguramente muchos de los otros reos compartían esas imágenes, las de sus madres ofendidas y denigradas por canallas de buena posición social. De algún modo, éramos los hijos del desprecio y la degradación. Atila siguió explicándome:

—Yo creo que de mi padre me vienen los buenos modales y la pasión por la cultura. Nunca estudié una carrera, pero siempre procuré informarme y aprender. La gente cree que los mafiosos somos personas ignorantes que hablamos de un modo desabrochado y siempre con groserías. Muchos son así, sin duda. Pero es un estereotipo. Es como creer que toda la gente adinerada es culta y sofisticada. Es una estupidez. Entre los ricos hay una cantidad de imbéciles y de ignorantes que nunca en su vida han leído un libro. Y entre la clase baja y los narcotraficantes hay tipos elegantes y bien educados.

Atila tenía una hija llamada Zafiro. La bautizó así porque era la piedra que más le gustaba. La había tenido con una mujer que durante años fue su esposa y su cómplice. En una época de arduos enfrentamientos entre los distintos carteles decidieron atacarla a ella y a la niña, y les pusieron una bomba en el edificio donde vivían. La mujer había muerto aplastada por la caída de una viga de madera y la niña se salvó porque justo en ese momento estaba jugando debajo de la mesa del comedor. Desde entonces había preferido quedarse solo. Crio a la niña lo mejor que pudo y durante la adolescencia Zafiro empezó a mostrar un temperamento rebelde. Había estudiado Historia del Arte en España y luego estuvo en Quito restaurando algunos cuadros coloniales.

Yo solía verla en las visitas y era una mujer recia, decidida, que saludaba a los hombres de su padre con fuertes apretones de manos. Atila me contó que años atrás su hija vivía en Quito, en un apartamento en el centro de esa ciudad, y que se la pasaba entregada a la restauración. No quería saber nada de los negocios de su padre, hasta que él cayó preso y entonces se presentó en la cárcel y le dijo con seguridad:

—Yo me encargo.

Atila sabía que no era una frase de cajón. Ella le pidió que le explicara cómo funcionaban los contactos, las rutas, los laboratorios, los precios, todo, y Zafiro asumió la jefatura de la noche a la mañana.

En una de nuestras tantas conversaciones, Atila me preguntó una tarde:

—¿Cuál fue el principal error de Pablo Escobar?

—Coquetear con la política hasta creer que podía convertirse en uno de ellos.

—¿Y el del cartel de Cali?

—Creer en la lealtad de los políticos.

Atila se sonrió y aseguró moviendo la cabeza de arriba abajo:

—Asociarse con el Estado, sí. A los políticos, tanto de izquierda como de derecha, hay que financiarles sus campañas, pero mantenerse a distancia. Recuérdalo bien. Cuando llegan a la Presidencia hay que utilizarlos y presionarlos, pero siempre desde lejos. Son animales muy peligrosos.

Luego me preguntó con cierta sorna:

—¿Y el mío? ¿Cuál fue mi principal error?

Lo miré de frente. Había pensado muchas veces en ese punto: si logró mantenerse a cierta distancia y construir todo un imperio, ¿por qué había caído Atila? Las rutas eran excelentes, los gringos estaban a raya y su reputación de hombre cruel y salvaje lo protegía. Entonces, ¿por qué estaba ahí preso con nosotros? Le sostuve la mirada y le dije:

—Confiar en los militares.

Atila volvió a sonreír y me dijo:

—Son peores que los políticos. Hay que tenerlos aún más lejos.

Me sentía muy honrado de que un capo de la jerarquía de Atila hablara conmigo y me prestara libros de su biblioteca. Era una de las ventajas de estar en la cárcel, porque afuera, en la libertad, yo jamás habría tenido esa oportunidad. Y la valoraba enormemente porque hacía parte de mi aprendizaje. Me repetía una y otra vez que no estaba acabado, solo había hecho un receso para prepararme mejor.

En una de las visitas, me llamaron para que me hiciera presente en el pabellón de Atila. Asistí con rapidez y estaban sus dos hombres de confianza, él y su hija Zafiro. Pude detallarla por primera vez: era una mujer de unos treinta y cinco años, trigueña, de cabello negro azabache y ojos negros arqueados. Sus rasgos eran muy criollos y finos al mismo tiempo, como una especie de India Catalina alta y distinguida. Era muy hermosa e intimidante.

Me preguntó primero por qué estaba en la cárcel y para quién trabajaba. Le conté todo lo que había sucedido en el bar de Bill, mi herida de bala y la posterior captura por parte de la policía. Le expliqué también que ya estaba acusado, pero que aún no se había realizado el juicio ni me habían dictado sentencia. Luego me dijo:

—Ahora trabaja en los talleres de carpintería, ¿verdad?

—Sí, señora.

—Señorita. No estoy casada. ¿Es experto en artes marciales?

—Experto no, pero he practicado muchos años.

—¿Tiene familia?

—No, señorita. Mis padres murieron y no tengo hermanos.

—¿Hijos?

—No, señorita.

—Evitémonos eso de señorita. Me siento como si estuviéramos en la colonia. Dígame sí o no, y cuando se refiera a mí llámeme por mi nombre.

Moví la cabeza de arriba abajo porque no sabía qué decirle. Ella continuó:

—Me dice mi papá que lee mucho y que es inteligente.

—Gracias.

—Mire, Bruno, usted ya sabe que mi padre fue trasladado aquí momentáneamente y que está corriendo peligro. Necesitamos a un guardaespaldas que lo cuide y lo proteja. Un hombre de confianza. ¿Sí me entiende?

—Perfectamente.

—Le pagaremos bien. Su deber es cuidarlo en todo momento y estar atento. Él aquí es vulnerable.

—Entiendo.

—En las horas de la noche tiene ya a dos de sus hombres y usted dormiría en su pabellón, normalmente. Pero en el día quiero que esté con él todo el tiempo y que no se le despegue. ¿Sí me entiende?

—Sí, señorita Zafiro.

—Dígame solo Zafiro.

—Es por respeto, lo siento.

—Hablaremos con la guardia para que le permita estar aquí en el día. De eso nos encargamos nosotros. Empieza mañana mismo.

—Aquí estaré. Gracias.

Miré a Atila y le dije inclinándome hacia él:

—Gracias por la confianza, jefe. No lo defraudaré.

Y salí sin mirar hacia atrás. Estaba muy contento no solo porque Atila se había convertido en una especie de tutor dentro de la cárcel, sino porque ahora pertenecía a su organización. Eso me ponía en un rango muy superior al que había ocupado hasta ahora. Y los demás también lo notaron enseguida porque de inmediato empezaron a tratarme de otro modo: mis compañeros se dirigían a mí con respeto y la guardia ya no me empujaba ni me levantaba la voz. Ya no era un repartidor de droga callejero, era el guardaespaldas de un capo.

Para celebrar, Atila mandó llamar en el día de visitas a unas cuantas prostitutas. Eran mujeres del oficio que solían visitar en las cárceles a hombres de cierto rango que podían pagarles un buen dinero. No quise desentonar o que pensaran que era un maricón, así que me quedé con una de las muchachas todo el tiempo hasta que nos fuimos a la cama. Pero la verdad es que yo necesitaba de cierta conexión a otro nivel para poder sentirme a gusto en el sexo. Los demás podían estar con cualquiera y olvidarse a los cinco minutos de esa mujer. Yo no, para mí era importante que hubiera algo más que sexo, de lo contrario me sentía como un animal copulando, como un muñeco que subía y bajaba de manera automática. Era ridículo ese sube y baja, esa gimnasia sin sentido. Por eso me había sentido a gusto con Salomé y con Mara, porque eran mis amigas, mis cómplices, porque habíamos creado un mundo juntos. En la cárcel, como cualquiera de todos los otros presos, yo también me masturbaba. Pero mientras ellos pensaban en modelos de calendarios o en actrices de cine, yo lo hacía pensando en Salomé o en Mara. Recordaba nuestras escenas eróticas, nuestros momentos más íntimos, las conversaciones a media voz, y entonces eyaculaba cerrando los ojos e imaginándome que estaba entre sus brazos.

Volvimos a la rutina al día siguiente y todo parecía igual, pero era una falsa impresión. El ambiente dentro de la prisión empezó a ponerse tenso. Existían rumores de que Los Ninjas estaban planeando un ataque en contra nuestra y que estaban tramando una fuga en grupo. No sabíamos si la información era verdadera o si se trataba de uno más de los tantos chismes que solían correr en la prisión. Lo cierto era que todos estábamos con las alarmas encendidas y vigilábamos a los demás para no ir a bajar la guardia.

Mi trato con Atila se hizo más cercano y pasábamos buena parte del día conversando, leyendo o viendo películas en una vieja televisión que le habían autorizado a trasladar desde su celda de máxima seguridad. Yo no le quitaba los ojos de encima y lo acompañaba incluso cuando iba al baño. No intimé con sus otros dos hombres de confianza porque también desconfiaba de ellos. Bastaba con comprar a alguno de los dos y podían eliminar a Atila perfectamente cualquier noche mientras dormía.

Una mañana estábamos en las duchas y el jefe se estaba bañando con lentitud. Le gustaba embadurnarse con un champú especial para la calvicie y usaba jabones aromatizados que su hija le traía puntualmente todos los domingos. Yo vigilaba a pocos metros de distancia. De repente, vi en la entrada que uno de los guardias hacía un gesto de aprobación sin llamar mucho la atención. No dijo nada, solo inclinó la cabeza de un modo extraño, como enviando una señal. De inmediato sentí los músculos del cuello tensos y la piel se me erizó. Los lobos se estaban acercando sin hacer ruido, estaba seguro. Le dije al jefe en voz baja:

—Señor, tiene que salir.

—¿Qué?

—Que tiene que salir de ahí, ¡rápido!

Atila cerró la llave y se puso la toalla alrededor de la cintura. Afuera debía estar otro de nuestros hombres vigilando, pero algo había sucedido porque el guardia se retiró y entraron a las duchas tres hombres armados con navajas. Yo guardaba un pequeño cuchillo en la suela de mi zapato derecho. Lo extraje con rapidez y decidí no esperarlos, sino atacarlos de una sola embestida. Aprovechando el suelo resbaladizo de las duchas me deslicé por los baldosines húmedos e hice una barrida grupal. Mientras los tiraba al piso, alcancé a cortar a uno de ellos en una pierna. Fue un tajo rápido y preciso. El tipo emitió un grito de dolor y no se pudo poner de pie. De inmediato me levanté y me lancé sobre el segundo hombre cortándolo en el abdomen. No alcanzó a defenderse porque estaba todavía aturdido por la caída. Y cuando iba por el tercer atacante vi que el hombre daba un giro y me cortaba el brazo derecho en un movimiento que no pude prever. Por fortuna, era el brazo izquierdo y no solté el cuchillo que llevaba en la mano derecha. Me puse a la defensiva de nuevo, siempre protegiendo que ese tercer sicario no alcanzara a acercarse a Atila. Yo confiaba en que era más joven y más rápido que mi contrincante. En ese momento llegó la guardia atropelladamente, nos obligó a arrojar las armas al suelo, nos molieron a golpes y nos pusieron las esposas. Cuando nos llevaban a rastras sentí una patada en la cabeza y perdí el conocimiento.

CAPÍTULO III

El factor sorpresa

1

Cuando me desperté estaba en un hospital, en una sala en penumbra. Recordaba todo vagamente y no estaba seguro de lo que había sucedido. Me di cuenta de que tenía la cabeza vendada y la muñeca derecha esposada a la cama. Una enfermera se acercó y pude preguntarle:

—¿Qué fue lo que me sucedió?

—Estuvo en coma una semana —respondió ella anotando algo en una carpeta.

—¿Qué es lo que tengo?

—Tuvo una hemorragia cerebral como producto de un golpe muy fuerte. Y una cortada en un brazo, pero esa va cicatrizando bien. Cuando llegue el médico le informará él mismo. Por ahora procure descansar.

El mismo guardia que me estaba custodiando en la parte exterior de la sala me contó más tarde que el otro hombre de confianza de Atila, el que debía estar vigilando la entrada a las duchas, había sido apuñalado en el cuello y estaba muerto.

Al día siguiente me visitó uno de los lugartenientes de Zafiro y me dijo que Atila se encontraba sin un rasguño, pero que estaba furioso e indignado. Había llamado a sus abogados para entablar una demanda contra los guardias por lo que me sucedió a mí: uno de ellos me había pateado en la cabeza y el cráneo chocó contra una saliente de baldosín produciendo la hemorragia interna. Zafiro había invitado a los medios de comunicación a que visitaran la cárcel y se enteraran de los atropellos permanentes a los que estaban sujetos los prisioneros. El escándalo no cesaba porque después del descubrimiento de las cloacas sangrientas y del intento de fuga por un túnel, se creía que la cárcel había tomado los correctivos correspondientes. Y no, daba la impresión de que todo era un caos dentro de la prisión. Los periodistas se preguntaban si no se debía a la corrupción de la guardia y estaban pidiendo la renuncia del director de la cárcel.

Cuatro días después me trasladaron de regreso a La Picota en una furgoneta. Ya me encontraba bien y llevaba una venda en la herida que tenía en el brazo izquierdo. Me sentía un poco débil, pero en el fondo de mí estaba rogando para que no me fueran a meter en el calabozo. No lo habría soportado. Por fortuna, eso no pasó debido al escándalo que se había generado y me condujeron a mi patio normalmente.

Cuando entré me aplaudieron y todos se acercaron a felicitarme y a darme la bienvenida. Fue grato recibir esos gestos de aprecio de mis compañeros. Uno de los hombres de Atila se presentó y me dijo que el jefe estaba esperándome para hablar conmigo. Acudí de inmediato.

Atila me recibió con un abrazo y me sorprendí de la calidez del gesto. Él no era muy expresivo y solía evitar ese tipo de acercamientos. A su lado estaba Moisés y él también se acercó y me dio otro abrazo fraternal. Me dijo sonriendo:

—Me alegra que estés bien, *bro.*

Atila me agarró del brazo y me condujo a un rincón del pabellón. Nos sentamos en unas sillas de plástico y me dijo en un tono confidencial:

—Estoy muy agradecido por lo que hiciste. Me salvaste la vida. Jamás lo olvidaré.

Él nunca tuteaba a nadie y me halagaba que a partir de ahora lo hiciera conmigo. Eso no significaba que yo pudiera hacer lo mismo. Mantuve el respeto de siempre y le respondí:

—Era mi deber, señor.

—Los tengo demandados por violación de los derechos humanos dentro de la prisión. Pero por nuestra cuenta ya detectamos al guardia que te pateó en la cabeza. No se quedará así, te lo aseguro.

—Gracias, señor. No sé en qué momento pasó eso. Iba esposado y de pronto se me apagaron las luces.

—Es un hijo de puta, un aprovechado y un cobarde que pagará por lo que hizo. Ya vinieron aquí a pedir cacao, pero no, no se quedará así. El tipo tiene que pagar.

—Me enteré de que mataron a Edilson.

—Lo degollaron mientras nosotros estábamos adentro, en las duchas. El que lo hizo es uno de Los Ninjas. También lo tenemos fichado. Lo cambiaron de patio, pero no le servirá de nada.

—Está todo muy tenso.

—De eso quería hablarte. Cuando te llevaron al hospital le pedí protección a Congregación Saudade y ellos se han convertido desde entonces en la primera línea de defensa. No sabía que eras tan cercano a Moisés Matamba.

—Es como mi hermano.

—Eso me dijo.

—Nos detuvieron al tiempo. Puede confiar en él plenamente.

—Ya me di cuenta. Nos hemos blindado bien. Tú y él serán a partir de ahora mis hombres de confianza. He buscado que me dejen en paz, pero es imposible. Si me dejo arrinconar será peor. Tengo que despertarme y actuar.

—¿Sabe quién lo mandó matar, señor?

—Los militares. No se han olvidado de mí. Ahora trabajan

para otro cartel. Se venden al mejor postor. Soy el hombre a eliminar.

—Hay que tener cuidado y buscar estrategias.

—Vamos a poner en práctica el factor sorpresa. La velocidad es en sí misma un arma letal.

En efecto, dos días después, el sicario que había asesinado a Edilson, el hombre de confianza de Atila, fue hallado ahorcado en su celda. La versión oficial fue un suicidio, pero todos sabíamos que lo habían colgado por haberse atrevido a atacar a un capo del calibre de Atila.

Lo siguiente que supimos fue que el guardia que me había pateado la cabeza estaba escondido en la casa de un amigo con su familia completa: una esposa y dos niños. Los hombres de inteligencia de Zafiro le montaron un operativo y allanaron la casa. Pasaron a cuchillo a la mujer y a los niños delante de él, y luego lo ajusticiaron a golpes pateándolo hasta matarlo. Finalmente, rociaron gasolina en la casa y la quemaron. El mensaje estaba claro: por donde pasa Atila no crece la hierba.

Esas dos ejecuciones demostraron que nuestro capo estaba de vuelta y que no se amedrentaba frente a los ataques.

Una noche, Moisés me dijo en nuestro pabellón:

—Hay que estar pilas, *bro*, porque esto es el comienzo de una guerra mayor.

—¿Tu gente es toda de fiar?

—Totalmente. De los nuestros no se venderá nadie.

—Mantener la seguridad de Atila aquí no será fácil. Lo ideal sería que lo mandaran de regreso a la cárcel de máxima seguridad.

—Allá siguen en arreglos tapando el túnel de la fuga. Pero no les quedará fácil atacarnos, tranquilo. Nos estamos rotando bien.

—¿Tu pastor sabe lo que está sucediendo aquí?

—Se asociaron con Atila. Hemos creado una unidad. Ahora somos más fuertes.

—No hay que bajar la guardia en ningún momento.

Desde entonces no íbamos solos a ninguna parte. Nos movíamos siempre en grupos de cuatro o cinco hombres. Almorzábamos en grupo, comíamos en grupo, íbamos al baño en grupo. Yo estaba con Atila permanentemente, incluso en las horas de la noche. Me instalaron un camastro muy cerca de su cama y yo me despertaba cada dos o tres horas para echar un vistazo y cerciorarme de que todo estuviera en orden.

Un domingo entró Zafiro de visita a la cárcel y, después de hablar con su padre largamente, me llamó aparte y me dijo:

—Estoy muy agradecida contigo por haberlo defendido como lo hiciste.

Noté enseguida que ella también me estaba tuteando. Eso significaba que ya me consideraban de la familia. Yo guardé la acostumbrada distancia que implicaba respeto hacia ella:

—Le dije que podía confiar en mí, señorita Zafiro.

—Zafiro a secas, acuérdate. Quería contarte que afuera estamos moviéndonos con cautela, pero con seguridad. El guardia que te envió al hospital está eliminado. Él y toda su familia.

—Sí me enteré. Gracias.

—Ya ubicamos también a los militares que dieron la orden. Los tenemos en la mira. El problema es que cuando les pasemos esa factura debemos tener un plan porque vendrán por la cabeza de mi papá seguro.

—Lo que usted nos indique haremos.

—Quería preguntarte por Moisés y su iglesia. ¿Son de confianza?

—Completamente. Lo conozco desde hace años: es tierra firme.

—Me alegra que me digas eso. Porque si nosotros atacamos

afuera, mi papá debe tener un plan para escapar. Si se queda aquí lo matan seguro.

—¿Se refiere a un plan de fuga?

—Por supuesto. Ya estamos trabajando en él. Quería conocer tu opinión. Mi papá dice que has leído mucho sobre estrategias de guerra.

A mí ya se me había ocurrido que lo mejor para Atila era largarse de ese lugar. Un cambiazo era imposible porque ya Ferreira lo había llevado a cabo con éxito. Tampoco había tiempo para cavar un túnel y la guardia tenía todo el perímetro de la penitenciaría vigilado después del intento de fuga de la cárcel de máxima seguridad. A mí me habría encantado que se fugara como el conde de Montecristo, camuflado entre los muertos, pero tampoco había tiempo para planear algo semejante. La única opción era comprar a una parte de la guardia y escapar a plena luz del día, de frente, saliendo por la puerta principal.

Respiré profundamente, miré a Zafiro a los ojos y le dije:

—La manera más efectiva es comprar a algunos guardias para que permitan cruzar los patios. Si no aceptan el pago hay que amenazarlos a ellos y a sus familias. La investigación se puede amañar después para que queden libres. Solo perderán el empleo, pero si la suma es jugosa, quedarán con plata para montar un negocio e independizarse. Salen ganando por todas partes.

Zafiro se sonrió al escucharme y me dijo:

—Continúa.

—El problema será en la garita exterior porque están patrullando las veinticuatro horas después de lo del túnel. Pero de esos guardias sí se pueden encargar ustedes desde afuera. Cruzado ese perímetro hay que tener un buen plan de fuga, bien sea por tierra o en una avioneta.

—¿Hablaste de esto ya con mi papá?

—No, señorita, para nada.

—Quítame el señorita, no más.

—Perdón, es el respeto.

—Me sorprende que estemos tan sincronizados. Mi papá tiene pensado algo muy similar. Ya te lo explicará él mismo.

—Perfecto.

—Y ni una palabra de esto a nadie.

—No se preocupe. Entre menos gente sepa, mejor.

Zafiro me dio la mano y salió del lugar muy satisfecha de saber que su padre, si todo salía bien, próximamente estaría por fuera de esa ratonera junto a ella.

2

El director de la cárcel se había visto obligado a renunciar. El nuevo director, buscando congraciarse con la población carcelaria y con la prensa en general, planeó un concierto para el 24 de septiembre de ese año, el 2015, día en que se celebraba el día de la Virgen de las Mercedes, patrona de todos los reclusos. Primero había una misa en el patio principal y después vendría el concierto, que estaba a cargo de un grupo de música tropical. De ese modo, el nuevo director pensaba iniciar su mandato en un ambiente más cordial y menos agresivo. Ese fue el día que elegimos para la fuga.

Atila tenía pensado no solo comprar a algunos guardias, sino también arrinconarlos y amenazarlos. Eso les daría la oportunidad de defenderse después en tribunales, cuando iniciaran las investigaciones. Durante varios días los adeptos de Congregación Saudade prepararon armas en los talleres de trabajo: punzones, láminas de metal bien afiladas y cuchillos pequeños que se pudieran esconder fácilmente.

Ese día el guardia que estaría a cargo de nuestro patio sería Juvenal Patiño, un tipejo de unos cincuenta años, tosco y socarrón. De él dependíamos para poder salir del patio y acercarnos a la zona de ingreso, que significaba cruzar dos puertas más. Nosotros habíamos estudiado bien los tiempos y los fulanos a los que teníamos que apretar para poder salir. Decidimos que, si era necesario, llevaríamos rehenes con nosotros hasta alcanzar la puerta de entrada.

La noche antes del evento, sobre una mesa plástica, desplegamos un mapa de la cárcel y estudiamos el plan por última vez.

—Llegando a la zona de ingreso con los rehenes podemos negociar ya la salida —decía Atila para que todos memorizáramos los distintos pasos—. No hay que dudar en ningún momento. Si nos ven indecisos estamos perdidos.

—¿Los rehenes los soltamos del otro lado? —preguntó Moisés.

—Si están todavía vivos, sí —dijo Atila—. De lo contrario dejamos los cadáveres en el camino y alcanzamos la salida. Ahí tenemos que caminar hasta la entrada principal, donde nos estarán esperando mis hombres. Es solo cuestión de determinación. Recuerden bien que algunos están comprados y otros no. Hay que presionarlos a todos por igual. ¿Entendido?

—Sí, señor —respondimos todos en coro.

Esa misma noche, en un rincón de su celda, el jefe quemó una serie de documentos y cartas que no quería que la guardia encontrara. Me pregunté si en esa fogata no estaría la carta de amor de Albenys pidiéndole perdón por la traición.

El día señalado llegó y recuerdo que desde las horas de la mañana empezó a caer un aguacero torrencial. Luego el cielo se cerró aún más y llegó una tormenta eléctrica. Todo el mundo comentaba que era imposible realizar un concierto en medio de ese diluvio que no daba tregua. Recuerdo incluso que varias zonas de la cárcel se inundaron y se veían los rayos cruzando el firmamento y luego los truenos le daban a esa atmósfera un ambiente aún más lúgubre.

Lo primero que hicimos fue quejarnos porque había misa católica, pero no habían autorizado el culto evangélico, al cual pertenecían todos los integrantes de Congregación Saudade. Moisés solicitó hablar con el sacerdote y le permitieron una breve conversación. Yo lo acompañé brevemente para dar inicio al plan que habíamos revisado mil veces. El religioso estaba aún con su paraguas en la mano.

—Padre, no es justo que haya una misa y no nos permitan a nosotros realizar también un culto —empezó diciendo Moisés con tranquilidad.

—La Virgen de las Mercedes es una celebración católica, hijo —dijo el sacerdote con una voz destemplada.

—Por eso, padre —continuó Moisés—, no todos aquí adentro son católicos. ¿Por qué nosotros no podemos participar activamente?

Al patio estaban empezando a llegar ya varios reclusos. Se decía que los músicos estaban a la entrada registrando sus documentos y permitiendo las requisas correspondientes. No querían moverse porque decían que los instrumentos se podían dañar con la lluvia. Afirmaban que hasta que no cesara la tormenta ellos no se moverían de allí. Nada estaba saliendo bien.

Moisés siguió enredando al sacerdote hasta que me dio la señal para empezar el operativo. Me acerqué al cura, le puse mi pequeño cuchillo en el costado y le dije con autoridad:

—Quédese tranquilo, padre, y no le haremos daño.

El hombre se puso muy nervioso y me dijo:

—Puedo hablar con la dirección para que les permita realizar su culto sin problemas. No hay que llegar a esto, hijos.

—Tranquilo, padre, síganos callado. Si llega a decir algo lo corto aquí para que se desangre.

Lo agarré del brazo y me lo llevé conmigo. Cuando entré al pabellón, Atila recibió al sacerdote diciéndole:

—Aquí nadie es católico, padre, así que mejor se queda quietecito y en silencio.

El sacerdote estaba temblando y no entendía qué estaba ocurriendo. Creía que todo ese alboroto era por una rencilla entre feligreses de un bando y del otro.

Atila dio entonces la orden de atacar a Patiño, que ya estaba comprado, para tomarnos nuestro patio. Pero resulta que un hombre nos trajo una información con la que no contábamos:

—Patiño no está.

—¿Cómo? —preguntó Atila con el ceño fruncido.

—Se reportó enfermo, jefe.

—¡Hijo de puta! ¡Traidor! Pues atacamos al que esté y luego nos lo llevamos con el sacerdote.

Eso fue lo que hicimos. Regresamos a la puerta del patio con el cura y el religioso le dijo al guardia:

—Vamos a definir lo de una misa y un culto al mismo tiempo. El director me está esperando.

El guardia de turno cayó en la trampa y abrió la reja para dejar pasar al sacerdote. En ese momento, Moisés encaró al guardia y le puso un punzón en el cuello:

—No se vaya a hacer quebrar, parce —le dijo con aplomo.

—Tengo una niña recién nacida, por favor —suplicó el hombre levantando las manos.

Le quitamos el revólver y avanzamos con los dos rehenes. Éramos Atila, uno de sus viejos hombres de confianza, Moisés, tres de los feligreses de Congregación Saudade y yo. El resto estaba listo para armar una revuelta apenas recibieran la señal. No paraba de llover. Cuando llegamos al ayudante del guardia le dijimos enseguida:

—Abra la reja o quebramos a estos *manes* —le dije mostrándole el cuchillo en el cuello del sacerdote.

El guardia retenido le dijo también:

—Hermano, abra eso. Tengo una hija recién nacida. No me puedo morir hoy.

El hombre estaba en la nómina de Atila y abrió sin dudarlo. Nos llevamos a los tres rehenes con nosotros hasta la zona de ingreso. Todo iba según lo planeado, excepto que llevábamos retenido a un guardia distinto de Patiño.

En ese momento, Atila envío a su hombre de confianza de regreso y le indicó:

—Dígale al resto que las rejas están abiertas, que si quieren seguirnos no hay lío. Que empiecen la revuelta.

El tipo asintió, dio media vuelta y se fue corriendo.

Nosotros alcanzamos la zona de ingreso. Los rehenes iban a rastras y nos paramos frente a los guardias. Atila les ordenó:

—Abran la reja o matamos a estos hombres aquí mismo.

Los tipos no sabían qué hacer y se quedaron quietos.

—¡Abran! —les ordenó de nuevo Atila.

Los guardias seguían dudando. Entonces el jefe mostró todas sus credenciales y les dijo con su sangre fría habitual:

—Mírenme bien, no me vayan a quitar los ojos de encima.

Y agarró del pelo al sacerdote, lo arrastró hasta la reja que nos dividía y me ordenó:

—¡El cuchillo!

Le pasé un cuchillo que habíamos pulido en los talleres. Atila pegó la cara del sacerdote a la reja y empezó a cortarle la oreja derecha con fuerza hasta que finalmente se la desprendió por completo de la cabeza. El hombre dio alaridos de dolor. Atila agarró la oreja y se las arrojó a los guardias, que estaban pálidos. El sacerdote aullaba como un animal.

—Abran la reja o mutilaremos a todos estos hombres aquí mismo —dijo Atila con la voz pausada, sin alterarse.

El guardia que estaba de rehén gritó energúmeno:

—¡Torres, abra esa puta mierda! ¡Ya!

Atila pidió que le pasaran el revólver que le habíamos quitado al guardia de nuestro patio. Uno de los hombres de

Congregación Saudade se lo entregó. Entonces el jefe se acercó de nuevo al sacerdote, que estaba empezando a vomitar, le puso el revólver en la sien y le descerrajó un tiro ahí mismo. El cuerpo quedó convertido en un muñeco de trapo que se escurrió hasta el suelo. Varios pedazos de cráneo y de sesos se desparramaron por el lugar. Atila les apuntó a los guardias y les advirtió de nuevo:

—Última oportunidad o los quiebro a ustedes también.

Los guardias levantaron la mano y dijeron:

—Ya, ya, no dispare...

Estaban pálidos de ver cómo a Atila no le había temblado la mano para mutilar y asesinar a un sacerdote. Abrieron la reja con las manos temblorosas haciéndose a un lado y arrojando sus armas al piso. Cruzamos usando a los rehenes como escudos. El sacerdote quedó en el piso con la cabeza estallada y sin una oreja. Nosotros avanzamos en medio de la lluvia, los rayos y los truenos. De ese modo logramos cruzar la zona de ingreso y salimos a una de las calles laterales que rodeaba la penitenciaría. Nos faltaba el último tramo.

Los carros que se supone nos esperarían en esa zona no estaban. Algo había sucedido y tendríamos que caminar hasta la avenida principal, donde quedaba la garita de entrada. Miramos hacia atrás y venían varios reclusos corriendo detrás de nosotros. Se habían aprovechado de la situación y estaban buscando una oportunidad para escaparse también.

Moisés y yo golpeamos a los rehenes en la cabeza y los arrojamos al piso. Ya no nos eran útiles. Luego nos dirigimos caminando en medio del aguacero hacia la garita. En ese momento escuchamos los primeros disparos, que se confundían con los truenos de la tormenta. Era una balacera en la que se alcanzaban a detectar varias ráfagas de metralleta. Seguramente, los hombres de Atila estaban siendo repelidos en la garita y por eso no pudieron ingresar.

No sabíamos qué hacer. Hacia atrás había guardias armados y hacia adelante también. Estábamos atrapados.

3

Decidimos movernos en bloque hasta quedar a pocos metros de la garita principal. Desde ahí pudimos darnos cuenta de que los hombres de Zafiro estaban baleando a los guardias sin darles ni siquiera tiempo para respirar. Era un ataque frontal con varios tiradores disparando sin cesar. Por fin lograron matar a los guardias y nosotros avanzamos hasta la garita y salimos por fin a la avenida principal. Íbamos a distribuirnos en las cinco camionetas que habían llegado a recogernos, cuando de repente vimos varias patrullas de la Policía que venían a reforzar la seguridad de la cárcel. Los hombres de Zafiro recargaron sus armas y recibieron a los agentes a plomo. El aguacero arreciaba y vi que incluso estaban cayendo gotas de granizo. Se me ocurrió decirle a Moisés:

—Tenemos que irnos de aquí. Movámonos ya.

—Pero ¿cómo? —me replicó Moisés.

—Saltemos la cerca de alambre y vámonos por los potreros.

—¿Sabes por dónde salir?

—Sí.

—Listo, vamos.

Moisés se acercó a sus hombres y les dijo que se quedaran en los carros. Yo di unos pasos hasta donde estaba Atila y le dije:

—Sé cómo sacarlo de aquí, señor.

Él me miró fijamente y asintió.

Esos eran los terrenos donde yo había pasado mi infancia. Me conocía cada recoveco, cada hondonada en el piso y cada atajo que permitía cruzar los descampados en menor tiempo. Nos pasamos del otro lado del alambre de púas bien agachados y caminamos en medio de la tormenta, que en lugar de amainar parecía tener cada vez más fuerza. Rodeamos la avenida principal donde estaba la policía enfrentada a los hombres de Zafiro. Salimos bien adelante y cruzamos de nuevo la avenida en sentido contrario. Había un trancón de tráfico y la gente se acercaba a las ventanillas de los buses y los carros para ver qué era lo que estaba sucediendo frente a la cárcel. También había varias motocicletas e incluso gente en bicicleta con capas de plástico para protegerse de la lluvia. Volvimos a ingresar a campo traviesa y subí hacia mi antiguo barrio por las laderas y los callejones más deshabitados. Llegué hasta la casa de mi familia y me di cuenta enseguida de que estaba abandonada. Nadie la había ocupado. Me alegró saberlo. Se veía un poco destartalada y los marcos de las ventanas y las puertas estaban oxidados.

—¿Qué diablos estamos haciendo aquí? —dijo Atila escurriendo agua por todas partes.

—Es mi casa de infancia —dije con seguridad—. Es un refugio seguro.

Rompí la ventanita de la cocina, corrí un seguro interno y desmonté uno de los vidrios, como lo habíamos hecho con mi madre un par de veces que dejamos las llaves adentro. Entré sin problemas y les indiqué a Atila y a Moisés que hicieran lo mismo. Por fortuna, ninguno era gordo y cupimos por el hueco hasta caer del otro lado, donde estaba la alacena en la que solíamos guardar las frutas y las verduras. Caminamos hasta la sala y nos arrojamos sobre los asientos muertos de cansancio. No solo era el esfuerzo físico que habíamos realizado caminando en medio de la tormenta, sino la presión y los nervios que había significado la fuga.

Mi casa estaba intacta, como la dejé años atrás. El único cambio era que todo estaba cubierto por una película de polvo. Pero no me habían robado ni invadido el predio. Fui hasta el armario y les traje dos toallas para que se secaran. Luego les presté ropa seca porque el frío cortaba la piel. A Moisés le quedaba bien mi ropa y a Atila le traje un bluyín, una camiseta y un saco de mi papá, que era un poco más bajito que yo. Afuera el cielo estaba cerrado y la noche se empezaba a insinuar entre las sombras.

—Así que esta era tu casa —comentó Atila respirando con normalidad por primera vez en muchas horas—. Con razón te moviste con tanta seguridad.

—No me han robado, menos mal —dije yo muy satisfecho de que la fuga se hubiera logrado.

—¿La guardia no tiene esta dirección registrada? —preguntó Moisés.

—Nones —le respondí yo negando con la cabeza—. No tienen cómo ubicarnos aquí.

—De todos modos, hay que movernos rápido —aseguró Atila con cierta preocupación en la voz.

—Apenas podamos, le avisamos a Zafiro —dije yo echando un ojo hacia afuera y constatando que no había ningún movimiento raro en la calle.

—Lo mejor es que salga yo antes de que aparezcan en las noticias las reseñas de todos nosotros —dijo Moisés recostándose en uno de los asientos.

Fui a la cocina y, como era apenas obvio, me di cuenta de que no teníamos agua, ni luz ni gas. Estábamos completamente a oscuras porque ya se había hecho de noche. Tampoco teníamos nada para comer. Por un momento, una andanada de recuerdos me llegó a la cabeza: mi padre viendo sus noticieros de televisión esperando que dijeran algo acerca de la huelga, mi madre cortando telas y trabajando siempre frente a su máquina de coser, y yo por ahí, leyendo libros que me traía de la biblioteca del colegio o viendo televisión mientras soñaba con volver a tener a Salomé entre mis brazos. En esa casa humilde estaba mi pasado intacto.

Regresé a la sala y les dije con la mayor tranquilidad de que fui capaz:

—No hay agua, ni luz, ni comida, ni gas. No hay nada. Lo único bueno es que no deben tener ni idea por dónde nos escapamos.

—Teníamos una avioneta y la perdimos —dijo Atila.

—¿Cómo? —preguntó Moisés con curiosidad.

—Zafiro nos tenía lista una avioneta en Guaymaral para llevarnos al Eje Cafetero.

—Pero logramos fugarnos y estamos vivos —dije yo sonriendo.

—Es verdad —dijo Atila sonriendo por primera vez en todo el día.

No teníamos un solo peso para comprar agua y algo de comer. Lo único que se le ocurrió a Atila fue quitarse el reloj y entregárselo a Moisés:

—Es un Rolex original. Vale un billete largo. Intenta conseguir comida y comprar un celular barato con minutos.

—¿Se sabe el número de alguien para llamar? —pregunté yo mirando a Atila.

—El de Zafiro, claro. Ah, y le pido un favor muy grande, Moisés: tráigame una cajetilla de cigarrillos, por favor. De la marca que sea, no me importa.

Le presté una cachucha a Moisés para que no fuera a llamar tanto la atención y salió por la misma ventanita de la cocina por donde habíamos entrado. Nos quedamos Atila y yo solos. Me dijo apenas se fue Moisés:

—Ya van dos veces que te debo la vida.

—Lo logramos, jefe. Pero debo confesarle algo: me impresionó mucho lo que hizo con el sacerdote.

—Es la adrenalina. Si no lo hubiera hecho, esos tipos no habrían abierto la reja jamás.

—Pero matar a un cura es algo a lo que le teme todo el mundo. Es como una maldición.

—Según... Moisés estaría de acuerdo en que esos pederastas con sotana son el demonio en persona.

—Y el puto del Patiño seguro nos echó al agua, porque no es normal que hubieran llegado refuerzos tan rápido.

—A ese ya le ajustaremos las tuercas. Lo importante ahora es encontrarnos con nuestra gente.

—Zafiro debe estar muy preocupada.

—No es para menos. No sabe nada de nosotros.

La temperatura seguía bajando. Fui por dos cobijas al cuarto de mi mamá. Atila seguía echado en el asiento con los pies sobre la mesita de centro de la sala. Por un momento tomé conciencia de la importancia de la escena: un capo de verdad, uno de los duros del país, sentado en la sala de mi casa conversando conmigo como si fuéramos viejos amigos. Sentí que me estaba fugando no solo de la cárcel, sino del infierno que había significado mi vida hasta ese momento.

Al poco rato llegó Moisés con dos pollos asados con papas y dos litros de gaseosa, dos garrafas de agua, tres cepillos de dientes y un tubo de crema, un rollo de papel higiénico, cigarrillos, fósforos, un celular que consiguió en una tienda del barrio y una SIM card nueva con cinco minutos recién recargados.

—¿Cuánto te dieron por el reloj? —preguntó Atila intrigado.

—Seiscientos mil.

—Putos ladrones. Vale treinta millones.

—Sin ánimo de polemizar, patrón, yo prefiero este pollo que ese aparato, por muy fino que sea —le respondió Moisés abriendo las bolsas donde venía la comida—. El reloj no nos hubiera quitado el hambre ni la sed.

Atila soltó una carcajada y dijo:

—Así es, qué carajo, vamos a comer.

El aroma invadió el lugar. Yo empecé a salivar.

Nos lanzamos sobre los dos pollos como si fuéramos animales hambrientos. Comíamos con la mano y nunca en mi vida una comida me supo tan rica. Luego nos bebimos los dos litros de gaseosa.

Moisés nos contó que todo el barrio estaba hablando de la fuga y de la balacera frente a la garita de la cárcel. Decían que se había escapado un capo y que varios de los guardias estaban heridos o muertos. El noticiero de la noche dio un adelanto de la noticia, pero aún no aparecían nuestros nombres ni nuestros rostros en las pantallas.

Nos dieron ganas de orinar a los tres y les dije que nos tocaba salir por la misma ventana de siempre a la parte trasera de la casa. Ahí había unos arbustos y nadie se daría cuenta. No podíamos hacerlo en el baño porque no teníamos agua. Atila dijo que él no pensaba salir porque todavía seguía lloviendo. Le daba miedo enfermarse después de haber estado bajo la tormenta durante horas. Dijo que pensaba orinar en las botellas vacías de gaseosa.

En efecto, Moisés y yo orinamos afuera y el jefe se fue para el baño y orinó en una botella. Luego de desocupar nuestras vejigas nos concentramos en el celular que había traído Moisés. Atila marcó el número de Zafiro y esperamos expectantes en medio de la oscuridad. El jefe seguía bajo la cobija protegiéndose del frío. El celular timbró varias veces y nada, nadie contestó. Entonces Atila dejó un mensaje de voz muy sobrio:

—Llámame a este número, soy yo.

A los pocos segundos entró la llamada de ella. Escuchamos a Atila que decía:

—Lo logramos, estamos bien. Estamos Bruno, Moisés y yo escondidos. ¿Puedes enviar a alguien a recogernos?... *Okey*... Qué vaina... Allá me explicas... Ya te lo paso para que te dé las indicaciones...

Me pasó el celular y yo le di la dirección a Zafiro aclarándole que no fueran a llamar la atención. Lo mejor era salir como habíamos llegado: a escondidas. Ella me dijo que estuviéramos pendientes del celular por si tenían que avisarnos algo.

Después de colgar, Atila se hizo junto a la ventana de la cocina, abrió su paquete de cigarrillos y encendió uno saboreándolo de un modo muy especial, paladeándolo y disfrutando de la sensación del humo en la boca y la garganta.

—Lo dejé hace muchos años —dijo con nostalgia—, y no hay día en que no lo extrañe. Fumar para mí era parte de los grandes placeres de la vida.

—Supongo que su hija se lo prohibió —comenté yo acompañándolo junto a la ventanita de la cocina.

—Me suplicó que lo dejara porque me necesitaba y no quería quedarse sola siendo tan joven. Probé mil métodos hasta que por fin lo logré.

—Hoy se lo ganó a pulso, jefe.

Atila siguió fumando en silencio, llenando sus pulmones de humo con una sensación de placer difícil de describir. Luego me dijo como si fuera un padre hablando con un hijo:

—Eres muy valiente y decidido. ¿Tenías orquestado esto desde el comienzo como un plan B?

—No, señor. Se dio sobre la marcha. Tuvimos que improvisar.

—Fue una decisión brillante. Nos hubieran capturado seguro. En circunstancias así es que se nota si uno ha leído bien a los grandes estrategas.

—La tormenta nos ayudó mucho.

Él terminó su cigarrillo y regresamos a la sala, donde estaba Moisés descansando. Esperamos en la sala, en la penumbra, y Atila no pudo evitar quedarse dormido. Era ya un hombre viejo y estaba exhausto, no podía más. Roncaba de vez en cuando y Moisés y yo no pudimos dejar de sonreír. Estuvimos pendientes del celular, pero nadie volvió a llamarnos.

Dos horas después llegó una camioneta y el celular sonó por fin. Contesté al segundo timbrazo. La voz de Zafiro sonaba clara:

—Llegamos.

—Ya salimos —le dije en voz baja.

Despertamos a Atila, cruzamos la ventana de la cocina, rodeamos la casa y caminamos unos cuantos pasos hasta la camioneta. Nos metimos en la parte trasera y el carro arrancó. Noté que en la esquina había dos motos parqueadas con los faros apagados. Zafiro, que iba en el puesto del copiloto, me aclaró:

—Son dos de los nuestros. Los trajimos de apoyo. Por si acaso.

La camioneta empezó el descenso hacia la avenida principal. Las dos motocicletas venían a una distancia prudente. Seguía lloviznando y las calles estaban convertidas en largos riachuelos que bajaban desde la montaña. Marruecos estaba inundado.

TERCERA PARTE

Las puertas del cielo

El empuje del agua que zarandea las rocas.

SUN TZU

CAPÍTULO I

Legítima defensa

1

La noticia de la fuga le dio la vuelta al mundo. Los periodistas decían que los narcos hacían lo que les daba la gana, que el Estado no era eficiente y que la democracia estaba cooptada por los mafiosos. El operativo dejó cuatro guardias muertos y cinco heridos graves. Del lado nuestro solo había muerto un hombre y tres estaban con heridas que no necesitaron hospitalización. Ese hombre muerto era alguien que Zafiro estimaba mucho. Algo que me sorprendió es que solo hablaban de Atila. Nuestros nombres nunca aparecieron ni en los noticieros de televisión ni en la prensa escrita.

La noche de la fuga nos llevaron a una casa en las afueras de la ciudad, en Subachoque, un pueblito apacible de la sabana de Bogotá. Esa hacienda no estaba a nombre de la familia, sino de un testaferro, y por eso las autoridades no la tenían detectada. Se llamaba La Ponderosa y quedaba en la vereda La Pradera. Estaba rodeada de hombres armados que procuraban no llamar la atención: se escondían detrás de los árboles o en garitas que no permitían ver quién estaba dentro.

Lo primero que hicimos fue dormir durante muchas horas y nos levantamos a las diez de la mañana del día siguiente. Zafiro nos indicó que podíamos quedarnos unos cuantos días mientras recuperábamos fuerzas, pero que teníamos que movernos pronto antes de que algún soplón soltara la información de dónde estábamos escondidos. Atila se levantó de buen humor, estaba recién bañado y afeitado, y nos abrazó apenas nos vio en la cocina esperando que nos sirvieran el desayuno.

—Muchachos, a partir de este momento ustedes son de mi familia —nos dijo con sinceridad—. Ayer dimos una lección de entereza. Hoy todos nos respetan un poco más.

Desayunamos copiosamente y entonces Zafiro nos indicó:

—Vamos a sacarlos a ustedes dos del país con documentos falsos por unas cuantas semanas. Mientras pasa la tormenta. Luego nos volvemos a reunir y planearemos una nueva estrategia para apoderarnos del mercado.

Moisés y yo asentimos sin decir nada. Zafiro continuó:

—Necesito saber cómo quieren llamarse.

Moisés pensó unos cuantos segundos y dijo:

—Malcolm Guillén.

—¿Y eso? —preguntó Zafiro sonriendo.

—Es por Malcolm X, un líder del movimiento afro en Estados Unidos, y por Nicolás Guillén, un poeta negro latinoamericano.

—¿Y tú, Bruno? —me preguntó ella mirándome a los ojos.

Pensé en rendirle un homenaje a mi madre, que nunca había dejado de batallar, ni siquiera cuando la vida la había enterrado en su silla de ruedas, y entonces dije con seguridad:

—Yordano Sastoque. Así se llamaba mi mamá y ese era su apellido.

Zafiro tomó notas de los nombres en un papel y se lo pasó a uno de sus hombres. Luego nos indicaron que podíamos bañarnos y que nos habían mandado traer ropa de nuestra talla para cambiarnos. Fue increíble estar por primera vez en cinco años en un baño con ducha caliente, jabón líquido y champú espumoso. Sentí que la vida me volvía a sonreír.

En las horas de la tarde llegó una señora con aspecto de ama de casa de clase media y nos tomó varias fotografías y las huellas dactilares. Era la falsificadora de documentos.

Estuvimos en La Ponderosa tres días. Descansamos, vimos noticias, aprendimos a jugar ajedrez con Atila, y al término del tercer día nos reunimos en el estudio de la hacienda y Atila nos preguntó a Moisés y a mí:

—¿Cómo se sienten?

Ambos respondimos que bien, que ya estábamos recuperados. Entonces él nos explicó:

—Acaba de caer Patiño. Le hicimos la persecución y anoche un comando nuestro especial lo acribilló frente a su casa. No eliminamos a su familia porque el tipo la sacó de la ciudad, pero él no se salvó.

Nos alegró la noticia. Ese miserable nos había traicionado en el peor momento. No era justo que se quedara tan tranquilo. El jefe volvió a decirnos:

—Ya sé quién fue el que dio la orden de matarme en la cárcel. Es un coronel del Ejército, un cabrón que hizo una fortuna conmigo. Tiene miedo de que en algún momento yo saque las pruebas de su complicidad con nosotros. Ahora está trabajando con otra gente y creyó que podía borrarme del mapa, así como así.

Moisés y yo nos quedamos callados escuchando. Él continuó:

—Quería preguntarles cómo se sienten para dar el último golpe antes de salir del país. No quiero abusar de ustedes.

—Yo estoy listo, jefe —dije sin dudarlo.

—Yo igual, patrón —dijo Moisés.

—Perfecto. Zafiro les dará todas las indicaciones. Nos dejaremos de ver por unas semanas, pero después nos reuniremos para celebrar como debe ser. Tenemos que hacer una fiesta.

Nos despedimos con un abrazo y Zafiro pasó por nosotros esa misma noche. Nos entregaron a cada uno un morral con una muda de ropa completa, dos tiquetes a Quito ida y vuelta, utensilios de aseo y cinco mil dólares en efectivo. Nuestras cédulas de ciudadanía y nuestros pasaportes falsos con los nuevos nombres estaban listos también.

Pasamos la noche en un hotel de Chapinero en el que habían hecho las reservas con los nuevos nombres. Dormimos solo cuatro horas. Luego nos dirigimos a un laboratorio clínico. El coronel tenía que hacerse en ese lugar unos exámenes médicos a las ocho de la mañana. Estábamos en una camioneta esperando y, cuando el militar apareció, Zafiro nos entregó dos revólveres 38 cortos y nos dijo:

—Ese es el hombre. Va escoltado a todas partes, pero aquí entra solo con un guardaespaldas.

—Yo me encargo del coronel —dije sin pensarlo.

—Yo del guardaespaldas —afirmó Moisés sin inmutarse.

—Los estaremos esperando en la esquina —dijo Zafiro—. Si algo sale mal, regresen al mismo hotel y los recogemos allá.

—*Okey* —dije yo sintiendo cómo una corriente de adrenalina empezaba a recorrerme el cuerpo entero.

Nos bajamos del carro y entramos a los laboratorios clínicos. Llevábamos las armas metidas en la parte trasera del pantalón. El coronel estaba presentando en una ventanilla la orden de sus exámenes. El guardaespaldas estaba a tres metros de él y consultaba su celular todo el tiempo. Eso significaba cierto nivel de despiste que nos convenía. Le dije a Moisés:

—Si cogen el ascensor lo hacemos ahí.

Moisés asintió.

En efecto, tenían que subir a un piso superior. Sostuve a Moisés del brazo, como si él estuviera muy enfermo, y nos hicimos frente al mismo ascensor. Por fortuna, no había más pacientes con nosotros. Entramos al ascensor y, apenas se cerraron las puertas, sin darles tiempo a que reaccionaran, disparamos nuestras armas contra ellos. Fue una acción fugaz, de pocos segundos, y los tipos quedaron tirados en el piso, donde los rematamos con dos disparos a la cabeza. Cuando el ascensor se abrió, los enfermos que estaban esperando arriba para bajar empezaron a gritar y a pedir ayuda. Moisés y yo nos escapamos rápidamente por las escaleras, alcanzamos la salida de los laboratorios y caminamos normalmente hasta la esquina, donde estaba Zafiro esperándonos con la camioneta encendida. Nos subimos al carro y el conductor arrancó.

—¿Qué tal? —preguntó ella mirándonos por el retrovisor.

—Perfecto —dije yo dándome cuenta de que tenía la camiseta empapada en sudor.

—Denme los revólveres. Hoy mismo los desaparecemos. Tenemos a alguien que se encargará de borrar las cámaras de vigilancia. No les dejaremos una sola pista.

Le entregamos las dos armas. Zafiro sonrió y yo la vi más bella que nunca. Llevaba el cabello recogido atrás en una cola de caballo y respiraba normalmente, sin nervios ni estrés de ninguna clase. En ese momento comprendí que la verdadera jefa era ella porque había heredado el temple de su padre.

2

El mismo día que eliminamos al coronel nos escondimos en un apartamento al norte de la ciudad por unas cuantas horas. Ahí Moisés se rapó el afro y yo me pinté el cabello de rubio y me puse unas gafas de carey que me daban un cierto aire de intelectual. Realmente, parecíamos otros. Nuestros pasaportes y cédulas estaban en orden y Zafiro nos aconsejó comprar libros y revistas en el aeropuerto, como si fuéramos dos tipos universitarios que se van de vacaciones. Y eso fue exactamente lo que hicimos.

Zafiro nos dijo cuando nos despedimos:

—Allá los está esperando alguien de confianza. Los iré a visitar dentro de poco.

Nos dejaron en el aeropuerto y la verdad era que ni Moisés ni yo habíamos viajado nunca en avión. Estábamos un poco nerviosos debido a nuestra ignorancia, pero nos acercamos a información y una señorita muy amable nos indicó por dónde ingresar al área internacional. Pasamos la revisión de los pasaportes sin problemas y luego buscamos la sala que nos correspondía. Cuando ya entramos al avión, ambos teníamos la sensación de estar en una película.

Cuando el avión despegó estábamos sorprendidos de tanta belleza. La ciudad se veía abajo como si fuera un pesebre, con sus luces titilantes y sus carros creando trancones en las avenidas, y luego entramos en las nubes y desaparecimos en medio de la oscuridad.

En algún momento le pregunté a Moisés:

—¿No tienes problema en matar y en ser pastor?

—Estamos luchando contra el demonio, acuérdate.

Hice un gesto de aprobación. Miré por la ventanilla. A veces se veía allá abajo una serie de pequeñas lucecitas perdidas entre las tinieblas. Tal vez Moisés tenía razón: quizás allá abajo ese mundo estaba gobernado por monstruos y demonios, y nosotros lo único que estábamos haciendo era defendernos como podíamos.

Quito nos recibió con los brazos abiertos. La gente de Atila y de Zafiro nos condujo hasta un pequeño apartamento en la zona colonial, en la calle Galápagos, muy cerca de la Basílica del Voto Nacional. Abrimos una cuenta bancaria y de inmediato nos depositaron a cada uno cincuenta mil dólares. Cuando pregunté si había sido un error, nos dijeron que eso era solo una parte. Luego nos consignarían el resto.

Compramos ropa, celulares, dos computadores portátiles, útiles de aseo a nuestro gusto, recorrimos las catedrales y los conventos aprendiendo del arte colonial de la ciudad, y en realidad parecíamos dos turistas adinerados disfrutando de su juventud.

En algún momento, Moisés me dijo con cierto aire de picardía:

—*Bro*, yo no sé tú, pero yo no he hecho sino soñar todos estos años con estar con una mujer.

—El problema es que es muy arriesgado ir a meternos en un burdel. Llamaríamos de inmediato la atención.

—¿Pero no sueñas con una mujer entre tus brazos?

—Claro, *bro*, pero esos son los típicos errores de los novatos. ¿Cómo agarraron a varios de los viejos narcos? Con modelos y damas de compañía.

—Sí, yo sé, no podemos defraudar la confianza que el jefe está depositando en nosotros.

—Exacto, debemos comportarnos con mesura, como unos profesionales y no como los muertos de hambre que somos.

Decidimos contactar a dos chicas por internet, dos *escorts*. Cuando llegaron al apartamento teníamos dos botellas de *whisky*, algunos pasabocas y gaseosas y jugos en la nevera. Escuchamos música, bailamos un rato y luego cada uno se fue para su habitación con la chica que había contratado. La mía era una mujer trigueña muy dulce que me trató como si fuera su novio y no su cliente. No puedo negar que lo disfruté mucho, pero al final, después del acto, me entró una tristeza profunda, una sensación de vacío que me hundió en una depresión que no pude controlar.

—¿Qué te pasa? —me preguntó ella acercándose para abrazarme.

—No sé, lo siento, debe ser el cansancio.

—¿Quieres que me vaya?

—Sí, gracias, prefiero estar solo.

La chica llamó un taxi y se fue. La verdad era que extrañaba con todo mi ser a Mara. Durante los años encerrado me había dicho que ella era ya parte de un pasado remoto y que ojalá se hubiera casado y fuera muy feliz. Me terminé convenciendo de esa idea quizás porque era lo que necesitaba para poder sobrevivir. Pero no era verdad: en el fondo de mí la seguía amando con locura y acababa de darme cuenta de cuánto la extrañaba. Además, sabía que estaba en un parque natural en Ecuador, ahí, en el mismo país donde yo estaba ahora.

Moisés amaneció con la otra chica y ella se fue después del desayuno feliz, radiante, haciéndole prometer a mi amigo que la llamaría pronto. Cuando nos quedamos solos, él, sonriente, renovado, me preguntó:

—¿Cómo te fue anoche, hermano?

Le dije la verdad, que había estado bien, pero que no había podido quitarme de la cabeza el recuerdo de Mara. Moisés se puso muy serio y me dijo:

—No es justo que la vuelvas a buscar.

—Lo sé, lo sé. Fresco, no lo voy a hacer. Lo tengo muy claro. Pero la verdad es que sigo enamorado de ella. ¿Qué hago, viejo? No te puedo mentir.

—No volvamos a tocar el tema. No me vayas a preguntar por ella, ni me pidas el número ni nada. Tampoco empieces a revisarle las redes sociales y a comerte el coco.

—Seguro.

—Déjala en paz.

—Prometido, fresco.

A las pocas semanas de estar en Quito nos mudamos de apartamento por seguridad. Esta vez nos fuimos a un edificio de clase alta al frente del parque La Carolina. Teníamos un centro comercial muy cerca y una serie de restaurantes elegantes donde aprendimos a comer bien. Después de haber estado encanados cinco años, esos lugares y esa nueva rutina nos parecían de película, como si fuéramos personajes de cine dándose la gran vida.

Un domingo, gracias a los contactos de Moisés, fuimos a un culto que quedaba en una comuna muy popular llamada La Bota. En la parte alta había un barrio, El Comité del Pueblo, y en una especie de bodega nos encontramos con unos feligreses que eran seguidores del pastor Ferreira. En algún momento le pidieron a Moisés que dijera unas palabras y él pasó al frente y dijo con vehemencia:

—Queridos hermanos, gracias por la hospitalidad. Nos hemos sentido como en casa y es grato saber que nuestros pueblos son fraternos, que somos los mismos pobres, los mismos indios, los mismos negros. Tal vez los ricos sientan las distancias.

Pero nosotros no, nosotros nos reconocemos en cualquier parte y nos identificamos enseguida. Siento como si hubiera hablado en esta congregación toda la vida.

La gente lo aplaudió enseguida. Él continuó:

—Queridos hermanos, me gustaría dejarles hoy un mensaje muy breve. Nos han enseñado a respetar el sistema y nos han dicho que cualquiera que se esfuerce puede triunfar, que las oportunidades son para todos por igual. Eso no es cierto. Los de arriba han diseñado el establecimiento para que los beneficios les queden solo a ellos. Educan a sus hijos en los mejores colegios mientras nuestros hijos apenas aprenden a leer y a escribir. Ya desde allí empieza la segregación. Los hijos de ellos hablan varios idiomas y alcanzarán las mejores becas y los mejores puestos. Nuestros hijos jamás podrán competir en igualdad de condiciones. Nuestros hijos tendrán puestos miserables mientras ellos serán los gerentes de las grandes empresas. Nuestros hijos serán operarios o si acaso ocuparán mandos medios, mientras que ellos se alzarán con todos los privilegios, como lo han venido haciendo desde hace siglos. Pero la Palabra del Señor ilumina, la Palabra otorga poder y es nuestra fuerza. Dios nos ha dado el Verbo para que nosotros lo utilicemos como antorcha, para que entendamos que en esa Palabra Sagrada está nuestro verdadero destino. Hay que despertar. Tenemos que emanciparnos. El tiempo se acorta, hermanos, el advenimiento de un nuevo mundo es inminente. El Reino está cerca. Y por eso debemos unirnos y estar preparados para la batalla que se aproxima. Porque nuestra aparente debilidad es en realidad nuestra mayor fuerza.

Todos corearon con entusiasmo:

—¡Porque nuestra debilidad es nuestra fuerza!

No había la menor duda: Moisés tenía un poder interno que afloraba cuando hablaba en público o cuando cantaba, y Ferreira no se había equivocado en dejarlo al mando de Congregación Saudade en la cárcel.

Un mes después de nuestra salida del país llegó Zafiro a Quito y nos dio buenas noticias: habían dejado de perseguir a Atila y la fuga era ya una cosa del pasado. Nadie hablaba del tema en la prensa y la gente del negocio reconoció que él estaba de vuelta. El panorama cambió radicalmente y ahora los vientos soplaban a nuestro favor.

El jefe nos había consignado cien mil dólares más a cada uno y entonces Zafiro, junto con un contador y una empresa fantasma que estaba radicada en Manta, nos hizo pasar como exportadores de atún. Nos dimos cuenta de que en Ecuador fluía una enorme cantidad de dinero proveniente del tráfico de drogas y que era una especie de paraíso fiscal ideal para el negocio. Las rutas de Australia y de Nueva Zelanda estaban vigentes y Zafiro las estaba revitalizando. Todo marchaba mucho mejor de lo esperado.

En una conversación que tuvimos con ella una noche, nos pidió que le dijéramos cómo nos veíamos hacia adelante, qué expectativas teníamos dentro de la organización.

—Lo que el jefe decida estará bien para mí —dije de manera automática.

Zafiro miró entonces a Moisés y él respondió con cierta turbación:

—He estado en contacto con el pastor Ferreira y él me está pidiendo que me vaya para allá.

—¿Y eso quieres? —le preguntó Zafiro con afecto.

—Me atrae mucho el proyecto de la Nueva Jerusalén, de una nueva Sion dirigida solo por nosotros, los humildes.

—Podrías ser nuestro enlace en Brasil —dijo Zafiro tomando notas en una tableta electrónica—. Sé que mi papá y Ferreira se hicieron buenos amigos gracias a ti.

—No quiero que usted y el jefe vayan a pensar que soy un desagradecido.

—Ni más faltaba, cómo se te ocurre. Sabemos que eres un hombre de fe. Voy a cuadrar todo para tu viaje y solo te pedimos que sigas en contacto permanente con nosotros y que le digas a Ferreira que somos los dos brazos de un mismo cuerpo.

Tres días después estaba en el aeropuerto de Quito despidiendo a Moisés, que viajaba para Río de Janeiro con una maleta elegante y muy bien vestido. Nos abrazamos con fuerza y le dije al oído:

—Seguimos siendo familia, acuérdate.

Él me respondió con un gesto de preocupación:

—Mara me preguntó por ti. Quería saber si estabas bien. Le dije la verdad, que estás libre y recuperándote. Si aún la quieres, mantén tu promesa: aléjate de ella.

No esperó mi respuesta. Entró a la sala internacional y desapareció entre los demás viajeros.

3

Estuve tres meses más en Ecuador, viajando de una ciudad a otra y aprendiendo de cómo el negocio prosperaba no solo en cuanto a las exportaciones de mercancía, sino también en cómo se debía diseñar toda una infraestructura de empresas, cadenas hoteleras, minería, servicios de transporte e inversiones inmobiliarias que ayudaban a lavar y a reinvertir todas las ganancias, que eran cada vez mayores.

Mientras tanto, Moisés se instaló en Río de Janeiro y se convirtió en la mano derecha del pastor Ferreira. Hablábamos varias veces a la semana y me decía que estaban conformando un verdadero ejército, un pelotón de creyentes que estaban dispuestos a todo. Me invitó varias veces a visitarlos y prometí hacerlo en cualquier momento. Por ahora, yo deseaba saber cuál sería mi lugar dentro de la organización.

Lo último que hice en Ecuador fue cumplirme a mí mismo una promesa que me había hecho cuando estaba en el calabozo. Me juré que si salía algún día de la prisión no me moriría sin conocer el mar. Así que me fui hasta Manta y me quedé tres días en la playa feliz, bañándome durante horas y practicando Tai Chi como hacía rato no había podido hacerlo. Fue un momento de plenitud infantil que nunca olvidaré.

Regresé a Bogotá y me instalé inicialmente en un hotel modesto de la zona de Chapinero. Los hombres del jefe pasaron por mí al día siguiente y me llevaron a una casa gigante en las afueras, en un lugar llamado Altos de Yerbabuena. El lugar se llamaba La Zafiro, en homenaje, claro está, a la única hija del jefe.

Cuando llegué el mismo Atila me abrazó con alegría y me dijo sonriendo:

—No sabes lo feliz que estoy de volver a verte.

—Yo también, jefe.

—Cómo te llamo, ¿Bruno o Yordano? —dijo bromeando.

Nos hicimos en una sala grande y él mandó traer un par de cervezas bien frías. Luego me pidió que le hiciera un resumen de lo que había hecho en Ecuador. Le conté cada movimiento, punto por punto. Él me pedía detalles, hacía comentarios y me decía que siguiera contándole. Cuando terminé, me dijo levantando su vaso de cerveza en alto:

—Celebro que hayas vuelto. Aquí las cosas han mejorado mucho. La fuga fue en el momento oportuno. Luego cobramos algunas cuentas y dejamos en claro que seguimos siendo fuertes. Sin embargo, la clave estaba en actuar con contundencia, pero en no llamar mucho la atención. No era fácil. Les pasamos algún dinero a los medios de comunicación para que miraran hacia otra parte. Y les llenamos los bolsillos a varios de los nuestros en la Policía y en los juzgados para que las investigaciones se queden ahí empantanadas.

—Me alegra mucho, jefe.

—¿Quedaste satisfecho con lo que te pagamos por tus servicios?

—Nunca había tenido tanto dinero, señor.

—Esto es solo el comienzo. Tengo grandes planes para ti.

—Gracias, señor.

Luego almorzamos una bandeja paisa que estaba deliciosa y pasé todo ese fin de semana recorriendo los alrededores y conversando con Atila y Zafiro, que llegó después a acompañarnos.

Recuerdo esos tres días con enorme nostalgia porque esa misma semana todo cambió de la noche a la mañana. El jefe se replegó en sus habitaciones y no quiso hablar con nadie que no fuera su hija. No pregunté nada y lo único que se me ocurrió fue esperar instrucciones mientras leía en la biblioteca de la casa. Fue entonces que Zafiro se me acercó y me dijo una noche:

—Lamento que te dejamos solo.

—No se preocupe.

—Voy a ser sincera contigo porque eres prácticamente de la familia: mi papá salió positivo para cáncer de pulmón.

—No puede ser —dije yo recordando que esa había sido, justamente, la enfermedad de mi mamá.

—Él fumó durante muchos años. Dos cajetillas de cigarrillos al día. Peor imposible. Luego lo dejó porque yo se lo pedí, pero ahí aparecieron ya las consecuencias.

—¿Y va a entrar en tratamiento?

—Ese es el problema, que está muy avanzado y él no quiere desgastarse de esa manera.

—Y entonces, ¿qué va a hacer?

—Esperar.

La noticia me cogió fuera de base y de inmediato sentí que algo se me desgarraba por dentro. No sabía por qué le había cogido tanto cariño a ese hombre. Supongo que se debía al hecho de que mi relación con Max no fue la relación de un padre con un hijo. En cambio, en la cárcel Atila y yo nos habíamos jugado el pellejo juntos y él decidió protegerme y darme una segunda oportunidad en la vida. Y eso me conmovía profundamente. No pude evitar que por primera vez en muchos años se me aguaran los ojos. Zafiro se dio cuenta y me dijo:

—Sé que lo estimas mucho.

—Más de lo que se imagina —confesé yo bajando la cabeza y mirando hacia otra parte para que ella no me viera llorar.

Al día siguiente, Atila me llamó para desayunar y me dijo:

—Sé que ya estás enterado de mi enfermedad.

—Sí, señor.

—No quiero dramatizar, Bruno. La verdad es que ya he vivido bastante. Estoy cansado.

—Pero de pronto le quedan unos años más.

—Tal vez, pero te voy a confesar algo: cuando estábamos huyendo en medio de semejante aguacero me imaginé que nos iban a disparar y que ese era el fin de todo. ¿Y sabes qué? Me pareció bien. La idea no me disgustó. Terminar en plena acción era acorde con la vida que había llevado.

—Pero sobrevivimos.

—Y hay otra idea que he venido rumiando desde hace tiempo: somos la única especie que se empeña en prolongar la vida más allá de sus posibilidades. Un león se muere cuando su cuerpo se lo indica y un ratón también. Nosotros no, nosotros insistimos en seguir con vida pase lo que pase, a cualquier precio. Y el resultado es nefasto: somos demasiados y destruimos este mundo.

—Debería pensarlo, señor.

—Ya lo hice. Dejarse morir puede ser un asunto ecológico, de salud para el planeta. Me parece bien despedirme.

—Es su vida, claro.

—Pero antes quiero pedirte un enorme favor.

—El que sea, señor.

—Quiero que cuides a Zafiro y que la protejas. Se va a quedar muy sola. Necesita a alguien en quien confiar. Estoy seguro de que tú puedes ser esa persona. Eres leal y valiente.

—Haré lo que esté a mi alcance, señor. Le doy mi palabra.

—Cuando yo no esté la atacarán y creerán que será presa fácil. Hay que plantarse bien y dar la batalla. Si ella se amedrenta se le vendrán encima.

—Perfecto, señor.

No me moví de esa casa durante los siguientes tres meses. Atila empezó a deteriorarse rápidamente. Bajó de peso y su piel tomó un color amarillento. Los médicos instalaron en la casa una especie de cuarto de hospital con todos los aparatos y los medicamentos necesarios.

Jugamos ajedrez, hablamos de Clausewitz varias veces y él me insistía una y otra vez en que Zafiro no debía esperar a ser atacada, sino que debía tomar ella la iniciativa y enviar un mensaje de que estaba al mando alguien capaz que no le tenía miedo a nadie.

—Este es un negocio de hombres. Creerán que ella es más débil. Por eso tiene que demostrar de entrada lo contrario.

Yo tomaba notas de todo lo que él me decía.

Al segundo mes, Atila tuvo que quedarse dentro de la habitación porque cualquier corriente de aire le generaba accesos de tos. Se había bajado de peso y daba la impresión de un hombre más enjuto y enclenque. Era como si se estuviera desapareciendo en el aire.

Finalmente, al tercer mes tomó la decisión de pedirle al médico que lo ayudara inyectándole una sobredosis de Midazolam y morfina que le permitiera irse en paz y sin dolor. Ese día lo sacamos en una silla de ruedas hasta el jardín. Iba con una manta sobre las piernas y una bufanda color carmín le cubría la garganta. Casi no podía hablar. Cuando el médico lo iba a inyectar se volteó y le dijo a su hija con la voz apagada:

—Fuiste lo mejor de mi vida.

Hasta ese momento, Zafiro se había mantenido fuerte y en ningún momento la vimos deprimida o lamentándose por la enfermedad de su padre. Pero cuando escuchó esas palabras se vino abajo y empezó a llorar en silencio. Cogió la mano de Atila entre las suyas y miró al doctor para que lo inyectara.

El jefe se quedó dormido y murió en paz. Se podía sentir un enorme vacío en el aire.

Cavamos una tumba en una especie de huerta que había detrás de la casa, tal y como él lo había ordenado. Estábamos reunidos un séquito de veinte hombres, más las mujeres del aseo y la cocina que lo atendieron en el último tiempo. Zafiro dijo unas palabras de despedida en una ceremonia muy breve y cerró advirtiéndonos a todos:

—Nadie puede saber lo que ha sucedido. Si alguno de ustedes llega a abrir la boca, juro aquí, sobre la tumba de mi padre, que lo mataré y exterminaré a toda su familia.

Todos permanecimos en silencio.

La muerte de Atila me produjo una sensación de sinsentido que nunca había experimentado antes. La muerte de mi padre no me había dado tiempo para entristecerme porque tuve que salir por las calles del barrio a recoger lo del entierro. Y la muerte de mi madre, de algún modo, fue un alivio, porque yo no quería seguirla viendo con los dedos heridos y magullados de tanto coser, y yendo cada mes a humillarse frente a los curas para que le pagaran una miseria por su trabajo. La extrañé, claro, pero también me alegré de que quedara libre. Ella misma me lo había confesado antes de morir. Así que esta era la primera vez que yo sentía de verdad un hueco dentro de mí y recordé una conversación que había tenido con Atila alguna tarde en la que él me dijo con esa voz ronca que tenía al final de la enfermedad:

—Irse a tiempo también es un problema de táctica militar.

4

Después de la muerte de Atila me enfermé de un dolor de muela que parecía un asunto pasajero. Pero cuando me fui a revisar, resulta que tenía una infección que había generado un absceso y tuvieron que extraer no una, sino dos muelas completas. Me sorprendió que aún se utilizara el procedimiento antiguo: coger una pinza, apretar la muela y palanquear con la muñeca hasta romperla. Aunque estaba anestesiado, fue una acción muy dolorosa y sangré durante varios minutos. Toda la zona quedó afectada. Y no me recuperé tan pronto como esperaba. Pasé varios días con fiebre, durmiendo mal y en un estado de permanente depresión. No tenía ganas de hacer nada y me la pasaba por ahí echado en un asiento o caminando por los jardines sin ir a ninguna parte. Andaba con media cara inflamada y tenía que comer solo dieta blanda: papillas, cremas y puré de papa.

Cuando el dolor pasó, me sucedió exactamente lo contrario: me dije que la vida era una sola y que en cualquier momento me podía morir. Recordé el asesinato de Max cuando era pequeño y volví a sentir la presencia de la muerte cerca, respirándome en la nuca. Entonces decidí vivir a plenitud, hacer lo que nunca había hecho hasta entonces.

Una noche me fui para un burdel en el norte de la ciudad y bebí *whisky* y bailé y metí perico varias veces, cosa que no había hecho jamás. Pedí que me pusieran *Anacaona*, de Cheo Feliciano, *Consolación*, de Roberto Roena, y *Oh, ¿qué será?*, de Willie Colón, y bailaba por toda la pista mientras cantaba con fuerza:

Oh, ¿qué será?, ¿qué será?,
que vive en las ideas de esos amantes,
que cantan los poetas más delirantes,
que juran los profetas emborrachados.
Está en la romería de los mutilados.
Está en la fantasía de los infelices.
Está en el día a día de las meretrices
y todos los bandidos y desvalidos…

Cantaba también la frase de Rubén Blades que mi papá les repetía a sus colegas de la fábrica:

—*Con la esperanza invencible del que ha sido un perdedor.*

Luego gritaba a voz en cuello:

—¡Me voy a morir, hijueputa, pero antes pienso divertirme!

Las chicas del lugar me abrazaban, me daban besos y bebían de las botellas de *whisky* que yo iba pidiendo una detrás de la otra. Me movía por la pista con cierto *swing*, con una cadencia rítmica de pasos cortos, como me había enseñado Max cuando estaba chiquito. Mi viejo bailaba como Henry Fiol en sus viejas canciones, con pasitos breves y las manos al centro. *Picoteando por ahí…*

Después terminé en una de las habitaciones del lugar con una de las chicas. Hicimos el amor de una manera automática y seguí de juerga sin parar. Dormía a pedazos, por dos o tres horas, y me levantaba con los ánimos renovados a seguir bebiendo y esnifando cocaína. A la tercera noche estuve con dos chicas al tiempo y a la cuarta con tres mujeres con las cuales terminamos abrazados desnudos en la misma cama. Estuve toda una semana en ese lugar. Mandé traer un cepillo y crema dental, y una de las muchachas del bar me compró unas cuantas camisetas para cambiarme de ropa. De vez en cuando pedía comida a domicilio y botellas gigantes de gaseosa. No salí a la calle ni un solo minuto. Me gasté cincuenta millones de pesos en esos seis días.

Al término del sexto día dos de los hombres de Zafiro me sacaron del lugar y me condujeron a la hacienda en Altos de Yerbabuena. Estuve dos días seguidos durmiendo y cuando me vi en el espejo parecía un personaje extraído de una película de zombis.

Hasta que una noche Zafiro me dijo:

—¿Cómo sigues?

—Ahí voy…

—¿Cómo estuvo la fiesta?

—Lo siento —dije con vergüenza.

—No seas idiota, Bruno. No me contaron, te estuvimos vigilando toda la semana. Sabes que es posible que nos ataquen ahora y a ti lo único que se te ocurre es irte de fiesta.

—No sé qué me pasó…

—Mira, lamento hablarte en este tono, pero tal vez mi papá te sobrevaloró. No eres tan inteligente como pareces. Y lo peor, eres indisciplinado y pierdes con facilidad el control de tus emociones. En resumidas cuentas, no eres nada especial, eres como todos los demás.

No dije nada. Sabía que tenía la razón. Ella se puso de pie y, antes de irse, remató diciendo:

—Y no se te olvide algo: la hija de Atila soy yo, no tú.

Recordé que le había hecho una promesa al jefe: cuidarla, protegerla. Y la estaba incumpliendo. Paila. Qué mal. Esa misma noche retomé el Tai Chi y al día siguiente decidí mudarme.

Conseguí un apartamento en Chapinero, en la zona de Galerías. Era bastante cómodo y compré algunos muebles y afiches de artes marciales que mandé enmarcar. En la sala, en una de las paredes, estaba el afiche de Forest Whitaker en el papel de *Ghost Dog* entrenando en la azotea del edificio junto a sus palomas. Tenía en otro muro a David Carradine en el legendario papel de *Kung Fu*, cruzando el desierto con su mochila de cuero y su sombrero raído. Y en la pared principal, en un afiche gigante, estaba Bruce Lee en posición de combate con un famoso texto suyo que decía:

> *Vacía tu mente, libérate de las formas, sé moldeable, como el agua. Si pones agua en una taza se convierte en la taza. Si pones agua en una botella se convierte en la botella. Si la pones en una tetera se convierte en la tetera. El agua puede fluir o puede golpear. Sé como el agua, amigo mío.*

El consejo de Bruce Lee era magnífico: no hay que presionar la realidad creyendo que la puedo transformar en lo que yo deseo, sino fluir con ella, ir a su ritmo e irme moldeando a mí mismo gracias a su poderoso influjo. Atila había aceptado su muerte con tranquilidad y sin lamentos de ninguna clase. ¿Por qué yo había hecho semejante alharaca? Era un hombre viejo y cansado, era natural que se muriera. ¿Dónde estaba el drama? Tenía que aprender a enfrentar los hechos sin descomponerme y a nadar no contra la corriente, sino a dejarme arrastrar plácidamente con ella. Había en ese consejo un conocimiento que yo aún no sabía cómo poner en práctica.

Hablé entonces con Zafiro y me excusé con ella. No le dimos más vueltas al asunto y empezamos a perfeccionar y a modernizar los laboratorios que tenía la organización. Ella me explicó que en el mundo contemporáneo es imposible competir sobrio.

Las universidades están repletas de consumidores que necesitan rendir en los exámenes, en las lecturas, en las exposiciones, en los proyectos creativos. Los primeros puestos están ocupados por adictos a una u otra sustancia. En el deporte es igual: nunca ningún atleta podrá llegar a los puestos de élite a punta de bocadillo y sopa de pollo. Las épocas en que veíamos a nuestros escarabajos en el ciclismo, por ejemplo, chupando panela mientras corrían en Europa, pertenecían ya a una prehistoria del deporte. Y lo mismo ocurría en la Bolsa de Valores, en la política o en el mundo empresarial. Si alguien quiere rendir más, ser más creativo, ir al gimnasio y destronar a sus competidores, tiene que drogarse. Ese es el lugar que realmente ocupábamos nosotros: no éramos unos narcos haciendo plata para después fanfarronear con lo que teníamos. Esa primera generación, que había sido tan famosa, ya no existía. Nosotros éramos más bien unos laboratorios alternos que engrasábamos el sistema para que funcionara a un ritmo más eficiente. Y, desde ese punto de vista, éramos imprescindibles.

Ahora, la cocaína seguía siendo el producto principal, pero las drogas sintéticas estaban tomando cada vez más fuerza. Había que trabajar, estudiar y rendir más, sí, eso estaba claro, pero también había que divertirse, irse de viaje unas cuantas horas por fuera de esta realidad. Revisamos las composiciones de la cocaína rosa, del tusi, del éxtasis, del fentanilo, del LSD, de la metanfetamina, y todas las posibles mezclas que podían realizarse. A veces la ketamina y la cafeína jugaban un rol importante e iban creando variantes interesantes. También la oxicodona, el clonazepam o el alprazolam nos dieron buenos resultados. Las benzodiacepinas, en general, son claves en el nuevo mundo de los narcóticos porque la gente está cansada de la vida que tiene, está harta, y necesita ausentarse por unas cuantas horas para poder madrugar el lunes y volver a un puesto de trabajo o a un pupitre que aborrecen con todas sus fuerzas. Se drogan el fin de semana y se drogan el lunes en la mañana para regresar a la oficina, a la universidad o al colegio. Necesitábamos tener los mejores productos del mercado para poder ofrecerles esa fuga y ese retorno laboral.

Una ventaja era que administrábamos nuestros propios cultivos de coca y amapola. Nuestros sembradíos de coca estaban más hacia la selva, en la frontera con Ecuador, donde pasábamos de un país a otro sin problemas. La amapola la teníamos en Caquetá, en Putumayo y en Venezuela, desde donde operábamos como si fuera nuestro propio país. Las pistas de despegue principales estaban en Arauca, en Guainía y en el Vichada.

Los opioides estaban a la orden del día porque la gente no podía más con dolores de espalda, cirugías que los dejaban lesionados de por vida e incluso en los tratamientos de cáncer muy agresivos la gente suplicaba por una dosis de metadona o de morfina. Y ahí aparecíamos nosotros con nuestros productos de excelente calidad, a precios mucho más competitivos y sin tener que pasar por la vigilancia estricta de la Secretaría de Salud.

Había laboratorios especializados por todo el país, desde pequeños pueblitos apartados hasta las grandes ciudades. En el Vaupés teníamos también varias pistas escondidas desde donde salían nuestros productos hacia Venezuela para ser exportados a África y luego a Europa. Tanto la frontera ecuatoriana como la venezolana eran bastante porosas y operábamos como un nuevo triángulo de oro latinoamericano. Otros carteles se movían por las islas caribeñas y Nicaragua buscando siempre ingresar a Estados Unidos, pero nosotros no, preferíamos mantenernos lejos de la DEA.

Cada equipo de trabajo tenía ingenieros químicos y farmaceutas bien entrenados. Zafiro me contó que a muchos de ellos

Atila les había pagado la carrera para luego reclutarlos en la organización. Era lo mejor que les había podido pasar. En lugar de salir a buscar un empleo miserable en un laboratorio legal que les pagaba una miseria, él les ofrecía diez veces ese sueldo, más bonificaciones adicionales por buenos resultados.

Ecuador era nuestra sede alterna, con la ventaja de que en ese país todo el sistema estaba ya cooptado por el negocio. De Guayaquil y Manta salían las embarcaciones para Nueva Zelanda y Australia. Todas, sin excepción, recargaban combustible en las Islas Galápagos. Teníamos incluso una flota modesta de pequeños submarinos hechos de manera artesanal en un taller de Buenaventura. Funcionaban a la perfección. Eran nuestro gran orgullo. Muchos de ellos viajaban hasta Papúa y Nueva Guinea, donde la droga era recibida por equipos bien entrenados. A veces preferíamos las Islas Salomón, donde desembarcábamos la droga antes de entrar a Australia a distribuirla en Sídney, Melbourne o Adelaida.

Buena parte del dinero que lavábamos se iba para la banca panameña, donde estaban la mayoría de las empresas fantasma. También teníamos cuentas en las Islas Caimán y en Belice. No estábamos involucrados directamente en la minería ilegal, como otros grupos, pero sí solíamos comprar grandes cantidades de oro que nos servían como fuente de financiación. Era fácil de mover incluso en los aeropuertos de manera legal porque las autoridades no estaban pendientes de decomisarlo.

En Colombia lavábamos por igual. Teníamos miles de locales y negocios que nos eran muy útiles para blanquear la plata. No solo casinos, bares, compañías de transporte, equipos de fútbol y juegos de azar eran nuestros, sino que teníamos también misceláneas de barrio, peluquerías y droguerías que estaban en nuestra nómina. Miles de almacenes permanecían desocupados y sin clientes. Entonces la pregunta era obvia: ¿de qué vivían? ¿Cómo pagaban el arriendo? Locales de ropa para bebé, de comida para mascotas, de muebles importados o de perfumería atendidos por una o dos personas que siempre vivían sentadas consultando el celular, ¿cómo diablos sostenían el negocio? Y la respuesta saltaba a la vista: lavando. No importaba si eran profesionales, viudas desamparadas o gente relativamente adinerada: todos se dedicaban al negocio nacional, lavar, que era el centro y el motor principal de la economía.

Algo que todos teníamos claro era que el mercado no se ganaba por las buenas y en eso todavía nos parecíamos a los viejos carteles: se necesitaba un pie de fuerza y muchas agallas para mantenerse firme. En las zonas rurales reclutábamos ejércitos privados tanto en los grupos guerrilleros como en las Fuerzas Militares.

Cuando tuvimos todos los laboratorios rindiendo a tope y los distintos frentes de distribución bien aceitados, Zafiro y yo pusimos sobre la mesa la conversación que teníamos pendiente. Estábamos en una de sus casas en las afueras de Cajicá y acabábamos de comer. Le dije con el respeto que siempre me caracterizaba:

—Tenemos que atacar antes de que nos ataquen.

—Sí, lo sé, mi padre me lo advirtió también. El problema es que no me dijo cuándo ni a quién.

Revisamos el panorama y quiénes eran nuestros competidores más cercanos. Analizamos a cada uno en detalle y le recomendé sin dudarlo:

—Ataquemos a los más débiles para evitar una guerra general. Los sacamos del mercado, nos apropiamos de sus territorios y de sus contactos, y luego proponemos un tratado de paz con el resto. Nos respetarán enseguida.

Durante días planeamos bien los golpes. Entre ellos había uno que me llamaba poderosamente la atención: eliminar a los líderes de Los Ninjas, que eran cuatro fulanos que funcionaban como un comité. Les gustaba posar de mafiosos elegantes y se daban aires de importancia yendo a restaurantes costosos y asistiendo a la ópera en el Teatro Colón. Se la pasaban imitando a la Yakuza japonesa y por eso tenían tatuajes que se habían hecho en países del Lejano Oriente. Solían ir a salas de hidromasaje y clubes donde pasaban largas horas en los saunas y los baños turcos. Tres de ellos tenían oficinas alternas en Dubái. Ninguno de los cuatro sobrepasaba los cincuenta años de edad. Eran tipos atléticos que solían comer bien y que se cuidaban al máximo para retrasar el envejecimiento.

Zafiro estuvo de acuerdo en que sacar a Los Ninjas era posible. Teníamos el músculo militar para hacerlo. El problema es que no alcanzamos a terminar de planear el ataque cuando, de repente, una tarde en que Zafiro regresaba a su casa por la Autopista Norte fue interceptada por dos camionetas desde las cuales empezaron a disparar. Ella se echó al piso y los atacantes no contaban con que había cambiado de carro precisamente esa mañana por uno blindado que aguantó bien la balacera. Luego los hombres de Zafiro se bajaron desde la camioneta de los guardaespaldas y repelieron el ataque. Los autos quedaron con los impactos de bala marcados por todas partes. Zafiro dio la orden de retirarse del lugar con rapidez antes de que llegaran las autoridades. Era mejor que no se enteraran.

Esa noche no se quedó en su casa, sino que se refugió en un apartamento que tenía en el barrio Los Rosales, en las montañas de la ciudad. Yo llegué a los pocos minutos. La encontré con un vaso de ginebra en la mano, tranquila, sin alterarse, pero en su mirada había un brillo que no noté antes.

Le dije apenas entré:

—¿Estás bien?

—La camioneta aguantó. No me pasó nada.

—Menos mal. ¿Sabemos ya quiénes fueron?

—Los Ninjas. Un informante que tenemos nos dijo que dentro del carro de ellos venían dos tipos con espadas para decapitarme. Venían, literalmente, por mi cabeza. Mi papá tenía razón: nos demoramos y estas son las consecuencias.

—Hay una ventaja en este ataque fallido.

—¿Cuál?

—Que queda claro que la guerra no la empezamos nosotros. Es un acto de legítima defensa.

—Creo que debimos haber seguido las instrucciones de mi papá al pie de la letra.

—Lo sé, pero no nos vamos a arrugar, te lo aseguro. Responderemos de manera contundente. Lo importante es hacerlo con inteligencia, con tacto, y no ir a cometer el mismo error de ellos.

A partir de ese día empecé a hacerles seguimiento a los cuatro líderes de Los Ninjas. Dos eran colombianos y los otros dos mexicanos. Tenían rutinas muy distintas, vivían en barrios diferentes y no se reunían nunca para compartir con sus familias. Era una buena estrategia, excepto que el primer sábado de cada mes iban juntos a un hotel a descansar y a realizar el balance mensual del negocio. Ese era el punto débil. Atacarlos por separado era muy dispendioso, pero en ese lugar era perfectamente viable.

Desde el comienzo me di cuenta de que llegar con un pelotón de hombres a crear todo un caos en el hotel llamaba demasiado la atención. Lo mejor era utilizar alta tecnología y sorprenderlos con un ataque fulminante que los liquidara con eficiencia. Ellos habían atacado a la antigua. Les daríamos una lección de guerra moderna.

Le advertí a Zafiro que después de nuestro contraataque lo mejor sería movernos e irnos fuera del país por unas cuantas semanas. Ella me respondió con entusiasmo:

—Podríamos ir a Brasil a visitar a Moisés. Ese proyecto con Ferreira me da mucha curiosidad.

—¡Sí! —dije levantando los brazos muy emocionado.

—Atacamos y nos fortalecemos militarmente con ellos.

—Es perfecto. Muy bien pensado. Vamos a fluir como el agua.

—¿Como el agua?

—Nada, es una frase que se me vino a la cabeza.

Esa misma noche llamamos a Moisés y se puso feliz con la noticia. Dijo que hablaría con Ferreira y que lo pondría al tanto de nuestra visita. Todo iba sobre ruedas. Solo faltaba lo fundamental: no ir a equivocarnos en el atentado que yo estaba planeando con tanto esmero.

5

Entre las amistades de Atila había un veterano de la guerra de Irak del año 2001, Mike Ayala, un exsoldado que ahora tenía cincuenta años. Nació en Puerto Rico y de regreso a Estados Unidos se había vuelto adicto a los opioides debido a una herida en la espalda que le causaba unos dolores atroces. Tres veces al año viajaba a Bogotá a aprovisionarse de medicamentos que, en Nueva York, donde vivía, le costarían una fortuna en el mercado negro. Así conoció a Atila y se hicieron buenos amigos.

Me encontré con él en un hotel del centro de Bogotá y le pregunté si era cierto que era un experto en explosivos. Me respondió afirmativamente.

—Necesito planear un golpe —le dije en voz baja y revisando que no hubiera cámaras que nos estuvieran grabando en ese momento—. Te pagaremos muy bien.

—¿Contra quién?

—Unos narcos que intentaron matar a Zafiro, la hija del jefe.

—¿Ella está bien?

—Sí. ¿Qué dices?

—Tendría que salir del país de inmediato. Me iría del país ese mismo día.

—Cuenta con eso.

—Y hay otra exigencia: no pienso regresar nunca por aquí, así que tendrían que buscar la forma de hacerme llegar mis medicinas a Estados Unidos.

—Lo haremos. Es una promesa. Me encargaré yo mismo.

Le ofrecí dos millones de dólares y él quedó más que satisfecho. Nos dimos la mano y sellamos el trato.

Lo primero que hice fue explicarle que los cuatro hombres se reunían en un hotel al norte de la ciudad cada primer sábado del mes. Mike tomó una habitación en el lugar y estudió muy bien sus instalaciones, las zonas recreativas, la piscina, todo. Luego me dio un parte de tranquilidad:

—No hay lío. Se puede hacer.

—¿Qué necesitamos?

—Tenemos que conseguir un explosivo plástico que se usa en las demoliciones de ingeniería. No es difícil. Instalo los detonadores y los activo a control remoto.

—¿Y dónde los vas a poner?

—Debajo de los baños turcos.

—¿Qué hay debajo?

—Una habitación común y corriente. La alquilamos y ahí tengo privacidad para poder trabajar. Cuando los tipos estén arriba reunidos con sus guardaespaldas cuidándolos, los hago volar a todos por los aires.

—Necesitamos que ninguno quede vivo.

—El problema va a ser reconocerlos. Quedarán esparcidos por todas partes.

Me moví con rapidez y conseguí los explosivos en una empresa de ingeniería. Fingimos que se trataba de la demolición de un viejo edificio en Girardot. Nadie hizo mayores preguntas.

Reservamos la habitación que tenía la ubicación estratégica y lo hicimos a nombre de una identidad fantasma, uno de los de la organización presentó papeles falsos y pagó tres días por adelantado. Luego logramos disfrazar a Mike de hombre anciano, con barba y bigotes blancos, y le dimos la llave para que pudiera ingresar a la habitación y poner los explosivos. Lo hizo sin problemas y dejó en la puerta todo el tiempo el cartel que decía No Molestar. Luego salió y se sentó en la sala del hotel, siempre fingiendo que era un abuelo que estaba esperando a su hijo, el supuesto titular de la habitación. Y cuando llegaron Los Ninjas esperó a que subieran a las zonas húmedas y activó los detonadores con su celular.

Medio piso se vino abajo y esa sección del hotel quedó convertida en ruinas en cuestión de segundos. Una humareda de varios metros se elevó por el aire. Las llamas se expandieron a las habitaciones vecinas. Hubo dos muertos extra y diez heridos que luego se recuperaron. Daños colaterales. Pero lo que Mike había pronosticado se cumplió tal cual: los cuatro jefes quedaron hechos pedazos y sus miembros, después, tuvieron que ser sometidos a exámenes de ADN para saber exactamente a quién pertenecían. El golpe había sido un éxito total.

Mike evacuó el hotel por las puertas de la cocina y un carro nuestro lo llevó al aeropuerto enseguida. En el carro se quitó el disfraz y viajó con su pasaporte legal a Miami, desde donde se desplazó a Nueva York por tierra. Nosotros le consignamos su dinero en un banco de Panamá. No cometimos un solo error.

Las investigaciones no sabían por dónde empezar y no lograron identificar un solo nombre que les permitiera dar con los responsables. En el bajo mundo la noticia corrió en cuestión de segundos y lo mejor era que las otras organizaciones sabían que había sido en legítima defensa.

Llamé a Zafiro y le dije:

—Listo. Todo bien.

—Ya me enteré. Estaba a punto de llamarte.

Ahora venía la segunda parte, de la cual Zafiro sabía muy poco. Habíamos quedado en separar las funciones por si alguno de nosotros era capturado. Lo mejor era que un equipo no supiera los planes del otro. La gente de Zafiro estaba encargada de cierta logística, de los carros, de conseguir los materiales, de las fugas, y mi equipo de dar los golpes como tal.

Tres días después las familias de los cuatro jefes de Los Ninjas realizaron unas honras fúnebres en el cementerio Jardines de Paz, a la salida de la ciudad. Los querían enterrar juntos, según las instrucciones previas que ellos mismos habían ordenado. Seguramente, se imaginaban que eran una especie de cónclave de próceres nacionales o algo por el estilo. Un sacerdote dio unas cuantas palabras muy sentidas y esparció agua bendita sobre los ataúdes. Y cuando un cuarteto de música clásica empezó a tocar un réquiem para despedirlos, varios maletines que habíamos preparado con Mike antes de su salida del país, y que estaban escondidos en una tumba cercana, estallaron e hicieron volar por los aires en cuestión de pocos segundos a las viudas, a los hijos, a los músicos y a los demás hombres de la organización que se habían hecho presentes. Lo mejor del plan fue que nosotros no tuvimos una sola baja. El resultado fue demoledor: dieciocho muertos y cuarenta y dos heridos, muchos de ellos mutilados de por vida, paralíticos o en cuidados intensivos. Las cuatro viudas murieron enseguida y solo una hija de uno de los jefes había sobrevivido de milagro. Estaba en el hospital en coma.

Zafiro y yo nos encontramos en el aeropuerto y abordamos el primer vuelo para Río de Janeiro. Ya en el avión, ella me abrazó y me dijo:

—Lamento mucho lo que te dije el otro día.

—Tenías toda la razón.

—No, no la tenía. Mi papá no se equivocó. Eres un estratega impresionante.

—Ahora nos respetarán como debe ser.

—Es más que eso: nos temerán.

Pedimos dos vasos de *whisky* en las rocas y brindamos.

—Que la fuerza nos acompañe —dijo Zafiro haciendo alusión a la famosa frase de *La Guerra de las Galaxias*.

—Que el poder nos proteja —respondí yo citando a los Power Rangers. Y sentí que Atila estaba ahí con nosotros celebrando también y felicitándonos por nuestra entereza.

En la ciudad, todos los hombres de la organización tenían órdenes de cambiar de domicilio cada dos o tres días, de rotarse entre los distintos inmuebles y de establecer una vigilancia estricta en sus perímetros. También les habíamos pagado una fortuna a varios capitanes de la Policía para que nos protegieran y nos sirvieran de informantes en caso de cualquier represalia en contra nuestra. Pero el golpe fue tan contundente que Los Ninjas no supieron cómo responder. Todos los mandos altos y medios estaban fuera de combate. Había sido un *knock-out* fulminante.

6

Nuestra estadía en Río de Janeiro fue la mejor lección que he recibido de estrategias de lucha. Rocinha es una favela gigante que ha aparecido en varias películas. Es un laberinto enorme de callejones que suben y bajan, de escaleras que comunican una cuadra con otra y de pasadizos muy estrechos donde escasamente cabe un grupo pequeño de personas caminando en fila india.

Estuvimos también en otra favela menos conocida llamada Vila Canoas, en donde las callecitas descendían a un nivel subterráneo y escasamente se veía la luz del sol. Era muy impactante.

Moisés se había establecido en una sección de Vila Canoas y el primer domingo nos condujo al culto para encontrarnos con Ferreira. Zafiro se vistió con unos *jeans* ajustados, tenis y una camiseta informal. Se dejó el cabello suelto y parecía una mujer de la zona, una latina brasileña con rasgos aindiados. Se veía preciosa. En Bogotá prefería estar elegante, con tacones y blusas costosas. Supongo que lo hacía pensando en que los hombres de la organización la respetaran.

La bodega a la que fuimos era gigante y se llenó en cuestión de media hora. Asistían de todas partes y llegaban solos o en familia, con sus hijos cogidos de la mano. Ferreira apareció en la tarima y la gente se levantó y lo ovacionó con largos aplausos.

Me di cuenta de que tenía la nariz aguileña y los pómulos un poco más acentuados. Se había operado para despistar a las autoridades. Él empezó a hablar despacio, reposadamente, y poco a poco se fue enardeciendo hasta elevar la voz y manotear como si estuviera luchando en contra de presencias invisibles. Hablaba en portugués, pero nosotros entendíamos a la perfección lo que estaba diciendo:

—Queridos hermanos en Cristo Nuestro Señor, hoy es un encuentro distinto, hoy está sucediendo aquí algo muy especial: han venido unos hermanos colombianos a visitarnos, unos hermanos a los que yo quiero de corazón y con los cuales viví allá en Colombia experiencias que me marcaron para siempre. Démosles por favor la bienvenida y que sientan hoy en este lugar el calor de hogar, la ley de nuestra hospitalidad.

La gente aplaudió y algunos corearon: "Viva Colombia". Zafiro y yo nos sonreímos al tiempo. Luego Ferreira continuó:

—Ustedes saben que yo estuve en la cárcel, que los demonios que gobiernan este mundo decidieron meterme preso. Y en ese lugar sórdido en el que la esperanza se desvanece desde el primer día, estos hermanos colombianos me dieron fuerza y vitalidad. Ellos me rescataron de la soledad y la depresión. ¿Cómo olvidarlo? Mientras mis enemigos me despreciaban y me pisoteaban, ellos, mis colegas colombianos, llegaron como ángeles que bajaban del cielo para rescatarme. Y tenerlos aquí hoy me llena de una alegría profunda y sincera. Porque entre nosotros los humildes no hay fronteras ni nacionalidades. Somos los mismos. El Señor no dijo los pobres de este lugar o de este otro, no, no discriminó por reinos, por el color de la piel o por religión. Todos los pobres del mundo somos iguales. A todos nos han humillado por igual, a todos nos han escupido en nuestros rostros, todos sabemos a qué sabe el desprecio. Y aquí es donde quiero dejarles una reflexión para el día de hoy.

Nosotros venimos de nuestras favelas, de nuestras calles estrechas y miserables. Nosotros hemos crecido sin ver la luz del sol. Los ricos crecen frente a parques bien arborizados, con avenidas inmensas y canchas de fútbol. Los ricos respiran aire puro y sus hijos montan en bicicleta en sus conjuntos cerrados. Nosotros escasamente cabemos en nuestros callejones oscuros. Pero esto que estoy diciendo no es un lamento, no me estoy quejando. No somos víctimas de nadie. Lo que estoy diciendo es que estos, nuestros barrios miserables, nos han hecho más fuertes y resistentes. Ellos necesitan de sus lujos, de sus árboles y su buena comida. A nosotros nos basta con un plato de fríjoles y una porción de arroz. Nosotros dormimos en el piso. Nosotros no nos bañamos. Somos animales preparados para el hambre y la necesidad. He ahí nuestra fuerza. Así es la naturaleza, queridos hermanos: solo sobreviven los que se adaptan mejor a las necesidades. La comodidad no es una virtud, sino un castigo de Dios. ¡Nuestra debilidad no nos disminuye, nuestra debilidad es nuestra fuerza!

Todos corearon a la vez:

—¡La debilidad es nuestra fuerza!

En ese punto Ferreira tomó aire, se secó unas cuantas gotas de sudor que le caían por la frente y continuó:

—Sí, queridos hermanos en Jesús, nuestra pobreza es nuestra riqueza, nuestra miseria es nuestra fortaleza. Por eso los ricos nos temen, por eso ahora tienen miedo. Porque ahora nosotros hacemos negocios, tenemos reales y estamos mejor preparados que ellos para los difíciles tiempos que se avecinan. Porque el Señor ya nos advirtió que se viene la Gran Tribulación, que se viene el Apocalipsis y que dentro de muy poco tendremos que rendir cuentas por todos nuestros pecados. ¿Y quiénes están mejor preparados para soportar las pruebas que están a punto de llegar? ¿Ellos o nosotros?

La gente volvió a ponerse de pie y gritó con fuerza:

—¡Nosotros!

—Sí, queridos hermanos en el Señor, nosotros. El Reino se avecina y no es para los adinerados y bien vestidos. No, Señor, es para nosotros los menesterosos, nosotros los sucios, nosotros los negros, nosotros los indios, nosotros los nadie. Los bosques arden, ciudades enteras se inundan, las guerras proliferan y los volcanes hacen erupción. Y esto es solo el comienzo. Dentro de muy poco el mundo será un lugar hostil en donde tendremos que responder por nuestro pésimo comportamiento. Entonces llegarán las plagas y las hambrunas. Y en esos momentos, cuando Nuestro Señor decida castigarnos, ¿aquellos que crecieron en barrios elegantes y en parques floridos estarán bien preparados para aguantar las penas a las que serán sometidos?

—¡Noooo! —corearon todos en grupo.

—No, queridos hermanos, no están preparados. Desde ya es evidente que nosotros sí, que el hecho de haber nacido en nuestras favelas, sin árboles, sin luz, sin espacio, sin nada, nos ha entrenado mucho mejor. Demos gracias al Señor por tantas bendiciones, por nuestra pobreza y nuestras necesidades, porque muy pronto todo se dará la vuelta y los que ahora están arriba quedarán mirando hacia los infiernos y a nosotros nos será entregado el Reino de los Cielos. Quiero decirles, hermanos, que estamos en este momento preparándonos, estamos construyendo ya la Nueva Jerusalén, la nueva Sion, y que todos los desvalidos del mundo tendrán cabida en esta Tierra Prometida. Demos gracias al cielo porque ya está cerca la llegada de Nuestro Señor Jesucristo.

Todos se pusieron de rodillas y empezó Ferreira entonces una letanía de agradecimientos por haber nacido en los barrios periféricos. Dio la lista de distintas favelas y cada colectivo iba respondiendo con los brazos en alto apenas escuchaban el nombre de su barrio.

Finalmente, les dijo que un enfrentamiento estaba cerca y que la Nueva Jerusalén sería también una fortaleza, un cuartel en donde los ejércitos de Dios se atrincherarían para esperar el llamado a la batalla final.

Después del culto nos desplazamos hasta la parte alta de una favela en la cual estaban construyendo su sede principal. Allí nos encontramos con Ferreira y almorzamos con él y su séquito de guardaespaldas más cercano. Se notaba que él y Moisés se llevaban muy bien y quedamos en que mi amigo serviría de enlace para empezar una alianza entre nosotros y ellos. Nuestra tecnología en los laboratorios nos permitía hacerles llegar una mercancía que ellos aún no producían. Nos despedimos entre abrazos.

Cuando regresamos al hotel, Zafiro me preguntó:

—¿Qué opinas?

—Son los mejores socios que podemos tener —dije sin dudarlo.

—¿Aunque no seamos creyentes?

Me tomé unos cuantos segundos para pensar bien mi respuesta y le dije:

—En la calle uno crece dándose cuenta de que está excluido. En nuestros barrios uno aprende que pertenece a otra especie distinta de la de los ricos. Eso es lo fundamental: adónde perteneces. Si vienes de arriba o posas de distinguido, perteneces a otra esfera. Pero si vienes de la barriada eres un hermano. Moisés y yo somos familia, aunque yo no asista al culto. Tu papá no era un hombre de apellidos ni abolengo, y tú no eres una niña fresa estirada y clasista. Eso es lo que importa. ¿Sí entiendes? Ferreira, Moisés, tu papá y yo chupamos cana al tiempo, estuvimos encerrados por las mismas rejas. Eso nos mantendrá unidos para siempre.

Zafiro movió la cabeza afirmativamente en señal de que entendía perfectamente lo que yo acababa de explicarle.

Esa noche se me avivó la paranoia habitual y sentí cierto temor de que atentaran contra ella. Me pregunté si algún infiltrado en el culto de Ferreira no podría pasar la información de nuestro paradero. Nuestras habitaciones en el hotel estaban contiguas, así que salí al corredor de nuestro piso y me di una vuelta para cerciorarme de que todo estuviera en orden. Entonces la vi saliendo de su habitación vestida con una piyama de la Mujer Maravilla. Le pregunté de sopetón:

—¿Para dónde vas?

—A buscar hielo. ¿Me estás vigilando?

—Estoy revisando el perímetro.

—O sea que me estás vigilando.

—Sí.

—No necesito que me vigile nadie.

—No me importa.

—¿No me estás oyendo? Vete.

—Entra tú primero a tu habitación y yo me entro a la mía.

—¿Por qué eres tan terco?

Zafiro me agarró de la mano y me entró a su habitación. Nos besamos con pasión desenfrenada. Entre los besos me decía:

—¿Por qué eres tan serio? ¿Por qué no me miras nunca?

Nos desvestimos y ella me preguntó:

—¿Tienes condones?

Negué con la cabeza. Ella fue hasta el baño y de una cartera pequeña extrajo una bolsita amarilla con un cierre de cremallera:

—Yo tengo. Pero hay un problema.

—¿Cuál?

—Tengo la regla. No sé si te da asco.

—Para nada.

—¿Seguro? Estoy justo en el primer día.

—Seguro.

Cogimos una toalla del baño y la extendimos sobre la cama para no ir a manchar el cobertor. Zafiro puso en su celular una canción de Karol G: *Amor de dos*. Nos amamos toda esa noche desenfrenadamente hasta el amanecer. Ella era insaciable y apenas tomábamos un descanso volvíamos a empezar. Varias veces tuve la sensación de que estaba metido dentro de un sueño. No estaba acostumbrado a que la vida me sonriera de ese modo y, entre más nos besábamos y nos acariciábamos, más me daba cuenta de que yo estaba enamorado de ella desde el primer día en que la había visto. Y la única pregunta que me atormentaba en ese momento era si ella sentiría lo mismo o si solo se trataba de una aventura casual con uno de sus subalternos. Una aventura que no se volvería a repetir.

CAPÍTULO II

Los peligros de la esperanza

1

Dormimos hasta el mediodía y a esa hora pedimos un servicio a la habitación con huevos revueltos, café, jugos, cestas de pan, mantequilla, mermelada y una tabla de quesos y jamones. Estábamos muertos de hambre. Y mientras comíamos vorazmente, ella me dijo sonriendo:

—Eres raro, Bruno. No te pareces al resto.

—¿Por qué dices eso?

—Eres solitario, retraído y no andas con una mujer y con otra. Excepto la semana esa en que te despelotaste.

—No sé qué me pasó.

—Te dio duro la muerte de mi papá.

—Nunca nadie me había tratado como él.

—¿Y yo no te gustaba?

—Eres la hija del jefe.

—¿Y qué?

—Eres territorio sagrado, uno no puede andar de igualado.

—Pensé que yo no te gustaba, que no era tu tipo.

—Todos comentan lo linda que eres.

Zafiro me contó que a ella la había afectado mucho a los doce años descubrir que su padre era un narcotraficante. Había tenido una crisis porque su madre fue asesinada por un socio de Atila que les puso una bomba, un colega que había terminado vendiéndose después como informante a la DEA.

—Para mí era como si mi papá hubiera matado a mi mamá —me dijo muy seria.

—Atila nunca hablaba de tu mamá.

—Fue el gran amor de su vida. Después tuvo amantes ocasionales, pero nada serio.

En ese entonces, cuando acababa de cumplir los doce años, Zafiro empacó una maleta y amenazó con irse a vivir donde una tía materna en Pereira. Atila no le dio permiso y entonces lo que hizo fue mudarse él y dejarla a ella chiquita viviendo con un ama de llaves y una serie de empleadas y guardaespaldas. Les advirtió antes que, si alguien se acercaba a su hija o permitían algún atentado, los despellejaría vivos a plena luz del día. La visitaba de vez en cuando, revisaba que todo estuviera en orden y volvía a irse.

—Yo crecí como una princesa prisionera en un castillo. Mi ama de llaves se llamaba Mercedes y era muy estricta. Era como una mamá responsable que estaba pendiente de mis tareas y mis obligaciones en el colegio. Yo siempre fui buena estudiante, menos mal.

—¿Y dónde está Mercedes ahora?

—Murió cuando yo cumplí veinticinco. Le dio un derrame cerebral.

Apenas terminó el colegio, Zafiro se fue para España y estudió Historia del Arte en ese país.

—Yo quería estar lejos de mi papá, poner un océano de por medio y no volver a saber nada de él. Me daba vergüenza ser hija de un tipo así. Nunca le conté a nadie acerca de mi familia. Dije que era huérfana y que mis papás se habían muerto en un accidente automovilístico.

—¿Tanto así?

—Todo lo que tuviera que ver con mafiosos me generaba desprecio. En la universidad me la pasaba maldiciendo el país en el que nací. Siempre repetía lo mismo: que los carteles habían dañado la reputación de un país hermoso, noble y solidario.

—¿Y qué hiciste después?

—Cuando terminé la carrera me fui a restaurar unas obras coloniales a Quito. Esa es una ciudad que yo amo. Ecuador es mi país de adopción. Fui muy feliz en esas callecitas coloniales del centro. Por eso los envié a Moisés y a ti allá, porque guardaba la esperanza de que les sucediera lo mismo.

Zafiro vivió en Quito durante un tiempo hasta que le llegó la noticia de que su papá acababa de ser capturado y que sería trasladado a una cárcel de máxima seguridad.

—Esa era la oportunidad perfecta para no volver a saber de él —dije pensando en voz alta.

—Fíjate que no, me sucedió exactamente lo contrario. Yo estaba saliendo en Quito con el hijo de un político muy reconocido y de pronto ese hijo de puta intentó abusar de mí.

—¿Eras virgen?

—No, no, yo de mojigata nada. Ya te diste cuenta. Me había acostado en la universidad con algunos compañeros.

—¿Y entonces?

—El tipo intentó forzarme, cogerme del cabello a las malas, someterme creyendo que a mí eso me excitaba. Le dije que parara y no lo hizo. Lo empujé y le advertí que no me tocara. Él se sonrió creyendo que se trataba de un juego y me pegó una cachetada. Entonces no sé qué fue lo que me pasó y la sangre me empezó a fluir a otro ritmo. Sentía el corazón latiéndome a toda velocidad. Lo pateé en las pelotas con fuerza y él emitió un gemido de dolor y se dobló. Luego le pegué un rodillazo en toda la nariz y quedó tendido en el suelo ahogado y sin saber qué le había sucedido exactamente. Me hice sobre él y empecé a pegarle puñetazos con toda la fuerza de que era capaz. La sangre me salpicaba la blusa y la cara. El fulano ya había perdido el conocimiento. Me puse de pie y me acerqué al baño. Me vi en el espejo y estaba jadeando ahogada, ensangrentada, con los ojos enrojecidos de la ira. Parecía otra. Grité con fuerza y desahogué la rabia que aún me oprimía el pecho. Poco a poco empecé a calmarme. Entonces me miré en el espejo aún más fijamente y me dije: "Eres la hija de Atila. No lo olvides".

—No sé qué decirte...

—Es difícil explicar lo que me pasó. Es la primera vez que se lo cuento a alguien. De un momento a otro todo se dio la vuelta y empecé a mirar de otra manera. Uno cree que hay buenos y malos. No funciona así. Toda la sociedad se mantuvo a flote gracias al negocio. Sin el narcotráfico los gringos nos hubieran destruido por completo y nos habrían enterrado en la miseria, aunque nunca vamos a ser capaces de reconocerlo.

—¿Y qué hiciste?

—Me quité la moral de encima. Son negocios. Me di cuenta de que las clases altas, los políticos, los militares, la clase media, los de abajo, todos se benefician del tráfico de drogas. Hasta los religiosos están involucrados en el lavado de activos.

—¿Y fue ahí que decidiste visitar a tu papá?

—Entré a la cárcel a verlo y le dije que yo me encargaría de todo.

—¿Y qué te dijo?

—No me creyó. Me dijo que siguiera al margen. Pero yo sabía que en el mundo del arte no tenía futuro. Me estaba mintiendo. Yo llevaba la sangre del viejo en las venas, me gustara o no. A los pocos días eliminamos a uno de sus socios que lo había traicionado y entonces empezó a tomarme en serio.

—Él siempre hablaba de ti con admiración.

Se hizo un silencio largo y me di cuenta de que ella estaba rememorando la compleja relación que había tenido con su padre para cerrar el duelo. Luego decidimos bañarnos y entonces volvimos a pedir otro servicio a la habitación. Y mientras comíamos, Zafiro me dijo con curiosidad:

—Estoy cansada de hablar de mí. Te toca. Dale.

Le conté acerca de la muerte de mi papá en medio de la huelga y de la decapitación de Rómulo, su mejor amigo. Ella seguía el hilo de mi relato con asombro. Cuando llegué al capítulo de Salomé se detuvo abriendo los ojos de par en par:

—¿Era tu compañero del colegio?

—No, era una chica, siempre lo fue. ¿Por qué a la gente le queda tan difícil entender que hay otros que nacen en el cuerpo equivocado?

—¿Y se operó?

—Sí, era más linda y más femenina que cualquier otra chica.

—Me gusta que la defiendas —dijo Zafiro sonriéndose y pasándome la mano por el pelo.

Luego le conté mi paso por el bar de Bill y mi relación con Mara. Ella volvió al ataque y me preguntó:

—¿Estuviste enamorado de la hermana de Moisés?

—Mucho.

—Nunca la vi en la cárcel visitándote.

—Yo le pedí que no volviera.

—¿Por qué?

—No era justo con ella.

—Mi papá al comienzo me decía cosas así: que yo había nacido para llevar una vida decente y que me alejara. Hasta que entendió que llevaba su herencia y que era su hija. Aunque a él, seguramente, le habría gustado que fuera un varón.

—Yo no volví a ver a Mara desde entonces. Sé por Moisés que está en una reserva natural y supongo que se casó y que hizo una familia.

—¿Y la extrañas? Di la verdad.

—Hasta que llegaste tú.

—¡Qué mentiroso tan grande! No creas que voy a caer redonda en tus mentiras.

—Te lo juro.

—Una última cosa: ¿qué significa ese tatuaje que tienes en el pecho? Son dos fusiles cruzados, ¿verdad?

—Es una cruz de guerra. Me la hice en la cárcel.

—Te da un aire de maloso atractivo. Papacito...

Volvimos a amarnos entre besos y caricias. Luego nos duchamos y lavamos la toalla ensangrentada entre risas. Esa noche nos quedamos dormidos muy temprano. Estábamos exhaustos. Recuerdo que a la madrugada me levanté a orinar brevemente y la vi en la cama, recostada de medio lado, con esa cabellera salvaje sobre la almohada y sentí miedo, miedo de que se tratara solo de una aventura pasajera, miedo de que ella me alejara a la mañana siguiente y me dejara en claro que a nuestro regreso cada uno debía mantener el lugar que le correspondía.

En Río de Janeiro estuvimos unos días más visitando museos y conociendo los alrededores. Nos comportábamos como una pareja normal y a cada segundo mi felicidad iba en aumento, pero también me angustiaba que se terminara de un momento a otro y yo tuviera que volver a esos largos monólogos que eran mi vida. Algo que me preocupaba mucho era que su educación y su cultura fueran muy superiores a las mías. Yo ni siquiera había pisado las aulas de una universidad. Ella, en cambio, sabía de todo y me lo explicaba pedagógicamente para que yo pudiera entenderlo con facilidad. Me dije que en el futuro me encargaría de subsanar ese inconveniente haciendo esfuerzos por estudiar y aprender con juicio.

Cuando estábamos de regreso a Colombia, ya dentro del avión, decidí preguntarle de frente porque me sentía con la confianza suficiente como para hacerlo:

—¿Cuando lleguemos debo guardar mi distancia, como siempre?

—¿Qué me quieres decir?

—Eso, Zafiro, si se trató de una aventura lo entenderé perfectamente. Yo no estoy a tu altura, lo sé.

—¿Y tú qué quieres?

—No, yo pregunté primero.

—Dale, respóndeme. Nosotras las chicas siempre llevamos las de perder en estas conversaciones.

—Yo estoy enamorado de ti, perdidamente enamorado. Pero entenderé sin problema si quieres guardar la distancia. Al fin y al cabo, eres la jefa.

—Repíteme de nuevo cuánto me amas.

—Estoy hablando en serio, Zafiro.

—Yo también. Dale, repíteme.

—Eres lo que más amo en este mundo —le dije dándole un beso en la boca.

—Yo también te amo —dijo ella con los ojos entrecerrados—. Estaba harta de sentirme tan sola. Has sido mi bendición.

Y en ese momento, por primera vez en la vida, sentí que había valido la pena cada momento de dolor, cada día encerrado sin libertad, cada golpe, cada tortura, cada segundo que pasé en ese puto calabozo de mierda, cada muerto que cargaba a mis espaldas. Y habían valido la pena porque me condujeron a ese justo instante, a miles de pies de altura, volando por entre las nubes junto a la mujer que amaba.

2

A nuestro regreso nos enteramos de que toda la organización estaba en alerta por si venían posibles retaliaciones. La seguridad era extrema y, desde los hombres que conformaban la base hasta los lugartenientes, debían moverse con cautela. Decidimos con Zafiro seguir cada uno en su lugar de residencia, pero encontrarnos a veces en otros sitios y estar juntos por pocos días. Era un ir y venir permanente que me recordaba nuestras conversaciones con Atila en la cárcel: la superioridad del nomadismo sobre el sedentarismo. Era un problema de estrategia militar. El maestro Wang diría: caminar muy cerca de los lobos sin despertarlos.

Zafiro reunió a los hombres una noche en la hacienda que llevaba su nombre y les dijo con voz de mando:

—Quiero comunicarles que, a partir de este momento, Bruno Guerrero, el gran amigo de mi padre, y yo, somos pareja. No quiero chismes. Él ocupa el cargo de jefe ahora conmigo. El que no esté dispuesto a respetarlo como tal se puede marchar ya mismo. No habrá consecuencias de ninguna clase. Respetaré esa decisión. Un paso al frente para el que se quiera ir.

Nadie se movió. Ella siguió hablando:

—Muy bien. Estamos claros. Vamos a revisar los planes y a establecer las responsabilidades de cada uno.

Me sorprendió convertirme en el jefe de una organización de semejante envergadura de la noche a la mañana. Era algo que no dejaba de asombrarme. Y procuré estar a la altura. Me tomé muy en serio mi cargo y empecé a revisar cada sección con lupa. Hablé con los mandos altos, con los medios y con los hombres que ocupaban la base. No quería dejar huecos o cometer errores por falta de liderazgo.

Algo que me costó mucho trabajo fue acostumbrarme a ser ahora un hombre rico, un millonario. Zafiro habló con los abogados y puso a mi nombre bienes inmuebles, empresas y cuentas bancarias. Y parece sencillo ser alguien adinerado, pero no lo es. Porque dentro de uno sigue viviendo ese niño pobre que nunca tenía un peso para comprar un helado o una gaseosa. Muchas veces me descubrí comiendo lentejas con arroz cuando podía comer langosta o caviar. Y no lo hacía por tacaño, por avaro, sino porque necesitaba conectar con ese muchacho humilde que siempre había sido. Más de una vez paré con mis hombres en un restaurante popular y pedí fríjoles o bandeja paisa para todos. Y me sentía feliz porque muy dentro de mí ese hombre miserable vivía agazapado dentro del hombre adinerado. También procuré que la organización entendiera que yo era el jefe, pero que no me envanecía por ello ni me daba aires de superioridad. Era un punto medio entre la autoridad y la camaradería. Trataba a mis hombres con respeto y con afecto, pero también les dejaba en claro que no estábamos en el mismo rango: mandaba yo.

Una tarde me escapé en una motocicleta y me fui hasta el Cementerio del Sur a ponerle flores en la tumba a Salomé. La lápida estaba limpia y pulcra. Pensé en doña Martha, su mamá, que seguramente iba todos los fines de semana a visitarla. Le pedí a Salomé que me protegiera, que intentara cuidar la frágil felicidad que ahora tenía.

—Te extraño mucho. Alégrate por mí y cuídame en todo momento. Por favor.

Luego subí hasta mi viejo barrio. Necesitaba verlo, sentirlo, olerlo. Mi casa continuaba abandonada y seguramente los sopladores de bazuco la estaban usando como refugio en las horas de la noche porque se notaba que entraban y salían por la ventanita rota de la cocina. Estaba bien. Tenía que soltar y entender que ya no era mi casa. La persona que había vivido ahí ya no era yo. Cerrando la tarde me dirigí hasta la casa de Salomé, revisé bien que no hubiera nadie sospechoso en la cuadra y timbré sin quitarme el casco. Doña Martha abrió convertida en una anciana de cabello blanco y gafas gruesas. No me quité el casco en ningún momento. Le entregué un pequeño morral repleto de dinero. Ella lo recibió sin entender de qué se trataba.

—Aquí le manda su hija, doña Martha —dije con la voz temblorosa y subí a la moto y arranqué.

Cuando llegué en las horas de la noche a mi apartamento me di cuenta de que tenía no sé cuántas llamadas de Zafiro en el celular. No lo había visto durante horas. Le timbré y ella respondió muy alterada:

—¿Estás bien?

—Sí, sí, todo bien. ¿Por qué?

—Pensamos que te habían secuestrado.

—¿Dónde estás?

—Frente a tu casa.

—¿Qué?

—Te buscamos por todas partes.

—Ven, entra.

Zafiro subió al apartamento furiosa y me increpó pegándome puños en el pecho:

—¡Pensé que te habían secuestrado o matado!

—Perdón, perdón, lo siento.

—¡Estamos en guerra, Bruno! ¡Tú mismo lo dijiste! Pones unas reglas para los demás, pero no las respetas.

—Lo siento mucho.

—Eres un hijo de puta, un desconsiderado.

Vi que Zafiro estaba llorando. Nunca la había visto así, ni siquiera en el entierro de su padre. Dejé que se desahogara. Había estado durante horas bajo mucha presión. Saqué una cerveza de la nevera y se la serví en un vaso.

—Lo siento, tienes toda la razón. No va a volver a ocurrir.

—¿Dónde estabas? Y no me vayas a mentir porque me daré cuenta.

—Necesitaba ir a mi viejo barrio, ver mi colegio, la casa de mis papás, esas callecitas miserables en las que pasé buena parte de mi vida. Y no podía ir acompañado, tenía que ir solo.

Zafiro empezó a calmarse. Yo continué:

—Ahora soy un hombre rico y me siento raro, Zafiro, siento como si fuera un impostor, como si no fuera yo. No sé cómo explicártelo. Y no es que el cargo me quede grande, no es eso. Tiene que ver con el sufrimiento que he vivido, con las necesidades, con mi vieja arrastrando su silla de ruedas y mi papá esperando todos los días que la fábrica aceptara el pliego de peticiones de los trabajadores y levantara la huelga.

Ella asintió y bajó la cabeza conmovida. Luego de un silencio largo, me dijo:

—Tranquilo, entiendo. A mi papá le pasaba lo mismo.

Zafiro me contó entonces que Atila viajaba una vez al año a su pueblo y hacía obras de caridad de manera anónima, sin que nadie se enterara de que se trataba de él. Ayudaba, donaba dinero para construir una escuela o un hospital, arreglaba carreteras, compraba libros, cuadernos y lápices para los estudiantes más humildes. Era su manera de mantener un cordón umbilical con los suyos. Era un salvaje, sí, un bárbaro que había fusilado, ahorcado y exterminado sin sentir el menor asomo de culpa, pero también era ese niño ilegítimo, ese bastardo que creció humillado y con vergüenza de que lo señalaran en cualquier parte. Era el niño sin padre, el hijo de nadie que llevaba solo un apellido, el de la mujer que lo había parido. Por eso, apenas creció y se hizo hombre, se encargó de su padre, ese señor prestante y bien vestido que había abusado de su madre cuando ella era una menor de edad. Lo siguió, tomó nota de sus horarios, y cuando él menos lo esperaba lo cazó una noche y, a la salida de una taberna, se plantó frente a él, le dijo quién era y lo baleó dejándolo sangrando en medio de la calle. Era su manera de vengarse, de cobrar una deuda que a él le había hecho mucho daño.

Entendí perfectamente de qué me estaba hablando. A mí me hubiera gustado también buscar a los dueños de la fábrica que habían mandado matar a mi papá y arreglar ahora ese crimen que estaba pendiente. Pero tenía que soltar, tenía que aceptar que la mejor venganza era esto que me estaba ocurriendo ahora: llevar una vida próspera y no ensuciarme las manos con esa escoria que no lo merecía.

Seguí explicándole a Zafiro:

—No quiero olvidarme de ese pasado. Tampoco quiero anclarme a él, no es que esté aferrado al hambre y a la miseria, no es eso. Yo sabré adaptarme a esta nueva vida y no te voy a defraudar. Aprenderé a fluir, como el agua de un río, pero sin perder la memoria.

—Tranquilo, no te voy a juzgar.

—Estuve también en la tumba de Salomé y le dejé flores. Le pedí que se alegrara por mí y que me bendijera, que me protegiera ahora que empiezo a ser feliz.

Zafiro empezó a llorar de nuevo y me abrazó. Yo no lo pude evitar y las lágrimas me corrían por las mejillas. Hablé ahogado en llanto:

—Luego fui hasta la casa de Salomé y su mamá parece ahora una anciana de noventa años. El dolor la ha destruido. No me identifiqué ni me quité el casco de la motocicleta en ningún momento. Le entregué cien millones de pesos de mi dinero personal en un morral y me fui.

Zafiro no me soltó, me mantuvo abrazado todo el tiempo. Yo seguí contándole:

—¿Y sabes qué? Entendí a Moisés y a Ferreira. La pobreza es como una maldición que se le pega a uno al cuerpo, como una enfermedad incurable que siempre tendrás que cargar a cuestas. Ese es mi barrio, esa es mi gente, me guste o no, y siempre lo será. Yo vengo de ahí, de esas calles sin pavimentar, de esas tiendas miserables donde todo se vende al menudeo.

Zafiro asentía mientras yo hablaba respirando con dificultad:

—Un día haremos una revolución, un día nos liberaremos de todo este peso que llevamos dentro y liberaremos a nuestros vecinos y a nuestros hermanos. Pero primero hay que liberarnos nosotros por dentro, porque la pobreza es mental, Zafiro, es un tumor que nos carcome y nos hace daño.

Me quedé callado y seguimos llorando los dos juntos. Supongo que ella recordaba detalles de su padre, de esa pobreza que él también había cargado por dentro hasta el día de su muerte.

Esa noche nos quedamos juntos y no tuvimos sexo. Zafiro me abrazó y se quedó todo el tiempo así, pegada a mí. Afuera empezó a llover y las gotas de agua escurrían por las ventanas y hacían ese ruido tan particular que hipnotiza y adormece.

3

La cúpula de Los Ninjas que había heredado el poder después de la muerte de sus cuatro jefes se negaba a negociar con nosotros. Eran dos colombianos que no tenían mayor peso y que nadie respetaba. No eran inteligentes ni sagaces. Pertenecían a las nuevas generaciones que solo pensaban en plata y que carecían de toda dignidad. En suma, dos mercachifles a los que podíamos presionar sin correr tanto riesgo.

Empecé a seguirlos y a tomar nota de sus rutinas. El mayor era muy cercano a la comunidad china que se había instalado en el centro de la ciudad, en el gigantesco mercado de San Victorino. Nuestros informantes nos dijeron que había tráfico de personas y que varios de esos chinos traían trabajadores de su país y prácticamente los esclavizaban para que trabajaran doce y catorce horas al día metidos en bodegas y subterráneos clandestinos. Montamos un operativo con la Policía y con la prensa para hacer un escándalo, y, efectivamente, había trata de personas y los titulares de prensa hablaban de *neoesclavitud*.

Ese nuevo líder de Los Ninjas tenía, además, una amante secreta con la cual solía encontrarse tres días a la semana. Era la dueña de un burdel al norte de la ciudad, un lugar sobrio y bien camuflado en una casa elegante a la que le decían La Mansión de Lady D. Solo recibían clientes VIP, empresarios o políticos, y no cualquiera podía entrar en ella. La mujer tenía cuarenta años y el nuevo líder de Los Ninjas la protegía, le pagaba los gastos del negocio y mantenía a las autoridades a raya. El lugar hacía mucho dinero y ella viajaba a veces a Miami o a Madrid con él, que era cada vez más poderoso.

Hicimos lo mismo: montamos guardia y le sacamos varias fotografías en la que aparecía abrazado o besando a la mujer, y luego se las entregamos a una revista sensacionalista para que creara el escándalo. La noticia fue un detonante y la esposa y las hijas adolescentes del hombre aparecieron en distintos medios de comunicación amarillistas llorando y quejándose de la traición de ese esposo y padre que ellas creían impecable. Fue un desprestigio total. Además, el burdel fue intervenido por las autoridades y encontraron en dos armarios varios kilos de cocaína que nosotros habíamos plantado en el lugar previamente. Plan perfecto. Lady D terminó en la cárcel y las otras chicas hablaron pestes de ella: que era una tirana, que no les pagaba las cuotas pactadas y que en esa casa se planeaban golpes macabros y traiciones políticas en las altas esferas del poder.

Así que, el escándalo del tráfico de esclavos en el barrio chino y la captura de la amante traficante terminaron con nuestro enemigo, que se vio obligado a salir del país para que lo dejaran en paz.

Con el segundo líder de Los Ninjas fuimos más contundentes porque sabíamos que era un tipo más terco y obstinado. Descubrimos que tenía un apartamento en el centro de la ciudad, en la calle 19 con la carrera Sexta, en un edificio sin portería, y que en ese lugar solía encontrarse con jovencitos, algunos de ellos menores de edad, para tener relaciones con ellos e incluso pasar a su lado fines de semana enteros. Estaba casado con una presentadora de televisión y tenía un hijo pequeño de diez años.

Lo primero que hicimos fue conseguir a un muchacho de diecisiete años en un gimnasio, un chico atlético que soñaba con ser actor y que se había presentado sin suerte para distintos *castings* en telenovelas. Le propusimos su gran oportunidad y el joven aceptó. Logramos que se conociera con el hombre en un *spa* al cual asistía para hacer ejercicio y el resto corrió de manera natural: el hombre lo vio enseguida con ojos de deseo y empezó la cacería. Lo invitó a tomarse algo, le dio regalos costosos, le escribía mensajes de texto varias veces al día y al fin le propuso encontrarse con él a solas en el apartamento del centro. Lo teníamos. Sin embargo, no era suficiente. No queríamos solo un escándalo: queríamos arruinarle la vida de manera definitiva.

Me entrevisté con el joven y le pregunté abiertamente:

—Necesitamos algo más severo. ¿Estás dispuesto? Te pagaremos muy bien.

—Si lo van a asesinar no quiero ser parte de eso.

—No, tranquilo.

—Entonces escucho.

—¿Tienes problemas con que te golpeen un poco y te traten con rudeza?

—¿Durante el sexo?

—Sí.

—Si es con cierto cuidado de no ir a herirme ni dejarme cicatrices en la cara, no tengo problema.

—Perfecto. Vas a decirle que te gusta cierta disciplina, que quieres que él sea tu dueño, tu maestro, y que tú conoces un lugar con absoluta discreción.

—¿Cuál es ese lugar?

—Nosotros ya lo tenemos cuadrado y te informaremos en su momento.

—*Okey*, está bien.

—Dos cosas más: tienes que seguir siendo dulce con él,

cariñoso y ten algún detalle: cómprale una corbata elegante o una billetera fina. Aprende a ser detallista.

—*Okey.*

—Y la última recomendación: si nos traicionas te asesinamos a ti y a tu familia. Que te quede claro.

El joven tragó saliva y salió del lugar muy asustado.

La trampa se fue cerrando poco a poco. El hombre no soportó la tentación y le dijo a nuestro anzuelo que sí a todo. Preparamos el sitio con una mujer que se hacía llamar La Dominatriz en las redes sociales. Era una casa con distintas habitaciones donde había potros de tormento y aparatos de sadomasoquismo por todas partes. Una noche el hombre alquiló el lugar solo para su joven amante y para él. Pidió que nadie más estuviera presente ese día en la casa, ni siquiera La Dominatriz. Todo se realizó según sus instrucciones.

Lo que el hombre no sabía era que ya nosotros teníamos cámaras en todas las habitaciones. En los dos tragos que se tomó iba una dosis de éxtasis con anfetaminas que le subió el volumen a las escenas. El tipo se enloqueció y golpeó al joven preguntándole mientras babeaba como un animal:

—¿Quién es tu dueño?

—Tú, mi amor, tú —le respondía nuestro anzuelo aguantando la paliza.

Lo amarró a potros de tormento, lo azotó y lo vejó de todas las maneras posibles sin saber que nosotros estábamos haciendo *zoom* con nuestras cámaras para lograr buenos primeros planos. Después de la orgía de alcohol, drogas y sadomasoquismo se quedó dormido en un sofá. Le dimos la orden al joven de que llamara a la policía y lo denunciara por pederastia, secuestro, tortura y violación.

La policía arribó al lugar con expertos en auxiliar a menores de edad y lo detuvieron enseguida. Ningún contacto de los que tenían Los Ninjas en la Policía se quiso meter en ese lío para sacarlo del problema y al día siguiente estalló el escándalo en las redes sociales. Nuestras fotografías y videos lo mostraban desnudo, iracundo, golpeando y azotando al joven mientras le decía groserías y lo denigraba. De inmediato la gente lo trató de monstruo, de violador serial e incluso los adalides de la moral pidieron la pena de muerte para ese tipo de delincuentes. Lo trasladaron a la cárcel y le cayó todo el peso de la ley. Estaba liquidado.

Al chico esperamos que cumpliera los dieciocho años, le pagamos una fortuna en un banco de las Islas Caimán y se fue a Nueva York a estudiar actuación.

Dentro de la organización me respetaban cada día más.

4

Los Ninjas propusieron una reunión con nosotros y Zafiro mandó cerrar un hotel en Paipa, un pequeño pueblo a tres horas de la ciudad, para que nos pudiéramos reunir allí todo un día sin testigos y sin llamar la atención. Ese día conté cuarenta y dos camionetas entre los hombres de ellos y los nuestros. Zafiro comandó la reunión y les dijo de entrada:

—Quiero que quede claro en esta reunión que esta guerra la empezaron ustedes y no nosotros. Ustedes son los responsables y ahora deben hacerse cargo. Primero sus socios intentaron matar a mi padre en la cárcel y luego ustedes mismos orquestaron un atentado en mi contra. Lo único que hemos hecho es defendernos legítimamente.

Los cuatro delegados de Los Ninjas, de nuevo dos colombianos y dos mexicanos, se quedaron callados. No sabían qué responder. Zafiro continuó explicándoles luego los beneficios de asociarse con nosotros, de trabajar en equipo y de apropiarnos del mercado en grupo. Eso sí, les aclaró de manera tajante:

—Las ganancias de ustedes están garantizadas. No queremos participación alguna. Recibirán su dinero cada mes y no pensamos intervenir en su cadena de mando. Pero en la junta directiva no tienen participación alguna. Es el precio que tienen que pagar por perder la guerra que ustedes mismos iniciaron.

Aquí debo aclarar que el negocio se mueve, como en casi todas las empresas, por una lógica machista. A ellos les molestaba que en la cúpula estuviera una mujer y no un hombre. Si la reunión hubiera sido con Atila no habrían tenido ningún inconveniente en aceptar. Pero que fuera una mujer joven la jefa suprema de la organización no resultaba fácil para ellos. Por eso se defendieron, alegaron que no estaban al tanto de los atentados, que no los habían consultado a ellos y que por lo tanto lo que estaban buscando era una tregua, un tratado de paz y no un sometimiento.

Le pasé un papelito a Zafiro en el que le preguntaba si en algún momento podía hablar. Ella me respondió: "yo te aviso". Esperé con calma y ella continuó acorralándolos y ejerciendo sobre ellos toda la presión posible. Los nuevos jefes no daban el brazo a torcer. Entonces, finalmente, ella me indicó que podía hablar si quería y me dio la voz presentándome como el socio principal de su padre.

Me puse de pie y dije con aplomo:

—Buenos días. Quiero decirles en principio que les presento mis respetos a los cuatros jefes establecidos. Esto son solo negocios y no tenemos nada personal contra ninguno de ustedes. Pero no se confundan: el hecho de que les estemos proponiendo una alianza no significa que lo hagamos porque creamos que somos más débiles. Todo lo contrario. Ustedes empezaron este conflicto y vieron cómo les respondimos. Me gustaría recordar algunos detalles. Voy a cerrar un poco las cortinas para que puedan ver mejor. Por favor no se vayan a preocupar.

Di la orden y mis hombres dejaron las persianas a medias. Estábamos en una sala de juntas. Había un *video beam* y empecé a proyectar unas imágenes del golpe que habíamos llevado a cabo en el hotel. Algunos de ellos, seguramente, no quisieron ver las imágenes de la prensa y ahora sus antiguos jefes estaban ahí, frente a ellos, desmembrados y sus piernas y sus brazos esparcidos por el suelo. Les dije con seguridad:

—Este golpe fue posible gracias a nuestros contactos con antiguos combatientes en Irak y Afganistán. Nuestra organización no es solo un cartel nacional, es un ejército bien entrenado por profesionales y mercenarios internacionales. El explosivo que utilizamos se usa en demoliciones de puentes y edificios, y lo activamos a control remoto con un celular.

Luego empecé a pasarles imágenes del atentado durante el entierro de sus jefes. Había cadáveres de mujeres, guardaespaldas, violinistas y niños esparcidos por el césped del cementerio. También teníamos fotos de los sobrevivientes ensangrentados y atontados por las explosiones. Continué con mi exposición:

—Esto fue posible gracias a la alta tecnología que ahora manejamos. Tenemos una sección de defensa, como cualquier estado moderno, con un equipo militar de alto alcance. Nuestros técnicos son estrategas militares internacionales calificados. Gente de primera línea. No contratamos aficionados.

Finalmente, les pasé una secuencia de fotografías en las que aparecían ellos mismos. Estaban saliendo de sus casas o entrando a unas oficinas. Los tipos se quedaron fríos y no sabían qué hacer. Seguí hablando en el mismo tono:

—Esto no es para amenazarlos. Estamos lejos de algo así. Queremos que sean nuestros socios, no nuestros enemigos. Les mostramos estas imágenes para que sepan que hicimos la tarea, que somos juiciosos, que están hablando con una organización moderna, a la orden del día. Sabemos dónde viven, cuántos hijos tienen y a qué colegios van, cómo se llaman sus empleadas y los profesores de sus hijos. También hemos estudiado bien sus vidas secretas, sus vicios y sus amantes. Nada se nos ha escapado. Ni siquiera esos malos manejos ni esos deslices que han cometido en el pasado entre ustedes mismos. Y lo que les proponemos es que dejemos todo eso atrás y que se vinculen a nosotros para que sean más fuertes y temidos. Su dinero se multiplicará y el negocio irá en aumento. Y si lo que quieren es una guerra, no les tenemos miedo y sabremos responderles como es debido. Saldrán de aquí con vida y en veinticuatro horas terminaremos la tregua. Gracias por escucharme y de nuevo todos mis respetos para ustedes.

Me incliné y las persianas se abrieron. Vi que Zafiro insinuaba una ligera sonrisa. Los tipos balbucearon dos o tres argumentos sosos, pero sabían que estaban liquidados. Al final, Zafiro les prometió no entrometerse en los manejos internos, siempre y cuando ellos respetaran su liderazgo y su jefatura. Las decisiones importantes tendrían que acatarlas sin rechistar. Los tipos terminaron aceptando y entonces nos acercamos a ellos y nos estrechamos las manos. Luego Zafiro les dijo:

—Me alegra mucho este trato entre nosotros. Hemos preparado una cena en su honor. Esperamos que les guste.

Entraron los meseros y empezaron a preparar las mesas. Servimos vino y otros licores, y conversamos amigablemente. La comida estuvo deliciosa: mariscos salteados al wok, vegetales a la plancha y un puré de plátano dulce con queso parmesano. El postre eran trufas achocolatadas. Los tipos estaban tranquilos y supieron mantener la compostura.

Cuando nos subimos al carro, Zafiro me dijo riéndose:

—¿Por qué no me dijiste que habías preparado semejante *show*?

—Estuvo bien, ¿no?

—Formidable, claro, pero no me advertiste.

—Era una sorpresa.

—La cara que pusieron. Estaban pálidos.

—Creo que algunos de ellos no habían visto imágenes de cerca de los atentados.

—¿Y es cierto que los has vigilado a todos?

—A todos.

—Qué malvado, eres una especie de villano de película.

—Es importante que nos respeten.

—Pero de aquí en adelante, si vas a hacer algo así, me tienes que contar antes.

—¿Es una orden? —pregunté sonriendo.

—Sí, es una orden —respondió ella dándome un beso en la boca.

El primer mes de la alianza Los Ninjas subieron sus ganancias en un veinte por ciento. Nosotros también subimos un veinticinco por ciento. Eso los tranquilizó y el negocio siguió prosperando. A nadie le convenía una guerra.

5

Un día, cerca de la plaza de mercado de Paloquemao, un tipo de unos cincuenta años se acercó y me dijo:

—Bruno, qué alegría verte.

—Lo siento, me confunde, señor —dije con la mayor tranquilidad.

—No me jodas, viejo. Estábamos en el mismo taller de La Picota.

—No sé de qué me habla, señor.

—Te fugaste con Atila. Muy bien hecho.

—Lo siento, me está confundiendo —dije sin alterarme y seguí caminando.

—Entiendo —dijo el hombre y se quedó mirándome sin quitarme los ojos de encima.

A partir de ese momento me di cuenta de que tenía que cambiar un poco mi aspecto para no ser tan fácilmente reconocible. Me rapé y me dejé el candado. Empecé a usar gafas de sol en todo momento, excepto cuando estaba lloviendo. En el espejo parecía realmente otro sujeto. Zafiro me tomaba el pelo y me decía riéndose y señalándome con el dedo:

—Voy a ponerle los cachos a Bruno con este tipo. Qué rico.

—Tan chistosa —le respondía yo haciendo cara de serio.

A uno de los hombres de la organización que pertenecía al antiguo círculo privado de Atila le decíamos El Botija porque era idéntico al personaje de la serie mexicana *Chespirito*. Gordo, grandote, con cara de ladronzuelo de comedia. Decidí nombrarlo como mi hombre de confianza y me daba mucha seguridad tenerlo siempre cerca de mí.

Una noche, en el bar de un hotel donde estábamos reunidos con algunos de los farmaceutas definiendo algunos productos, entró una mujer bellísima con acento paisa que hablaba por celular. Parecía estar discutiendo con un amigo o un novio que la había dejado plantada:

—*Okey*, ya entendí que no puedo volver a confiar en ti. No me vuelvas a llamar.

El Botija estaba cerca de mí y me dijo:

—Hágale, patrón. Está solita y desamparada. No diré una sola palabra. Se lo prometo.

No dije nada. Ella pidió un trago y luego se volvió hacia donde yo estaba y sonrió con tristeza. Le regresé la sonrisa, pero no me moví de donde estaba. El Botija volvió al ataque en voz baja:

—No va a volver a tener una oportunidad así jamás, jefe.

La mujer empezó a llorar. Me acerqué despacio, con mucha cortesía, y le pregunté:

—¿Se encuentra bien?

—La verdad no —dijo ella llorando—. Un amigo me citó aquí y no piensa venir. Ya me registré en el hotel.

—Puede verlo como algo muy positivo.

—No tengo con qué pagar la cuenta. No traje mis tarjetas. Me confié.

La joven parecía sincera. Dudé por un segundo, pero no se me encendió ninguna alarma. Le dije con amabilidad:

—No se preocupe. Será un placer.

Ella se secó las lágrimas y me dijo:

—Un caballero a la antigua salvando a la princesa de los dragones. Muchas gracias. Acepto solo con la condición de que me permita pagarle mañana mismo.

—No hay problema.

Fui hasta la recepción y pagué la cuenta de la mujer. Ella sacó su celular y me tuteó por primera vez:

—¿Cómo es tu número?

Le dicté mi número y ella me marcó enseguida. Lo tenía en vibración, pero sentí el aparato en el bolsillo y lo saqué para mirar.

—Esa soy yo —me dijo haciendo un amago de sonrisa.

—Muy bien.

Nos despedimos y esa misma noche ella me escribió al WhatsApp un breve mensaje:

Gracias. Me salvaste la vida. Eres muy amable y muy decente. No te pregunté tu nombre. Yo soy Cristina. Me dicen Cris.

Respondí:

Maximiliano. Pero me dicen Max.

Unos minutos después entró otro mensaje:

En estos días te busco para pagarte, Max. Nunca olvidaré lo que hiciste por mí.

No grabé el número, pero después, analizando la situación, me dije que sin lugar a dudas se trataba del viejo truco de la joven *sexy* y desamparada en busca de ayuda. Recordé todos los artículos que había leído en la cárcel sobre Albenys y la forma como lograron infiltrar a Atila. Me habían tendido una trampa. Entre más intentaba recordar los gestos de ella y su tono de voz, aparentemente sincero, más iba confirmando que se trataba de una actriz consumada. La pregunta era: ¿quién me la envió? ¿Quién estaba detrás con la caña de pescar?

Menos mal que no manejaba redes sociales ni subía información de mi vida a la red. El verdadero poder está en el anonimato.

Cambié de celular y guardé el viejo en la caja fuerte. También cerré la cuenta bancaria con la que había pagado en el hotel. El otro problema era que alguien dentro de nuestra organización había filtrado la información de que íbamos a reunirnos en ese hotel ese día a esa hora. Tenía que empezar a vigilar a los míos para descubrir de quién se trataba.

Le conté a Zafiro y se puso muy seria. Me dijo:

—¿Le pagaste la cuenta?

—Sí, la sentí como desesperada.

—¿Y a ti qué te importa? ¿Vas por el mundo buscando gente desesperada para ayudarla?

—Claro que no, pero…

—No seas idiota, la ayudaste porque estaba buena. Te pareces a mi papá: ustedes los hombres siempre piensan con el pipí.

—No era eso. No quiero verme con ella. Si quisiera tener una aventura no estaría aquí contándote lo que pasó.

—Si vas a empezar a tener amantes, me avisas, para hacer lo mismo.

Y se fue muy molesta. No dije nada porque, como siempre, ella tenía la razón. Había bajado la guardia y eso era imperdonable.

Por esos días me concentré en dos frentes en los cuales venía trabajando con la gente de los laboratorios. El primero de ellos era el frente militar. Había estudiado la relación entre los distintos ejércitos del mundo y el consumo de sustancias. Los soldados nazis consumían anfetaminas y el propio Hitler era un adicto a distintos medicamentos. Luego en Vietnam siguieron explorando con alucinógenos y psicoactivos para calmar los nervios de los soldados antes, durante y después de los combates. En nuestro tiempo pasa lo mismo: ¿cómo hacer para tener pelotones más lúcidos, más despiertos, que duren varios días alerta y sin dormir? Y después, cuando los soldados regresan de la guerra, el problema son las complicaciones psicológicas, los traumas y la sensación de culpa. Por eso puse a trabajar a nuestros ingenieros químicos en la creación de medicamentos que ayudaran a combatir de manera más eficiente el estrés postraumático y la clave estuvo en distintas mezclas que fuimos logrando.

La hormona más poderosa de la naturaleza es la testosterona. En la antigüedad los hombres cruzaron montañas, aguantaron inviernos y sobrevivieron a grandes migraciones gracias a esta hormona. Por eso seguimos admirando a los tipos rudos en el cine y la televisión, porque nos recuerdan a los héroes hormonados de la antigüedad. Descubrimos que una mezcla de testosterona, cocaína y anfetaminas generaba un buen impacto en el sujeto. Lo hacía más fuerte a los dolores, más concentrado y mucho más arriesgado en el momento del combate.

Me encontré con varios militares y estaban de acuerdo en que no era posible realizar a nivel oficial ese experimento, pero sí se podía lograr de manera subrepticia, sin llamar mucho la atención. Un coronel de la vieja guardia me dijo sin reparos:

—Todo lo que nos ayude a exterminar esa plaga que es la guerrilla es bienvenido.

Llegamos a un acuerdo de probar con uno de los pelotones de contraguerrilla y después ir avanzando en otras brigadas.

A la semana siguiente me reuní con gente de la guerrilla y les ofrecí el mismo producto. Se entusiasmaron mucho y estuvieron de acuerdo en que necesitaban un combustible extra para aguantar las largas jornadas de patrullaje o de hambruna en la selva. Al tener columnas móviles, el desgaste de las tropas era mucho mayor. A ellos les vendí un lote más grande y quedamos en ir haciendo balances.

Nuestras investigaciones también estaban apuntando a otro sector: los pacientes psiquiátricos. La medicina no lograba medicar correctamente a los psicóticos o a los depresivos. Los laboratorios legales seguían produciendo medicamentos que tenían efectos secundarios muy graves y que además iban empeorando al paciente.

Con respecto a la depresión, por ejemplo, las investigaciones de varias universidades gringas arrojaban muy buenos resultados en terapias con microdosis de hongos alucinógenos. El efecto no era alucinatorio, como con las dosis altas, sino que el cerebro iba recomponiendo las conexiones neuronales lentamente hasta sacar al paciente de la depresión. Nosotros ya teníamos una mezcla de microdosis de hongos, cafeína y una dosis mínima de testosterona. Lo habíamos probado con pacientes depresivos y el efecto había sido fantástico. Se recuperaron a una velocidad que ningún psiquiatra podría imaginar.

La clave, entonces, estaba en empezar una campaña por la red para que la gente decidiera probar terapias alternativas y se fuera alejando cada vez más de los doctores que, en realidad, lo que habían hecho era empeorarlos.

Contratamos a publicistas y expertos en mercadeo, abrimos distintas páginas web informando los resultados de los experimentos en Estados Unidos y replicamos artículos de periódicos respetados como *The New York Times*. Luego empezamos a crear comunidades en las redes sociales para hablar sobre el tema y los clientes empezaron a llegar por montones. La gente no quería medicarse ya con las drogas legales que habían demostrado su ineficiencia.

Esos dos nuevos mercados fueron todo un éxito porque tanto los militares como los guerrilleros nos fueron ampliando los pedidos. Crecíamos a una velocidad que nos implicaba también estar atentos a los distintos frentes que íbamos abriendo.

Yo trabajaba doce horas al día sin parar, pero decidí que también necesitaba llenar el vacío más grande que tenía: la distancia de conocimiento entre Zafiro y yo. No quería que ella se cansara de mí porque, sencillamente, no podía hablar de ciertos temas con un ignorante como yo. Así que contraté profesores de historia y de humanidades, y todos los días, de siete a ocho de la noche, estaba en clase virtual conectado a mi tableta y tomando notas. No olvidaba la prepotencia de esos jovencitos de los colegios privados cuando yo era un adolescente y el impacto que había creado en mí la brecha educativa que existía entre ellos y nosotros. Y no quería morirme sin acortar esa distancia o incluso superarla del todo.

6

Un dirigente político estaba detrás de nosotros obsesionado con destruirnos. No sabía si trabajaba para los viejos enemigos de Atila, pero daba igual. No podíamos posponer ese asunto. Nosotros no queríamos entrar en la política, que era el error que habían cometido los viejos carteles, pero sí necesitábamos a menudo apoyo institucional para nuestros negocios. No queríamos entrar a disputar el poder, sino introducirnos de manera invisible en él para ponerlo a funcionar en nuestro beneficio. En el fondo, hacíamos exactamente lo mismo que los laboratorios oficiales: *lobby*. Solo que, en nuestro caso, si queríamos acrecentar nuestra presencia, debíamos subir los montos y comprar a la clase política sin titubeos para que nos dejara avanzar y crecer como lo estábamos haciendo. Y daba igual si eran de derecha, de centro o de izquierda, a todos les fascinaba el dinero a manos llenas.

Este individuo no solo se negaba a recibirnos y a escuchar nuestras ofertas, sino que era abiertamente un contradictor que amenazaba a nuestros mensajeros. Podía estar al servicio de los laboratorios oficiales frenando nuestra presencia en el mercado, pero era posible también que estuviera trabajando para alguna otra organización clandestina. Mis informantes me decían que el sujeto estaba planeando denunciarnos en el Congreso de la República y eso no podíamos permitirlo.

Decidí solicitar personalmente una cita con él en la oficina de su abogado y, cuando por fin aceptaron recibirme, me dijo de entrada, antes de saludarnos:

—Quiero dejarle en claro que lo recibí no para escuchar sus propuestas, sino para decirle que denunciaré públicamente todas las actividades de su organización.

—Primero quiero agradecerle por su tiempo y su gentileza —empecé diciendo con calma—. Vengo a presentarle mis respetos y a decirle que sus ideas y sus políticas nos interesan particularmente.

—Dejémonos de rodeos. Usted vino a ofrecerme algo y yo no estoy interesado. Pare de contar.

—Solo quiero decirle que nos encantaría apoyar su carrera, su proyecto de país, y que no quisiera que nos viera como si fuéramos unos delincuentes. Somos hombres de negocios y estamos gestionando las licencias legales para operar sin contratiempos.

—Mire, joven, usted es un gánster, esa es la verdad. Ni usted ni sus compinches se pueden comparar con los laboratorios legales que producen medicamentos. No es lo mismo.

—Según como lo mire. Depende de la perspectiva.

—No me interesa tener otro punto de vista. Yo miro desde la ley. Y ya. Se acabó. Y espero que muy pronto usted y los suyos estén donde deben estar: en la cárcel.

—Perfecto, señor. Solo un último consejo: la guerra no se gana con la fuerza que uno tiene al comienzo de ella, sino con la fuerza que se va generando durante las distintas batallas.

—¿De qué diablos está hablando?

—Los alemanes eran los más fuertes al comienzo de la Segunda Guerra Mundial, y sin embargo perdieron. Usted ahora parece el más fuerte, pero también puede perder. No lo olvide. Buenos días y muchas gracias por su tiempo.

Y salí sin decir nada más.

Había que apurarse y trabajar con rapidez en un ataque sorpresa. No podíamos esperar más. No hay nada más peligroso que un moralista. Decidí utilizar la misma técnica que usaron conmigo: encontramos a una joven universitaria preciosa y decente que trabajaba solo con altos ejecutivos como dama de compañía. Le ofrecí una buena suma en dólares si aceptaba llevar a cabo el plan completo. Ella aceptó con la condición de que la sacáramos del país por unos cuantos meses.

Lo primero que hizo fue entablar contacto con el político en la sede de su campaña. Se ofreció como voluntaria y a los pocos días él la detectó y le preguntó qué estudiaba. Ella le dijo la verdad: Comunicación Social. En ese momento él tenía cuarenta y tres años y se mantenía en buena forma. Ella era una estudiante de veinticuatro años. La química fue inmediata. Empezaron a verse ocasionalmente, solo como amigos, y, poco a poco, ella logró que él diera el siguiente paso: invitarla a un apartamento de soltero que tenía en el barrio Los Rosales. En las afueras de la ciudad tenía su casa familiar, con su esposa, una hija de nueve años y un hijo de once, pero el apartamento era para sus aventuras sexuales clandestinas. La joven aceptó un trago y, cuando él se abalanzó sobre ella para besarla, se hizo a un lado con cautela y pidió prestado el baño. Él se sonrió y lo tomó como un buen preámbulo del juego erótico que se avecinaba. Le mostró dónde estaba el baño social.

La música en la sala estaba a un volumen medio. La joven entró al baño y de inmediato se rompió la cabeza contra el espejo, se pegó dos puñetazos y se cortó en la parte alta de la frente con uno de los pedazos de vidrio que estaban en el piso, cerca del cabello (donde la cicatriz no se notara después). Llamó a la policía y dijo en el teléfono con la voz temblorosa:

—Por favor, estoy herida, creo que me van a matar.

La policía tomó los datos y envió una patrulla hacia el apartamento. Ella se tomó varias fotos con la cara inflamada y llena de moretones. Sangraba abundantemente por el corte con el pedazo del espejo roto. Grabó un video también en el que decía que estaba en el apartamento de ese político, dio la dirección exacta y advirtió que el tipo quería violarla y que la había golpeado salvajemente. Dijo temblando que tenía miedo. Explicó llorando que acababa de llamar a la policía. Y subió las fotos y el video a redes sociales.

La respuesta fue inmediata. Los internautas llamaron a la policía por su cuenta, a la Defensoría del Pueblo y a las organizaciones de derechos humanos a pedir ayuda para la joven. Los medios de comunicación acudieron al lugar en cuestión de pocos minutos. En la portería se reunieron curiosos y seguidores de las redes que decidieron rescatarla a como diera lugar. Cuando la policía llegó al edificio ya había una veintena de personas afuera y poco a poco fueron llegando más y más.

Cuando el político abrió la puerta del apartamento no tenía ni idea de lo que estaba sucediendo en internet. De inmediato fue esposado y la joven rescatada. Ella salió llorando, gimiendo y mostrando que el solo hecho de ver al fulano la llenaba de terror. Se rasgó la blusa, tenía el sostén roto y su cara era una mancha roja apergaminada.

El escándalo fue inmediato. De todos los estratos sociales y de todas las edades pidieron la condena inmediata para ese abusador y violador que había tramado un ataque semejante en contra de una joven estudiante cuyo único pecado era ser bonita e inteligente. El hecho de tener un apartamento clandestino terminó de enterrar al político. La esposa salió diciendo que no sabía nada de ese lugar e inició enseguida un proceso de separación.

La joven firmó los papeles legales para llevar al supuesto agresor a la cárcel y salió del país, tal y como lo habíamos pactado. Así terminamos con la carrera de ese individuo y recuerdo a Zafiro diciéndome en las horas de la noche mientras mirábamos juntos el noticiero de televisión:

—Bien hecho. Estábamos contra las cuerdas.

—Decidí aprovechar el truco de la paisa.

—¿Cuál paisa? —preguntó ella sin dejar de mirar la tele.

—La que me mandaron al hotel.

—Ah, no sabía que era paisa. Sí, algo parecido te hubieran hecho a ti. Acuérdate que así capturaron a mi papá.

—Ese tipejo ya no nos molestará más.

Una mañana, viendo las noticias en el celular, me tropecé de pronto con un artículo que hablaba de la muerte de uno de los grandes maestros de artes marciales, el maestro Wang, que había llegado al país en la década de los años ochenta. El reportaje decía que el Instituto de Recreación y Deporte le rendiría un homenaje al profesor en las horas de la tarde en su sede principal. Una profunda tristeza me invadió. El maestro Wang había sido la primera persona que vio algo rescatable en mí. Sus clases templaron mi carácter y me permitieron darle a mi juventud un sentido interno del que carecía por completo.

Asistí a las honras fúnebres y al entierro. Envié una corona gigante de flores en su nombre. En la iglesia y después, en el cementerio, me regresó de nuevo esa sensación de tener la muerte cerca, al lado. Nunca, desde el asesinato de Max, me había quitado esa impresión de encima. Era como si ya estuviera muerto, como si, de algún modo, todo lo que hiciera en la vida fuera inútil porque ella, tarde o temprano, se haría presente y me vencería. La gente solía vivir como si fuera eterna. Yo no. Yo sabía que era un individuo finito y que mi cuerpo era algo transitorio que desaparecería y se perdería en la nada. Aunque caminara con mucha habilidad y no hiciera ningún ruido, los lobos siempre se despertarían y me devorarían a dentelladas. No había nada que hacer.

Por esos días me sentí extraño, como si fuera otro individuo, como si un doble hubiera tomado posesión de mi cuerpo y de mi vida. Yo en realidad era ese joven discípulo de Tai Chi. El otro era una especie de procreación paralela que a veces me abrumaba.

Una noche le conté a Zafiro y ella me abrazó y me dijo:

—Nunca me habías hablado de él.

—Fue mi maestro de Tai Chi y la persona de la que más había aprendido en la vida hasta que conocí a tu papá.

—Mi viejo me contó alguna vez que tú madrugabas todos los días en la cárcel a practicar artes marciales.

—Con el maestro Wang aprendí que la disciplina es la base para cualquier cosa que quieras realizar. Puede que no seas muy brillante, pero si eres disciplinado alcanzarás los objetivos.

—Mi papá decía algo parecido.

—Sin disciplina te extravías en el camino. Y ahora me duele no haber vuelto nunca a saludarlo y a darle las gracias. Nunca le dije todo lo que él significaba para mí.

—No te vayas a culpar ahora. Eso es la vida, una muerte prolongada.

—Lo sé.

Y cuando dije esas palabras me llegaron a la cabeza Max, mi vieja, Salomé, el loco de Bill, Atila y ahora el maestro Wang. Iba a cumplir treinta años y ya mi pasado estaba lleno de cadáveres.

CAPÍTULO III

El evangelio de las bestias

1

Zafiro era una mujer práctica, no se andaba con rodeos y, como tenía que manejar a una serie de hombres machistas que estaban acostumbrados a respetar solo al más fuerte, no podía titubear ni mostrar puntos débiles. Era ruda y radical, pero en privado, conmigo, era dulce y apasionada. Esa mezcla me fascinaba. A veces pasábamos los domingos leyendo o viendo series de televisión juntos, y me sorprendían sus comentarios siempre comprensivos y bondadosos. Pero cuando estaba en grupo con los muchachos era un témpano de hielo y no hablaba ni sugería: mandaba.

Un día me dijo que necesitaba hacer un viaje para limpiar de alguna manera las atrocidades que cometió su padre.

—No entiendo —le confesé apenas me propuso que la acompañara.

—Mi viejo exterminó poblaciones enteras y fusiló campesinos que él consideraba traidores o colaboradores de sus enemigos.

—*Okey.*

—Y sería bueno visitar esos territorios e intentar realizar un ritual o algo parecido para limpiar esa mala energía.

—¿Y tú crees en esas cosas?

—No es eso, Bruno, sino que de alguna manera la energía de todos esos crímenes está ahí y sería bueno intentar una limpieza espiritual.

—Yo de esas cosas no entiendo nada.

—¿Tú has matado gente?

Nunca me había preguntado eso de frente. Tenía que responderle con la verdad y no eludir la pregunta:

—Siempre defendiéndome.

—¿Y no te pesan esos muertos? ¿No te cuestionas qué hubiera pasado si no lo hubieras hecho?

—Perdóname que te responda con tanta franqueza, pero esta conversación está relacionada con otra que ya tuvimos antes.

—¿Cómo así?

—Te dije que yo vengo de abajo, de los barrios duros, y cuando te levantas de ese modo lo único que tienes para que no te aplasten es tu potencia y tu aguante.

—No me estás respondiendo.

—Sí lo estoy haciendo, pero no quieres entender. Tú creciste en un buen barrio y fuiste a los mejores colegios y universidades. Por eso tienes la moral que tienes.

—No me voy a avergonzar de las comodidades que he tenido.

—No te estoy diciendo que lo hagas. Lo entiendo perfectamente y me habría encantado tenerlas yo también. Pero no fue así. Y lo que te estoy pidiendo es que no intentes que yo comparta tu moral, del mismo modo que yo no te estoy pidiendo que compartas la mía. La reputación, el buen nombre, el pecado o la decencia son problemas burgueses.

—Te pareces a mi papá, qué pereza. Me juzgan porque no crecí en la calle comiendo mierda como ustedes.

Esa fue la única vez que Zafiro y yo dejamos de hablarnos durante varios días. Ella no me llamaba y yo tampoco. Solo cruzábamos datos e informes de trabajo, nada más. A la semana exacta, ella llegó a mi apartamento y me dijo apenas abrí la puerta:

—Lo siento, tienes toda la razón. Es distinto crecer en el pantano.

La abracé con fuerza y la invité a seguir.

—Ven, hagamos algo rico de comida —le dije con cariño.

Mientras cortábamos cebolla y tomate para preparar un guiso, ella volvió sobre el tema:

—Con todo respeto me gustaría preguntarte si me acompañarías a visitar ciertas fincas del Eje Cafetero adonde quiero ir.

—Claro que sí.

—Quiero conseguir a un sacerdote e ir a bendecir esos lugares. No me gusta eso de "por donde pasa Atila no crece la hierba". Es como si me condenara a mí también, como si yo heredara los pecados de mi papá.

—Dale, de una, vamos.

En efecto, dos semanas después visitamos varios pueblos de distintos departamentos en los cuales Atila había llevado a cabo masacres terribles que aún estaban en proceso de investigación. El sacerdote que Zafiro consiguió, un hombre de unos cuarenta y cinco años, repetía siempre la misma letanía y pedía por las almas de los inocentes que fueron sacrificados en esos lugares. Zafiro se arrodillaba en cada lugar durante un largo tiempo. Yo la esperaba a una distancia prudente para respetar su intimidad.

A nuestro regreso ella me dio las gracias y me dijo que se sentía mucho mejor. Yo me acerqué una tarde a la tumba de Atila en la hacienda donde lo habíamos enterrado y le hablé en voz alta:

—Hola, jefe. Espero que allá al otro lado sí pueda descansar por fin. Usted sabe que yo amo a su hija de verdad, desde el corazón, pero siento que lo que usted tuvo que hacer no estuvo mal. Fue necesario. Si quería sobrevivir e imponerse a sus enemigos, no podía mostrar debilidad. Fue como cuando nos fugamos de la cárcel: no podíamos recuperar la libertad pidiendo favores ni rogando. Se hubieran reído de nosotros. Nos tocó a cuchillo y a bala. Y si queremos defendernos de la gente de bien nos toca igual, nos toca mostrar nuestro *power* y que nos tengan miedo. Solo quería decirle eso, jefecito, que lo extraño mucho, que usted siempre será para mí como un padre, y que, aunque yo esté enamorado de su hija, siempre estaré de su lado y lo defenderé.

Al día siguiente, Zafiro me hizo una videollamada y me dijo con curiosidad:

—Me contaron que habías estado en la tumba de mi papá. ¿Y eso?

—Fui a dejarle flores y a saludarlo.

—¿Y qué le dijiste?

—La verdad, que lo extraño.

—Carretudo. Yo sé a qué fuiste.

—No empieces, Zafiro.

—Fuiste a decirle que estás de su lado, aunque estés conmigo.

—No sé de qué me estás hablando —dije sorprendido de que ella me conociera así de bien.

—No importa. Te perdono. Para que veas todo lo que te quiero.

Ambos nos sonreímos porque sabíamos que era cierto.

Por esos días ocurrió algo que jamás creímos que fuera posible. Fue como si de repente nos hubieran cambiado las coordenadas y el tiempo se hubiera acelerado hasta llegar al futuro: las organizaciones internacionales de salud decretaron una pandemia. La primera versión fue que un virus se había propagado en el mercado público de Wuhan, en China, y de allí a todo el planeta. Las fronteras se cerraron y la mayoría de países ordenaron largas cuarentenas.

Nosotros alcanzamos a mudarnos para la hacienda La Zafiro y allí nos atrincheramos después de hacer un mercado gigantesco de enlatados y frascos de todo tipo. Tuve que revisar la seguridad varias veces para estar seguros de que no seríamos un blanco fácil. Un atentado en esas circunstancias era mucho más sencillo de realizar. Los guardaespaldas se quedaban en una casa contigua y se iban turnando cada ocho horas para estar despiertos y lúcidos. A veces comíamos todos juntos y a veces nos quedábamos Zafiro y yo en la casa principal solos y sin testigos. El encierro obligatorio me costó mucho trabajo. Creo que de algún modo me recordaba la cárcel y esos horarios de rutinas fijas en donde estaba prohibido ir más allá de los muros del patio respectivo. Tenía que caminar largas horas por los jardines y los alrededores para poder tranquilizarme. Zafiro me decía:

—Pareces una bestia enjaulada.

Con El Botija, mi hombre de confianza, reforzamos la seguridad poniendo más cámaras en los alrededores y mandé traer un dispositivo que enviaba una señal de alarma si detectaba algún carro a un kilómetro de la casa por la vía privada. No quería sorpresas de ninguna clase.

Una noche, Zafiro empezó a toser de una manera que me alarmó. Si se trataba de COVID-19, ¿cómo diablos se había contagiado si ella en ningún momento salió de la hacienda? Lo único que se nos ocurrió fue que quizás alguno de nuestros hombres fuera un portador pasivo, alguien que no padecía la enfermedad pero que sí podía transmitirla. No había otra explicación.

Llamamos para que nos hicieran una prueba a todos los de la hacienda y la única que salió positiva fue Zafiro. Era un misterio total. Decidimos dormir en habitaciones separadas y yo la cuidé lo mejor que pude. Entraba con el tapabocas y le llevaba la comida y los medicamentos hasta la cama. Luego me desinfectaba de la cabeza a los pies. Sin embargo, la tos no cesaba y me importó un comino el contagio: decidí pasar las noches con ella y cuidarla en todo momento. Una noche le pregunté:

—¿Te llevo a la clínica para que te den oxígeno?

—No, por favor, no me internes. Sé que si me hospitalizan me voy a morir.

—*Okey.*

Me moví de afán y conseguí un servicio de oxígeno permanente en la casa. Lo instalamos en la habitación y ella empezó a respirar mucho mejor. Sin embargo, perdió el olfato y el gusto, y los accesos de tos en las horas de la noche la debilitaban y le impedían dormir. En una de esas madrugadas insomnes me confesó:

—Cuando me enteré de que mi papá era un narco y un asesino sufrí una crisis mental muy fuerte. Tuvieron que internarme en una clínica de reposo. Me retiré del colegio y estuve en ese lugar un año largo. Eso no te lo conté.

—Estabas muy joven. Es normal.

—Creía que estaba maldita, que sobre mí pesaba una especie de hechizo maligno. Fue muy duro.

—¿Y Atila iba a verte?

—No, le prohibí las visitas. Desde ese momento lo alejé de mi vida.

—Y mira, terminaron siendo los mejores amigos y él no podía quererte más.

—Yo sé…

Los accesos de tos le impedían hablar y tenía que quedarse callada con la mascarilla de oxígeno puesta. Así estuvimos durante una semana más, hasta que por fin empezó a mejorar y pudo salir al jardín por primera vez a caminar y a recibir el sol. Estaba amarilla y se había bajado de peso cinco kilos. Yo no la dejé ni un día sola y, por fortuna, no me contagié nunca. El comportamiento del virus era impredecible.

Lo único positivo de la pandemia fue que pude leer y estudiar todos los días durante horas enteras. Seguí con mis clases virtuales y leí a un ritmo inusual: historia del siglo XX, filosofía moderna, sociología, reportajes y literatura tanto latinoamericana como mundial. Los libros volvieron a darme esa fortaleza que tanto estaba necesitando. Poco a poco, sin aspavientos, iba alcanzando a Zafiro en conocimientos y cultura.

2

Varios meses después de las cuarentenas y los encierros obligatorios llegaron las vacunas y nos llamaron a todos a ponérnoslas de manera obligatoria. Los que no se querían vacunar no podían ingresar a los supermercados, ni a los bancos ni a ningún evento público. Tampoco podían viajar en avión. Y, aunque Zafiro había tenido el virus y en teoría no necesitaba ya de las vacunas, decidimos hacerlo para tener toda nuestra documentación en orden.

El día que nos citaron para la primera dosis fue en el Movistar Arena, y, cuando ingresamos, la imagen fue completamente futurista: un personal médico con escafandras llamaba a la población civil, uno por uno, a que entraran a la nave central a ponerse la vacuna en distintas mesas donde estaban decenas de enfermeras inyectando sin descanso. Era una imagen extraña y se lo dije a Zafiro:

—Esto parece sacado de una película de ciencia ficción.

—Sí, qué raro.

—Parece una escena de control social.

En ese momento, por primera vez, se me ocurrió que todo era una estratagema de los laboratorios oficiales (nuestros enemigos acérrimos) para recuperar el poder que venían perdiendo. Sumado a ello, la clase política tenía todos los argumentos para controlar a la población y para aplicar las medidas que les diera la gana. Lo curioso es que esa idea, que era solo una hipótesis, con el tiempo fue cobrando cada vez mayor sentido, pues luego nos enteraríamos de que el virus no estaba en la naturaleza ni había existido una transmisión de los murciélagos a nosotros. El virus era una creación de laboratorio. No había existido una pandemia, sino un genocidio a gran escala. También era posible que no se tratara de un ataque aislado, sino que fuera el primero de otros que estaban por venir. El poder médico, aliado al poder político, irían recuperando el control con pasos lentos, pero seguros.

Poco a poco fueron abriendo la cuarentena y permitiendo algunos espacios para transitar y volver a trabajar. Nosotros nos preocupamos por empezar a cubrir la demanda que la pandemia iba creando. La gente estaba desesperada durante el encierro y ampliamos la cobertura de antidepresivos y de drogas recreativas. También vendimos las microdosis de hongos como un remedio para la fatiga mental y las secuelas psicológicas que iba dejando el COVID-19.

De nuestros hombres solo dos se contagiaron, los demás estuvieron sanos y sin inconvenientes. En nuestro entorno cercano no hubo una sola muerte.

Una tarde regresé a la historia que Zafiro me había contado y le pregunté:

—Oye, el año que estuviste recluida, ¿cuál fue el diagnóstico?

—Estrés postraumático.

—Como si hubieras estado en una guerra.

—Si eres una niña y has creído que tu papá no solo te ama, sino que además es una buena persona, es muy duro enterarte de que es un salvaje y un asesino a gran escala.

—Pero él respetó tus decisiones.

—Eso siempre se lo agradecí, porque yo empecé a tener unas visiones que me atormentaban mucho: en las noches veía una fila larga de personas que iban pasando frente a mí y que me preguntaban por qué mi papá las había asesinado. Eran mujeres, hombres, niños, de todo. Era terrible. Me despertaba ahogada y tenían que medicarme para que pudiera descansar.

—Por eso se te ocurrió lo del ritual.

—No he vuelto a tener esas pesadillas, pero a veces siento esas presencias y me pregunto si uno heredará el karma de sus padres.

En esas conversaciones con Zafiro iba descubriendo que la relación con su padre había sido compleja. Lo amaba, sí, pero también lo rechazaba y lo juzgaba. Quizás hubiera preferido tener un papá normal, oficinista o contador público, sin tanto dinero, pero sin tantos muertos a la espalda.

Una mañana El Botija me llamó por teléfono y me dijo:

—Jefe, tenemos un problema.

—¿Dónde están?

—En el laboratorio de Kennedy. ¿Lo mando recoger?

—De una.

Cuando llegué al lugar estaba El Botija con dos fulanos amarrados a dos asientos en el centro del laboratorio. Ahí preparábamos metanfetamina. Uno de los detenidos era el ingeniero químico y el otro un encargado de la distribución.

—¿Qué pasa? —pregunté apenas entré.

—Uno de estos cabrones nos está robando porque las cuentas no cuadran —me explicó El Botija.

—¿Cuánto es el faltante?

—Ciento quince millones. O se robaron la plata o se robaron la merca y la vendieron por su cuenta.

—*Okey*.

Me acerqué a los dos fulanos y los miré a los ojos. Estaban aterrados. El uno era el ingeniero químico, un hombre de unos cincuenta años, con lentes, ya canoso. El otro tenía pinta de ser un *yuppie* de unos treinta y cinco, vestido con ropa de marca y muy a la moda. Les dije con seriedad:

—Si no hablan, ambos van a morir de la peor manera: mutilados. En unos minutos llegará un experto con toda la instrumentalización. Les aseguro que les hará sentir un dolor que nunca en su vida han sentido.

Los dos hombres respiraban ahogados y tenían los ojos dilatados de los nervios. Seguí diciéndoles:

—Evitémonos una carnicería y arreglemos por las buenas.

El joven gritó entonces:

—¡Fue ese hijueputa! ¡Confiese, malparido!

El otro intentaba guardar la compostura y dijo con frialdad:

—Yo no tengo deudas ni me doy la gran vida. Con lo que me gano es más que suficiente. No necesito robar a nadie.

Era un buen comienzo. Les pedí los celulares y las claves de sus cuentas bancarias. El Botija les revisó en detalle el movimiento de sus tarjetas de crédito y débito, y luego dijo refiriéndose al hombre de más edad:

—No tiene deudas, es verdad. Tiene dos CDT por trescientos millones de pesos y un fondo de inversión por otros cien millones.

Luego El Botija se acercó al joven y dijo:

—No tiene ahorros y hasta hace poco debía en tarjetas de crédito ciento cinco millones de pesos. Pagó hace una semana todo y está otra vez en ceros.

El *yuppie* gritó:

—¡Le pedí prestado a un amigo!

Me acerqué al hombre viejo y lo desaté yo mismo. Luego le dije:

—Lo siento mucho. Estamos muy contentos con su desempeño en este laboratorio. Le haré llegar una compensación por este impase.

El hombre se inclinó y se retiró.

El otro no hacía sino gritar y suplicar. Le indiqué a El Botija que nos hiciéramos en un rincón del laboratorio y le dije en voz baja:

—Que primero saque el dinero con adelantos de sus tarjetas de crédito. Los ciento quince millones exactos. Dile que no le vamos a hacer nada si nos paga. Luego, cuando ya tengamos la plata, pégale un tiro en la nuca y desaparece el cuerpo. Que no lo encuentren en ninguna parte. Con el lío de la pandemia nadie le pondrá cuidado a la desaparición de este mequetrefe.

El Botija asintió y me dijo:

—Sí, jefe. No se preocupe. Yo me encargo.

Esa misma noche recibí un mensaje de texto de El Botija que decía:

El muñeco se quemó, jefe. Conseguiremos otro.

Se refería a que habían quemado el cuerpo y que buscaríamos un reemplazo para ese fulano. Perfecto.

Los días iban pasando y la gente no dejaba de asustarse con el contagio. Nos hablaban de miles de personas enfermas y las noticias decían que los hornos crematorios de la ciudad estaban trabajando a tiempo completo las veinticuatro horas del día. Era un ambiente mortuorio y fúnebre que se fue extendiendo por todo el planeta. No sería fácil recuperar la esperanza después.

Y en medio de esa atmósfera tan oscura, una noche Zafiro me llevó a la tumba de su padre y me dijo:

—Necesito hablar contigo algo muy serio. Y quiero que mi papá nos sirva de testigo.

Me pareció algo fuera de lo normal. Zafiro nunca actuaba de esa manera. Jamás habíamos estado en la tumba de Atila juntos. No supe cómo interpretar esa escena. Ella continuó:

—Lo primero que quiero saber es si tú todavía me quieres de verdad.

—Te amo, Zafiro, lo sabes bien.

—Sí, pero quiero saber si sueñas con otra o con otras mujeres, si quieres estar con alguien más, si deseas que abramos la relación para ser un poco más libres.

—¿Por qué me preguntas eso?

—Porque estamos todo el tiempo juntos, trabajamos juntos y nos estamos viendo ahora todos los días. Puedes estar asfixiado.

—No, no lo estoy.

—Hace poco estuve enferma y me bajé de peso y me afeé mucho. De pronto ya no me deseas.

—Te deseo por igual. Anoche estuvimos juntos.

—Lo sé, lo sé, solo quiero estar segura y oírlo de tus propios labios.

—¿Qué estás tramando? ¿A qué viene todo esto?

—A que necesito saber si te ves conmigo hacia adelante, si quieres armar un proyecto de vida conmigo.

—Ya tenemos un proyecto de vida.

—No me refiero a la organización, sino a nosotros dos. Quiero saber si te ves conmigo envejeciendo los dos de la mano.

—Zafiro, no más. Dime ya qué pasa. ¿Quieres terminar conmigo?

Ella empezó a llorar y me dijo entre lágrimas:

—Estoy embarazada.

Y, curiosamente, en ese justo instante recordé las palabras de Bruce Lee: *sé como el agua, amigo mío*... Y estallé en una carcajada de felicidad. Ella me dijo sin dejar de llorar:

—No te burles de mí. Estoy sensible.

La abracé con todas mis fuerzas, la colmé de besos y le dije al oído:

—Es la mejor noticia del mundo.

—¿De verdad?

—Nada podría hacerme más feliz. ¿Ya te hiciste el examen?

Ella sacó un papelito y me lo mostró. Yo miré hacia la tumba de Atila y le dije:

—Jefe, va a ser abuelo.

Y me pareció increíble que ahora yo perteneciera a la dinastía de Atila, alias El Bárbaro, el hombre más temido, el hombre que pisaba la tierra y en ese lugar no volvía a crecer la hierba jamás.

3

Saber que iba a ser padre me cambió la vida por completo. Le pregunté a Zafiro si quería que nos casáramos oficialmente por la iglesia y ella me dijo que lo pensáramos con calma y que luego tomábamos la decisión. No era en ese sentido una mujer religiosa que creyera en el sacramento del matrimonio. Lo que sí la angustiaba era que había quedado embarazada durante la pandemia.

—No sabemos nada aún de este virus —me dijo muy angustiada—. ¿Qué tal que el bebé se vea afectado?

—Tranquila. Nos vamos haciendo todos los exámenes.

—Me da miedo que el feto venga con malformaciones. Acuérdate que yo estuve muy enferma.

—Es posible que no pase nada. No nos angustiemos ahora.

—¿Y si nos dicen que tengo que abortar?

—Pues abortamos y lo volvemos a intentar.

Esas primeras semanas fueron muy duras porque Zafiro empezó a tener pesadillas en las que, en lugar de un bebé, veía un monstruo inmundo con cara de jabalí y pezuñas peludas y gruesas. Las voces de las víctimas de Atila le decían que ese era el precio que tenía que pagar por ser la hija de un asesino. Era un remolino de sensaciones cruzadas que la atormentaban hasta el punto de que se levantaba a la madrugada y vomitaba en medio de ataques de pánico que le duraban varias horas.

A mí me preocupaba que la herencia de Max, esa especie de negligencia espiritual que lo convirtió en un padre ausente aunque viviera conmigo, me alcanzara a mí también y yo terminara siendo un padre distante y sin mayor compromiso con mi hijo o mi hija. Max nunca había ido a una entrega de calificaciones en el colegio ni sabía si yo iba bien o si era un vago que perdía todas las materias. Le había relegado esas obligaciones a mi mamá, que sí estaba pendiente y me exigía cierta disciplina. ¿Sería yo igual a Max y terminaría ausentándome para no saber nada de ese hijo? Y no puedo negar que también me preocupaba mucho que se repitiera la historia de Zafiro y Atila, y que yo me convirtiera en un individuo del cual mi hijo se fuera a avergonzar más adelante, cuando descubriera qué clase de persona era.

Pocos días más tarde tuve una extraña intuición: íbamos a tener una niña y no un niño. No sé de dónde se me vino eso a la cabeza. Era una certeza para la cual no tenía explicación alguna. Pero estaba seguro: iba a ser padre de una niña. Y una noche se lo dije a Zafiro:

—Ya sé el sexo del bebé.

—No puedes saberlo todavía.

—Es una niña. Voy a tener una Zafiro chiquita.

—No pienses así porque si te llegas a equivocar luego te desilusionas. ¿Qué tal que sea un Bruno chiquito?

En ese momento se me vino a la cabeza mi barrio, los curas, la bicicleta y mis mandados a la cárcel, Salomé, y me pareció horrible que fuera a ser un niño. No quería que se repitiera ninguna parte de mi historia.

Un día, a la hora del almuerzo, El Botija me llamó y me dijo que había otro problema en un laboratorio que teníamos en las afueras de la ciudad, en un pueblito llamado Sesquilé. Estaba camuflado en la parte trasera de una ferretería donde se vendía todo tipo de materiales de construcción. Me dirigí al lugar con un carro de escoltas detrás de mí, y, cuando estábamos dando un rodeo en una carretera alterna, de pronto fuimos interceptados por dos camionetas negras y empezaron a dispararnos. Fue un ataque relámpago. El carro de mis guardaespaldas no estaba blindado y ellos se bajaron con rapidez y se atrincheraron para repeler el atentado. No me di cuenta y alguien, desde algún escondite cercano a la carretera, disparó un cohete con una bazuca M1. Ese es un tipo de armamento de alto impacto que se usa en las guerras. Mi carro se dio la vuelta y quedó destruido y echando humo por todas partes. El chofer murió enseguida. Yo estaba aturdido, pero comprobé que no tenía heridas graves. Logré abrir la puerta y lo que me salvó la vida fue que los atacantes estaban del otro lado de donde yo había salido. Busqué mi pistola y no la encontré por ningún lado.

Me arrastré como pude hasta una cerca de alambre de púas, pasé por debajo y me interné en un sembrado de maíz. Veía con dificultad y los oídos me zumbaban. Alcancé a ver de lejos que cuando los sicarios llegaron a mi auto para rematarme no me encontraron y empezaron a maldecir. Yo me lancé en una carrera desenfrenada por entre la plantación de maíz caminando en zigzag por si estaban siguiéndome. Luego caminé por un pequeño riachuelo del cual extraían el agua para varias plantaciones. Me dije: los lobos están cerca, hay que caminar con cuidado. Di vueltas de un lado para el otro hasta que por fin me detuve para tomar aire y descansar.

Busqué mi celular y tampoco lo tenía en la chaqueta. Seguramente, cuando el carro se dio la vuelta tanto el arma como el celular se me cayeron. Estuve escondido entre los maizales durante un buen rato. Mi miedo era que los matones se hubieran dividido en grupos para rastrearme. Pero no era así. Luego sabría que mis hombres habían logrado dar de baja a dos de ellos y por eso los sobrevivientes decidieron largarse del lugar y desaparecer.

En medio de esas horas turbulentas se me ocurrió que no me podía morir porque iba a ser padre. Por primera vez en la vida me alejé de la muerte y no la quise tener cerca. Antes era un solitario, pero ahora era un padre y estaba en la obligación de proteger a mi hija y de garantizarle un buen futuro.

El sol estaba cayendo en el horizonte. La luz desaparecía poco a poco. Seguí caminando hasta que encontré una pequeña casa campesina. Solo había una jovencita de unos doce años y dos niños pequeños con ella. Le pregunté si tenía un teléfono a la mano y me dijo que no.

—¿Esta carretera que está al frente me lleva hasta el pueblo? —le pregunté señalando un camino sin pavimentar que estaba a pocos metros de distancia.

—Sí, señor.

Salí a la carretera, siempre atento a cualquier movimiento sospechoso, y caminé por unos veinte minutos hasta que vi un *jeep* que venía en dirección opuesta. El hombre frenó y pude ver que se trataba de un melenudo con extensiones en las orejas, tatuado por todas partes, con lentes oscuros y venía escuchando reguetón a todo volumen.

—Entonces qué, bacán, ¿andas perdido? —me dijo con una sonrisa de lado a lado.

—Me robaron y necesito llegar al pueblo para pedir ayuda.

—¡No joda, mi hermano! ¡Esta vaina está cada vez más tesa! Ven, súbete, yo te llevo.

—Pero usted va para el otro lado.

—Fresco, doy la vuelta y ya.

Me subí y, en efecto, el hombre timoneó y nos regresamos hacia el pueblo. Le bajó un poco el volumen a la música y me dijo sin dejar de sonreír:

—Ignacio Arenal, mi hermano, para servirte.

—Max —respondí mirando hacia atrás por si alguien venía persiguiéndonos.

Él se dio cuenta y comentó:

—No joda, estás todo paranoico. No es para menos. Te tengo el remedio, bacán. Pégate par copiadas y verás cómo te relajas.

Y sacó un porro, lo encendió y me lo pasó sin dejar de sonreír. Imposible negarse. Necesitaba calmarme. Ignacio era el mejor tipo que uno se podía tropezar en semejantes circunstancias. Le pregunté si tenía un celular y lo sacó enseguida y me dijo:

—Llama, dale, de una.

Me sabía de memoria el número de El Botija. Marqué y le dije:

—Estoy en Sesquilé.

—¡Patrón, pensamos que lo habían secuestrado! —dijo con la voz alterada.

—Nos vemos en la iglesia, en el parque central.

—Ya voy para allá.

Se hizo de noche en cuestión de pocos minutos. Ignacio me llevó hasta el pueblo y me dijo como si fuéramos viejos amigos:

—Si necesitas plata para llegar a tu casa yo te presto sin problema.

—Tranquilo, ya vienen por mí. Gracias. Tengo su número. Sabré agradecerle este gesto que ha tenido conmigo. No tengo palabras.

—No joda, y tutéame, ya somos panas.

—Gracias, Ignacio, de verdad.

—Buena suerte, bacán.

Ignacio le subió a la música de nuevo y se fue en su *jeep* tarareando una canción. Pensé en que parecía un ángel guardián que alguien me hubiera enviado desde el cielo.

Media hora más tarde llegó El Botija con tres carros de hombres bien armados y me recogió muy preocupado. Le pregunté qué había pasado con mis guardaespaldas:

—Nos mataron a tres, jefe. Pero los nuestros también dieron plomo y se bajaron a dos de ellos.

—¿Dejaron los cuerpos en la carretera?

—Sí, patrón. No alcanzamos a recogerlos.

—Quiero que cada familia de ellos reciba una jugosa compensación.

—Claro que sí, patrón. La señora Zafiro me pidió que la llamara apenas lo encontrara.

—Préstame el celular.

El Botija me pasó el aparato y le marqué a Zafiro. Ella contestó al primer timbrazo:

—¿Qué pasó?

—Soy yo, estoy bien.

—¿Estás herido?

—No, todo bien.

—Estamos atrincherados en La Ponderosa.

—Ya vamos para allá.

Le indiqué a El Botija que llamara luego a Ignacio y que le diera veinte millones de pesos en efectivo por haberme recogido y salvado cuando más lo necesitaba. Luego le pregunté:

—¿Quiénes fueron?

—No sabemos todavía. Estamos averiguando.

—Quiero nombres, datos precisos y toda la información completa.

—Sí, señor.

Pensé en silencio quién podría estar detrás del atentado. Creía que el pacto de paz con Los Ninjas había quedado claro. Los resultados económicos eran extraordinarios. Pero era evidente que me había equivocado y que alguien, desde la sombra, movió los hilos buscando una venganza.

4

Apenas llegamos a La Ponderosa, Zafiro se me lanzó a los brazos y me cubrió de besos. Me dijo al oído:

—No te imaginas las horas que he pasado.

—Yo igual. Pensaba en nuestra chiquita huérfana de padre.

—Y dale con que va a ser niña.

—Te quiero mucho.

—Yo también, mi amor. Tenemos que revisar todos los esquemas de seguridad.

Apenas se enteraron de lo sucedido, los jefes de Los Ninjas se apresuraron a llamar para decir que ninguno estaba involucrado. Ellos no habían dado la orden. Eso complicaba aún más las cosas porque nos obligaba a hacer inteligencia para dar con los responsables. Ofrecimos doscientos millones de pesos entre nuestra gente al que nos diera información segura sobre los autores intelectuales del ataque.

Dos días después, El Botija me dijo:

—Patrón, tengo una pista.

—Suéltala.

—Uno de los guardaespaldas de uno de Los Ninjas quiere la recompensa porque se quiere ir para Estados Unidos. Tiene todo cuadrado para cruzar la frontera por un túnel. Los mexicanos le prometieron ayudarlo.

—¿Habló contigo?

—Sí, señor.

—¿Y qué dice?

—Fue Alfonso Guarín. Quiere vengar la muerte de sus amigos y después irse del país con su esposa y sus dos hijos.

—¿Ya se fueron?

—No, señor, aún no.

—Dile al hombre que quiero hablar con él personalmente. Cuadra una cita.

—Sí, señor.

Desde el mismo día del atentado mi mente venía trabajando a mil revoluciones. Tenía sentido lo que me había dicho El Botija porque podía tratarse de un asunto personal. Pero lo que no encajaba era que debían tener a un infiltrado entre los nuestros, y ese hombre les había informado en el último minuto que yo me dirigía a visitar el laboratorio de Sesquilé. No existía otra explicación.

El mayor problema era que yo venía arrastrando un cabo suelto: la mujer del hotel que me habían puesto como cebo. Desde ese momento debí intuir que se avecinaba un atentado y que estaban rastreando mis movimientos palmo a palmo. Había sido descuidado y las consecuencias las acababa de vivir.

Fui hasta la caja fuerte, saqué el viejo celular y lo encendí. Tenía varios mensajes de la mujer en el WhatsApp. Me preguntaba si nos podíamos ver para pagarme la deuda. Le escribí excusándome por no haber respondido. Le dije que me habían robado el celular y que hasta ahora había podido recuperar mi agenda. Ella me respondió enseguida preguntándome si estaba bien o si me habían herido durante el robo. Era, realmente, una profesional. Sabía manejar los hilos con bastante destreza. Le puse una cita en un restaurante en Guaymaral, en las afueras de la ciudad y preparé la emboscada con gente nueva que no pertenecía a mi entorno. No quería sorpresas.

La mujer llegó quince minutos antes y se quedó en el parqueadero dentro de su carro. Uno de mis hombres se acercó con cautela y le pidió el favor de que lo acompañara. La mujer se negó y él tuvo que encañonarla. Ella accedió. Revisaron que no llevara micrófono y le quitaron el celular. Dos autos más estaban atentos a cualquier seguimiento y no había nada sospechoso. Todo indicaba que se sentía muy segura de sí misma y que acudió a la cita sola.

La llevaron hasta una pequeña casa desocupada que teníamos en la parte alta de Cota, cerca de las montañas y de una reserva natural. De lejos parecía una mansión de ladrillo y piedra, con una torre que le daba un aire de castillo medieval. Allí teníamos un sótano perfectamente preparado para interrogatorios y retenciones. La persona podía dar alaridos y pedir ayuda, y nadie la escucharía. Entraron con el carro directamente hasta el sótano y la bajaron a empellones. Mis hombres la amarraron a una silla.

Entonces entré pausadamente, me presenté y le dije:

—No me interesa usted. Es irrelevante para mí. Quiero saber quién está detrás, quién dio la orden, quién la mandó.

—No sé de qué me estás hablando. Solo quería pagarte tu deuda. Por favor…

—Negarlo empeorará las cosas, se lo puedo asegurar. Es mejor que nos entendamos, usted me da la información, yo la suelto y se larga hoy mismo del país. La podemos dejar en el aeropuerto si quiere.

La mujer se empeñó en mantener su versión de los hechos e insistió en que era inocente, en que no sabía de qué estaba hablando yo. Empezó a llorar y a suplicar. Sabía ser melodramática.

—*Okey*. Será a las malas, entonces.

Pedí que trajeran un computador y uno de mis hombres le puso un video nuestro: se trataba del efecto del ácido sulfúrico en la piel de un cerdo. Luego se veían los resultados en la piel humana. El ácido quemaba la piel y la traspasaba como si fuera gelatina. Un químico que trabajaba para nosotros en uno de los laboratorios trajo un frasco y una jeringa, y se sentó frente a ella. Yo le dije con la misma calma del comienzo:

—Quedará convertida en un monstruo. Nadie podrá reconocerla. La dejaremos viva para que tenga que verse al espejo así de por vida.

La mujer tragó saliva y empezó a sudar. Insistí:

—La belleza la hace más débil, más frágil. Tiene que vivir pendiente de ella, es un tesoro que usted no quiere perder. Y si la pierde, no tiene nada. Será un pedazo de carne inútil.

La respiración de la mujer se empezó a sentir en todo el salón. Parecía que los pulmones se le fueran a reventar. Decidí rematarla:

—Primero quemarán su rostro. Su piel se derretirá enseguida. Luego le quemarán todo el cuerpo. Al final, la dejarán tirada en un hospital. Ese será su castigo: quedar viva.

Hice una señal y el hombre acercó la jeringa y soltó solo una gota del ácido en la mano de la mujer. Enseguida la mujer dio un alarido y la gota empezó a traspasar la piel, el músculo, las articulaciones y el hueso. Un hilo blanco se elevó en el aire. La mujer me dijo en medio de un ataque de pánico:

—¡No más, no más, por favor! Le diré todo lo que quiere saber. ¡No más, se lo ruego!

Le indiqué al hombre que se retirara y ordené que trajeran gasas y desinfectante. Otro de mis hombres llegó con un botiquín y le limpió la herida enseguida. Luego le puso una gasa y unos esparadrapos.

—Dele un analgésico fuerte para el dolor —dije esperando con los brazos cruzados.

El hombre le dio una pastilla y un vaso con agua. La mujer bebió haciendo muecas de dolor.

—Ahora sí dígame todo o empezaremos a rociarla de arriba abajo.

Entonces la mujer, sudando y respirando con dificultad, me dijo:

—Son militares, son los antiguos socios de su suegro.

—¿Los socios de Atila?

Ella asintió y siguió hablando:

—Están asociados con militares venezolanos. Dicen que la hija y usted no tienen cómo defender ese imperio, que no tienen talante para ser jefes.

—¿Los venezolanos viven aquí o del otro lado de la frontera?

—A ambos lados. Van y vienen.

—¿Es amante de alguno de ellos?

—A veces. Pero siempre me tienen que pagar. Gratis no hago nada.

—*Okey*. ¿Los verdaderos jefes son los colombianos o los venezolanos?

—Los venezolanos. Tienen infiltrado todo el país y piensan hacer a un lado a los mexicanos. Ellos dicen que los colombianos ya no significan nada.

—¿Conoce sus nombres, sus residencias aquí en Colombia y tiene sus correos y sus números telefónicos?

—De algunos, no de todos.

—Una última cosa: tienen a por lo menos un infiltrado entre los míos. ¿Quién es?

—¿Promete dejarme viva?

—Solo con una condición: que empiece a trabajar para nosotros. Luego la dejaremos irse adonde quiera.

—¿Tengo su palabra?

—Tiene mi palabra.

Ella tomó aire por la boca varias veces, como si le estuviera faltando el oxígeno, y dijo en un largo suspiro:

—Es el hombre que estaba esa noche con usted en el hotel.

El dato me cogió por sorpresa y dije con los ojos muy abiertos:

—¿El Botija?

—El mismo.

Recordé, entonces, que él me había dicho esa misma noche: *Hágale, patrón. Está solita y desamparada. No diré una sola palabra. Se lo prometo.* Después, el único que sabía por dónde llegaría a Sesquilé, era, precisamente, él. ¡Obvio! ¿Cómo no lo vi antes? Mi ceguera era un símbolo de mi estupidez.

—Desátenla —les dije a los hombres que estaban conmigo.

La mujer no paraba de llorar. Copiamos de su celular toda la información y le regresamos el aparato. Le expliqué que si nos traicionaba estaba muerta ella y toda su familia. En cambio, si seguía en contacto y trabajaba para nosotros, la sacaríamos del país con vida y le pagaríamos una fuerte suma de dinero. Ella asentía con gestos nerviosos.

Luego recogí los celulares de todos los que me habían acompañado y les dije:

—Todos se van conmigo. Cuando terminemos les regreso sus celulares. El que me traicione es hombre muerto.

Salimos de Cota, regresamos en grupo hasta el mismo restaurante en Guaymaral y dejamos a la mujer en el parqueadero para que tomara su carro y se fuera para una clínica. Luego nos dirigimos a La Ponderosa, donde estábamos resguardándonos por ahora.

Mientras los carros avanzaban por la carretera hacia Subachoque, yo intentaba tranquilizarme. Sabía que la ira era pésima consejera. Actuar bajo el efecto de la rabia me haría cometer errores que después tendría que pagar severamente. Tenía que calmarme, eso era lo único importante.

Le marqué a El Botija y le dije:

—Nos vemos en La Ponderosa ya mismo. No te demores.

—Voy para allá, patrón —respondió él sin sospechar nada.

5

Nosotros llegamos primero y les di la orden a todos los hombres y a los lugartenientes de desarmar a El Botija apenas entrara a la hacienda. Lo mismo con cada uno de sus escoltas. Había que esposarlos y meterlos en un sótano que teníamos destinado para las herramientas. Ya averiguaríamos quiénes sabían de la traición y quiénes no.

Apenas las camionetas de Botija llegaron fueron acorralados y desarmados sin disparar una sola bala. Yo estaba presente. El Botija me dijo muy sorprendido:

—¿Qué está pasando, patrón?

Les dije a mis nuevos hombres de confianza:

—Tráiganlo. Los otros van al sótano.

Amarraron a El Botija a un asiento y él no hacía sino mirarme con los ojos inyectados en sangre. Empecé diciéndole:

—Ahorrémonos todas las negaciones y las súplicas. Nosotros somos profesionales. Ya sé que el infiltrado eres tú. Necesito saber todos los datos y los planes.

Botija suspiró y bajó la cabeza en señal de resignación. Estaba reuniendo fuerzas para no desmoronarse. Me dijo muy tranquilo:

—¿Cómo lo supo, jefe?

—Encontré a la mujer del hotel. Ella tenía que saber algo.

Botija asintió. Me miró con el rostro congestionado y me dijo:

—¿Puedo pedir un último deseo?

—Sí.

—La vida de mi familia. Por favor. Ellos no tienen nada que ver con esto.

Lo miré con rabia contenida. Él iba a dejar a mi mujer viuda y a mi hija huérfana, y sin embargo yo sí tenía que perdonar a su familia. Pero cedería solo por el tiempo en que él había sido fiel a Atila y a Zafiro. Le concedería ese regalo:

—Por el tiempo que estuviste en esta familia y fuiste leal. Hecho.

—Gracias, jefe.

—Empecemos. ¿Quién fue?

—Los antiguos socios empezaron a ver que la organización perdía fuerza con el patrón en la cárcel. Desde entonces empezaron a asociarse cada vez más con los venezolanos y a cultivar allá, a armar laboratorios en ese país y a usar sus pistas de aterrizaje y de despegue.

—¿Atila sabía de esto?

—Lo sospechaba, pero allá encerrado no podía enterarse de todo. Los socios fueron haciendo alianzas y pactos que los fortalecieron cada vez más.

—¿Ellos fueron los que intentaron matarlo en la cárcel?

—Era lo más práctico para seguir con el negocio.

—¿Y también intentaron matarlo durante la fuga?

—Ese día no entendieron cómo se les escapó. Estaban seguros de lograrlo.

—Pero tú estabas ahí.

—Estaba protegiendo a la señorita Zafiro, y eso hice. No la desamparé en ningún momento.

—¿No te dijeron que la mataras también?

—No, señor. El plan era pactar con ella, darle un buen dinero y que se fuera a disfrutar de su fortuna por fuera del país. Ellos creían que a ella no le interesaría meterse en el negocio. Es una mujer estudiada, inteligente. Todos nosotros somos ignorantes.

—¿Cuándo te vendiste? ¿Desde cuándo empezaste a trabajar para ellos?

—Tiene que entenderme, jefe. Aquí no tenía futuro. Ni el antiguo patrón ni doña Zafiro me ofrecían nada ni pensaban en mí. Los nuevos jefes me dijeron que apenas lo eliminaran yo tendría mi propia organización. Siempre bajo la dirección de ellos, claro.

—Te ganó la ambición.

—No, jefe, me ganó la justicia. Llevo treinta años de servicio y es lo que me merecía. Me lo gané a pulso.

—Hubieras podido exigirlo de frente.

—Esos son méritos que uno espera que los otros aprecien.

Quizás tenía razón. El Botija hablaba tranquilo, como haciendo un balance de su vida, como si esa conversación, de algún modo, le estuviera sirviendo para despedirse. La ira en mí desapareció por completo y en su lugar empecé a sentir cierta tristeza de que ese hombre y yo tuviéramos que vernos enfrentados a una situación semejante. Pero así era la vida: un día estabas rodeado de buenos amigos y al día siguiente ellos mismos te cogían a cuchillo y te sacaban las tripas.

Seguí interrogándolo:

—Entonces el plan era matar primero a Atila y luego sacar a Zafiro del negocio.

—Sí, señor. Pero el jefe se murió de cáncer y nadie esperaba eso.

—¿Y por qué no negociaron en ese momento con ella?

—Porque usted apareció, jefe, y ninguno de ellos lo tenía en la ecuación.

—Pero yo al comienzo era uno más.

—Nunca fue uno más. Usted salvó al patrón en la cárcel y luego lo volvió a salvar durante la fuga. Él confiaba en usted como en nadie más. Los rumores decían que lo había nombrado su heredero desde que llegaron a este lugar recién fugados.

—Y entonces empezaron a maquinar cómo eliminarme.

—Sí, pero se cruzaron Los Ninjas y tocó posponer los planes.

—Entiendo. Pero nosotros los vencimos y luego nos asociamos con ellos.

—Sí, señor. Eso no se podía anticipar. Fue una jugada maestra. Ellos empezaron a respetarlo por eso.

—¿Antes no me respetaban? —pregunté con cierta sorna.

—No, señor. Creían que usted era un matón duro de barrio, nada más. Pero tener madera de capo es otra cosa. Usted sabe de qué le hablo.

—¿Y después?

—Desde el golpe a Los Ninjas usted demostró que era bueno pensando y defendiéndose. Por eso tocó volver a empezar.

—Y entonces vino el plan de la mujer en el hotel.

—Todos los hombres caemos por ahí, jefe. Las faldas son nuestra perdición.

—¿Iban a matarme estando con ella?

—No, señor. La idea era que la señorita Zafiro se enterara y generar una ruptura entre ustedes dos.

—Divide y vencerás.

—Algo así. Ella no le perdonaría jamás una infidelidad.

—Y entonces, debilitado y alejado de la familia, eliminarme era cosa fácil.

—Sí, señor. Y volver al plan inicial: negociar con la señorita Zafiro y que ella se fuera del país.

—No contaban con que los iba a descubrir.

—No, señor.

—Muy bien. Necesito ahora todos los datos de esos hombres: quiénes son, dónde viven, sus rutinas, sus enfermedades, sus secretos, todo lo que sepas.

—Sí, señor.

—¿Alguno de tus hombres estaba contigo en esto? No me vayas a mentir porque entonces retiro la promesa y tu familia pagará contigo.

—No, señor, se lo aseguro, nadie. Era solo yo. No podíamos confiar en nadie más.

—*Okey*.

—Quiero pedirle otra cosa. Por favor.

—No te pases…

—La última… Por favor…

Asentí. Él dijo en voz baja:

—Tengo una hija no reconocida. Por fuera del matrimonio, con otra mujer. Es mi adoración. Tiene once años.

—¿Qué quieres?

—Mis hijos y mi esposa quedan bien de dinero. Tendrán cómo salir adelante.

—¿Qué quieres?

—Una ayuda para ellas. Algo que les permita sobrevivir sin pasar necesidades.

—Listo. Deja sus datos y nosotros nos encargamos.

—Gracias, jefe. Fue un honor trabajar para usted.

—No puedo decir lo mismo.

—No fue nada personal. Usted lo sabe.

Me retiré. Estaba cansado. El Botija siempre me había caído bien. Era lamentable. Di instrucciones para que grabaran en video toda la información que él nos entregara y que luego le pegaran un tiro en la nuca. Le dije al segundo a bordo:

—Regreso en media hora y quiero que ya esté muerto.

—Sí, señor.

Me dirigí al sótano y les dije a los que estaban detenidos:

—Descubrimos que El Botija era un sapo. Reunimos todas las pruebas y él ya confesó. ¿Alguno de ustedes sabe algo más?

Todos se quedaron callados. Estaban tensos, angustiados.

—¿Seguro? —dije mirándolos de frente.

Silencio. Entonces me dirigí al grupo mientras yo mismo los liberaba:

—Se vienen tiempos difíciles. Necesito que podamos confiar los unos en los otros. El pellejo de cada uno de nosotros depende de los hombres que tengamos a nuestro lado. ¿Sí me entienden?

Todos asintieron. Yo continué:

—Somos un ejército que necesita estar unido. Cada pelotón debe actuar concentrado y con determinación. Si alguien falla, pueden morir todos. ¿Estamos claros?

—Sí, señor —dijeron todos en coro.

—Muy bien. Sabré recompensarlos y su lealtad no pasará desapercibida. Les devolveremos enseguida sus armas y sus celulares.

Subí con ellos al primer piso y les regresamos sus teléfonos, sus pistolas, sus metralletas y sus revólveres. Luego me dirigí al salón donde interrogué a El Botija. Estaba desgonzado y tenía un tiro en la nuca que le había salido por la boca deformándole el rostro por completo. Pensé que ese era el rostro de la traición, el rostro de Judas.

6

Lo primero que hice fue buscar a Zafiro para ponerla al corriente de todo lo que había sucedido. No quise llamarla porque sabía que se tensionaría y que los nervios podían jugarle una mala pasada. Prefería hacerlo cuando ya todo hubiera terminado. Al fin y al cabo, estaba embarazada y necesitaba reposo y tranquilidad. Pero pasaban las horas y nada, no cogía el teléfono y sus guardaespaldas no respondían tampoco.

Luego de dos horas de buscarla desesperadamente por todas partes, me entró una llamada de Bertha, la mujer que hacía el aseo en mi apartamento dos veces por semana:

—Don Bruno, nos atacaron...

—¿Está Zafiro contigo? —pregunté con la voz temblorosa.

—Sí, señor.

—Ya voy para allá.

Salí corriendo con once de mis hombres distribuidos en tres camionetas diferentes. El tráfico de la ciudad me pareció insufrible. El trayecto lo sentí eterno. Por fin llegamos a mi apartamento y lo primero que noté era que las camionetas del conductor de Zafiro y la de sus guardaespaldas no estaban por ninguna parte. Solo había una explicación: estaban comprados. Se retiraron y le dejaron el terreno despejado a los sicarios que habían enviado. No solo era El Botija. El cabrón se había callado porque sabía que después de muerto le llegaría su venganza. Hijo de puta. No le respetaría ninguna de las promesas que le hice y su familia también pagaría las consecuencias de sus actos.

Cuando entré al apartamento estaba Bertha en la sala llorando desconsolada. En el piso estaba Zafiro baleada. Tenía varios disparos en el abdomen y uno en la cabeza. La habían rematado, por si acaso. Sentí que el aire se me iba, que no podía respirar, pero no me dieron ganas de llorar. No sé por qué.

Analicé la escena con frialdad. El ambiente festivo no encajaba: había globos y tiras de confeti por todas partes, y una torta con una velita rosada en la mitad. Parecía una celebración y no era la fecha del cumpleaños de Zafiro.

—¿Estaban celebrando tu cumpleaños, Bertha? —le pregunté a la empleada.

—La señora quería darle una sorpresa y le iba a comunicar que estaba esperando una niña —respondió ella atacada en llanto.

En ese momento vi un pequeño cartel pegado a la pared con cinta de enmascarar. Estaba escrito con marcador y decía "Bienvenida Bruna". Me acerqué a la ventana y empecé a llorar. Acababan de asesinar a mi esposa y a mi hija, que ya tenía nombre: Bruna. Y entendí la frase de por qué hay seres que por donde pasan impiden que crezcan las semillas de las nuevas generaciones. Al acercarme a Atila había firmado sin darme cuenta una cláusula en donde aceptaba que por donde yo caminara tampoco crecería la hierba.

Entonces, en ese abismo enorme que sentía dentro de mí, algo empezó a aflorar, una fe extraña y poderosa, un rencor sordo y profundo. Si quería ser como el agua, tenía que aprender también que a veces se transforma en cascadas, en tempestades y en torrentes que arrasan todo lo que encuentran a su paso. Eso era lo que se estaba gestando dentro de mí: una avalancha.

Enterramos a Zafiro al lado de la tumba de su padre. Escribí también el nombre de Bruna en letras pequeñas, al lado del de su madre. Solo estuvimos en la ceremonia los hombres de confianza de siempre y las empleadas de la casa. Escuchaba con audífonos en mi celular *El Barco*, una canción de Karol G que a ella le encantaba:

Intentando no perder la cordura,
pero aquí me mantengo...

Juré sobre la tumba de ellas dos que las vengaría, que su crimen no quedaría impune y que los miserables que se habían atrevido a matarlas pagarían con sus propias vidas.

En los días siguientes me costó trabajo dormirme y tuve que tomar altas dosis de somníferos para lograrlo. Pasaba la noche entera con la cabeza enredada en diez mil asuntos, todos al tiempo. No podía detener ese vértigo que me obligaba a levantarme de la cama y caminar durante horas a la madrugada.

Reuní a los lugartenientes y a los jefes de comando para reestructurar todos los equipos. Me enteré de que meses atrás nuestros enemigos habían arrendado el apartamento justo al lado del mío y que llevaban un buen tiempo vigilándome y revisando mis horarios. Aparentemente, se había mudado una pareja *gay* de fotógrafos que andaban en bicicleta y que daban la impresión de unos artistas alternativos. No los detecté, los pasé por alto. Me los crucé un par de veces en el edificio y eran unos fulanos muy amables que en ningún momento me encendieron las alarmas. Fue una buena jugada en el tablero. Apenas llevaron a cabo el ataque desaparecieron por completo sin dejar rastro.

Indemnicé a Bertha lo mejor que pude e hice lo mismo con varios de mis hombres. Necesitaba total lealtad y un compromiso irrestricto.

Eliminamos a la familia de Botija una noche con dos sicarios que usaron silenciadores. Fue algo rápido, impersonal. Luego di la orden de quemar la casa. También asesinamos a la amante y a la hija ilegítima. Estaban en una esquina esperando el bus del colegio de la niña y pasó un comando nuestro y les disparó desde una camioneta. Quedaron en el piso baleadas y sangrantes. En la casa las estaba esperando un perro y un gato que corrieron con mala suerte porque no tuvieron por dónde escapar. Mis hombres rociaron gasolina e incendiaron el lugar. Yo era el heredero de Atila, su amigo, su yerno, y estaba vengando no solo a mi mujer y a mi hija, sino también a su hija y a su nieta.

Entonces llamé a Moisés a Río de Janeiro y le dije:

—Te necesito. Voy para allá.

Hice un viaje relámpago sin decirle nada a nadie. Solo avisé que estaría por fuera un par de días. Me fui al aeropuerto yo solo sin guardaespaldas.

Mientras estuviera por fuera del país, revisaríamos la información que nos habían suministrado la paisa y El Botija, y empezaríamos el trabajo de inteligencia militar.

Llegué a Río justo en la madrugada de un domingo y tomé un taxi hasta la favela donde nos habíamos reunido la última vez. No paré en el hotel, no desayuné, no me duché ni me lavé los dientes. Esperé a que abrieran el culto con otros de los feligreses que habían llegado temprano.

Cuando Moisés me vio me abrazó con fuerza y me dijo:

—Ya me enteré. Lo siento mucho, *brother*.

—Necesito que hablemos con Ferreira.

—Estamos listos, claro que sí.

Me quedé al culto porque desde el asesinato de Zafiro venía sintiendo dentro de mí una llama que crecía y se iba agigantando, un hervor, un temblor que no sabía muy bien de dónde provenía. Y cuando el pastor Ferreira preguntó si alguien quería dar testimonio, yo levanté la mano y pasé al frente. Él se sonrió satisfecho y me entregó el micrófono. Entonces, con la voz ahogada por la emoción, empecé diciendo:

—Queridos hermanos: voy a hablar en español y espero que ustedes me entiendan. Nunca he sido un hombre de fe. Estudié con sacerdotes católicos y quizás fue eso mismo lo que impidió que yo creyera en un ser superior. Crecí en una favela como esta en Bogotá, en unas calles sin pavimentar, en una casita miserable donde no había cuadros religiosos y nadie iba a misa. Mi madre era una costurera explotada por los mismos sacerdotes del colegio donde yo estudiaba. Por eso no creía en ellos ni los respetaba. Más tarde, unos sicarios asesinaron a mi padre cuando yo era apenas un niño. Lo mandaron matar los dueños de la empresa donde trabajaba. Luego asesinaron a su mejor amigo. Lo decapitaron. Tuve que pasar casa por casa pidiendo alguna contribución para el entierro porque nosotros no teníamos cómo comprar un ataúd. Desde entonces, mi madre y yo vivimos solos, desamparados, a la deriva. Luego asesinaron a mi primera novia. Yo ya estaba más grande y pude cobrar venganza. Me vinculé a la calle, que es la verdadera universidad de nosotros los pobres. Al poco tiempo terminé en la cárcel. Mi amigo, Moisés Matamba, y yo, fuimos encarcelados al tiempo. Ahí tuvimos la fortuna de conocer al pastor Ferreira y escuchar por primera vez el poder de su palabra. Moisés se convirtió en su discípulo y yo continué con mi camino. Los tres terminamos fugándonos de la prisión. Intenté reconstruir mi vida. Me enamoré y mi esposa estaba embarazada de una niña que nacería muy pronto. Acaban de asesinarlas a ambas. Y en ese momento recordé el texto bíblico de Job, ese hombre al que Dios pone a prueba y le quita todo y lo hunde en la desesperación. ¿Y saben qué, queridos hermanos? Yo soy ese hombre y estoy parado aquí hoy frente a ustedes para decirles que no tengo nada, que perdí todo lo que amaba en este mundo y que el Señor me está poniendo a prueba de una manera dura y cruel. Estoy rodeado de cadáveres.

Empecé a llorar y me di cuenta de que muchos de los feligreses estaban llorando conmigo. Me abrí la camisa y mostré con orgullo mi tatuaje en el pecho, los dos AK47 conformando una cruz. Moisés me miraba muy emocionado y con los ojos aguados. Continué con la voz ahogada:

—Este tatuaje me lo hice en la cárcel junto a mis amigos. En ese momento todavía no era un hombre de fe. Pero sin embargo sentí que yo también era un soldado de una causa más grande. Y mírenme ahora, queridos hermanos, soy un hombre arrojado en un rincón, sin padres, sin esposa, sin hija, completamente solo. Pero era necesario perderlo todo para ganarlo todo, era necesario estar en el vacío para sentir la fe. Porque cuando estaba enterrando a mi esposa y a mi hija me llegaron las palabras del pastor Ferreira cuando decía: "nosotros, los que no tenemos nada en esta Tierra". Así es. Los ricos lo tienen todo y por eso crecen débiles y temerosos. Sus casas opulentas, sus carros y sus vacaciones en el extranjero los atan, los aprisionan y los condenan a tener miedo de perder esos privilegios. Pero nosotros no, nosotros somos los errantes, los indigentes, los sin techo, y no tenemos nada que perder. Nosotros sabemos que al cielo se entra llorando. Y aquí vuelvo a recordar las Sagradas Escrituras y ese pasaje que el pastor Moisés Matamba nos ha invocado tantas veces: *Bienaventurados los que padecen persecución por causa de la justicia, porque de ellos es el Reino de los Cielos*. Y yo me pregunto, querido hermanos brasileños: ¿quiénes son los que están perseguidos por la justicia? ¡Nosotros, hermanos, nosotros! Nosotros los que crecimos en las favelas, nosotros los roedores, las alimañas, los oscuros, los sucios. Porque somos un solo pueblo desde México hasta Argentina. No hay fronteras entre nosotros, queridos hermanos. Construiremos la Nueva Jerusalén porque América Latina es la Tierra Prometida. Y yo tuve que perderlo todo para entender que en este gran nosotros está Él, está Nuestro Señor, el Gran Guerrero, el Gran Estratega, guiándonos con paciencia paternal. Y me repito una y otra vez: cuando el Señor es mi Pastor, nada me faltará. A eso he venido, queridos hermanos, a dar gracias, a dar testimonio. Lo he perdido todo para ganar este gran nosotros, para ganarlos a todos ustedes. Ustedes son mi nueva familia. Entendí por fin cuál es mi Dios: el Dios de los alucinados y los desesperados, el Dios de los solitarios, de los melancólicos, de los suicidas, de nosotros los que no encontramos paz en este mundo. Y yo también traigo un mensaje para ustedes, un nuevo evangelio, una buena nueva: ¡nos llegó el momento de rebelarnos! Los ricos siempre se han comparado con los halcones, con los lobos, con los animales de presa. Nosotros, en cambio, somos las palomas, las ovejas que están condenadas a servirles y a obedecerles. Pero esa historia se acabó. Vamos a hacer que todo se dé la vuelta. Vamos a tomar el control, vamos a convertirnos en cazadores. ¡Llegó el tiempo de transformarnos en animales salvajes! ¡Llegó la hora de los lobos! Ya tenemos colmillos y sabremos atacar y despedazarlos. Esa es la palabra que he venido a transmitirles hoy: ¡El Evangelio de las bestias! ¡Más que una familia, somos una manada, una jauría! ¡Gracias, hermanos!

Me puse la mano en el pecho, en todo el centro del tatuaje, y dije con fuerza:

—¡Ahora somos un ejército y nos llegó el momento de tomar las armas! ¡Gracias por estar aquí conmigo y brindarme su hospitalidad y su fortaleza! ¡Los estoy sintiendo muy cerca de mí, y su fraternidad me protege y fortalece mi fe! ¡Gracias por salvarme la vida!

Luego levanté la mano en señal de resistencia y todos aplaudieron y muchos lloraban conmigo. Moisés subió a la tarima y me abrazó con fuerza. Y sentí que no estaba solo y que hasta ahora entendía que la muerte me había pasado siempre al lado para decirme que estaba vivo, que aún tenía tiempo, y que ese tiempo sería de fe y de resistencia.

Esa misma noche, pensando en la Santísima Trinidad (tres seres distintos y un solo Dios verdadero), fundamos con Ferreira y con Moisés la Triple Alianza, y organizamos un plan de ataque para iniciar nuestra primera cruzada.

Dormí unas pocas horas y me regresé al país a ultimar los detalles. Cientos de hombres de Congregación Saudade, incluido Moisés, llegaron en los días siguientes a Bogotá.

Y aquí estamos, listos para entrar en combate. Los tenemos bien detectados. Uno de ellos salió del país, pero sus padres ancianos se quedaron en la ciudad: ellos pagarán. Los autores intelectuales han enviado varios mensajes para entrar en negociaciones. No contaban con que yo sobreviviría. Dicen que eran cuentas por saldar con Atila, no conmigo. Mentira. Están acorralados y temerosos. Y hacen bien en estarlo, porque ya no tengo nada que perder. Por eso soy más peligroso que nunca.

El sistema viene funcionando desde hace rato engrasado por nosotros. Nos llegó la hora de tomar el control de frente, sin dudas ni reparos de ninguna clase. Gran parte de los políticos, los militares y los empresarios son nuestros. Los hemos venido aceitando desde hace años. El resto tendrá que rendirse. Por una sencilla razón: porque somos más poderosos y no tenemos miedo. También les hemos avisado a nuestros socios de Ecuador y Venezuela. Será un golpe memorable. La verdadera revolución de América somos nosotros.

No les temo a mis enemigos. Ahora me lanzaré contra ellos y los degollaré uno a uno sin piedad y sin misericordia alguna.

Ya no quiero fluir como el agua plácida de un riachuelo, ahora soy un vendaval, una tormenta que arrasará todo lo que encuentre a su paso.

Ya no soy Bruno Guerrero ni Yordano Sastoque. Soy el Ángel de la Muerte, soy la ira de Dios, soy el señor del Apocalipsis. Pronto empezará el incendio.

La Triple Alianza está lista para la Gran Cruzada. Edificaremos la Nueva Jerusalén. América Latina es el Gran Reino. Ya cruzamos el desierto y nos disponemos a entrar en la Tierra Prometida. Vamos iluminados por una luz que está en el centro de nuestros corazones.

¡El Señor es nuestro Pastor y nada nos faltará!

Bendícenos, Señor, y bendice estas armas con las cuales derrotaremos a los infieles. ¡Ayúdanos a entrar en la batalla sin misericordia alguna! Tú, el Gran General de nuestros espíritus, el Comandante en Jefe de nuestras almas, ¡conviértenos en seres despiadados y sangrientos!

Han mantenido las puertas del Reino cerradas con llave para nosotros. Pues entonces nos llegó el momento de abrirlas a las malas. ¡Entraremos al cielo a dentelladas!

BOGOTÁ, 2025.

AGRADECIMIENTOS

Quiero agradecer encarecidamente a Jeremy McDermott, cofundador y codirector de la Fundación InSight Crime, por una conversación que sostuvimos alguna noche en un restaurante pequeño de Chapinero.

Gracias a mi editor y amigo, Andrés Grillo, alias Yogananda, por el acompañamiento, las conversaciones y las conexiones que fuimos estableciendo a lo largo de los meses. Gracias totales.

ÍNDICE

MARIO MENDOZA (Bogotá, 1964). Se licenció en Letras en Bogotá y se graduó en Literatura Hispanoamericana en la Fundación José Ortega y Gasset de Toledo, España. Es también magíster en Literatura. Autor de veintitrés novelas, cuentos y ensayos entre las que se destacan *Satanás* (Seix Barral, 2002), galardonada con el Premio Biblioteca Breve; *La travesía del vidente*, Premio Nacional de Literatura del Instituto Distrital de Cultura Turismo de Bogotá en 1995; *Buda Blues* (Seix Barral, 2010), finalista del Premio Dashiell Hammett en la Semana Negra de Gijón; *Lady Masacre* (2013); *La melancolía de los feos* (2016); *Diario del fin del mundo* (2018); *Akelarre* (2019); *La locura de nuestro tiempo* (2010); *La importancia de morir a tiempo* (2012); *Paranormal Colombia* (2014); *El libro de las revelaciones* (2017), *Bitácora del naufragio* (2021), *Leer es resistir* (2022), *Los Vagabundos de Dios* (2024) y *Vírgenes y toxicómanos* (2025). En 2018 concluyó *El mensajero de Agartha*, una saga juvenil conformada por diez títulos, y publicó la novela gráfica *Satanás*, junto con el ilustrador Keco Olano. Este fue el comienzo de su trabajo en conjunto, que se materializó en cuatro proyectos: la trilogía de novelas gráficas *Mysterion* (*Kaópolis, Los fugitivos, Los sobrevivientes*), la serie de diez cómics *El último día sobre la Tierra*, la novela gráfica *Lunáticos, místicos y psicóticos* y los dos cómics de *Puntos de giro*.